U0530054

"中国现当代名家散文典藏"编辑委员会

主　任：阎晶明
副主任：丁　帆
委　员（以姓氏笔画为序）：
　　　　止　庵　孔令燕　何　平　何向阳
　　　　李红强　张　莉　周立民　施战军
　　　　贺绍俊　臧永清

中国现当代
名家散文
典藏

黄裳散文

人民文学出版社

图书在版编目（CIP）数据

黄裳散文 / 黄裳著. —2 版. —北京：人民文学出版社，2022
(中国现当代名家散文典藏)
ISBN 978-7-02-014902-5

Ⅰ.①黄… Ⅱ.①黄… Ⅲ.①散文集—中国—当代 Ⅳ.①I267

中国版本图书馆 CIP 数据核字（2022）第 044197 号

责任编辑　付如初　马林霄萝
装帧设计　陶　雷
责任印制　宋佳月

出版发行　人民文学出版社
社　　址　北京市朝内大街 166 号
邮政编码　100705

印　　刷　河北环京美印刷有限公司
经　　销　全国新华书店等

字　　数　241 千字
开　　本　880 毫米×1230 毫米　1/32
印　　张　11.25　插页 4
印　　数　1—5000
版　　次　2008 年 1 月北京第 1 版
　　　　　2022 年 5 月北京第 2 版
印　　次　2022 年 5 月第 1 次印刷

书　　号　978-7-02-014902-5
定　　价　40.00 元

如有印装质量问题，请与本社图书销售中心调换。电话：010-65233595

作者像

青年

儿时

黄裳和夫人在北京

出版缘起

中国现代文学开启自一百多年前的一场文学革命。从此,与社会现实密切相关,普通大众可以接受、可以欣赏、可以从中得到思想启蒙和艺术享受的新文学,就如雨后春笋般生长,涌现出一篇又一篇、一部又一部影响当时、传之久远的经典作品。自"五四"新文学以来的中国现当代文学发展进程中,散文无疑是耀人眼目的明星。

散文既能直抒胸臆,又能描摹万物,因此被视为自由多样的文体;散文语言贴近日常,最易触动人们的情感,可以直接地陶冶人们的心灵。这也是经典散文被誉为美文、拥有广泛读者、历经岁月更迭仍让人捧读的原因。百余年来的中国现当代散文创作云蒸霞蔚,已莽莽如浩瀚的文学森林,人们若贸然闯入这片森林之中,时有乱花迷眼、茫然难辨之困扰。为了让广大喜爱散文的读者能够更迅捷地读到中国现当代散文的经典性作品,我们精心编选了这套"中国现当代名家散文典藏"丛书。本丛书编选过程中,我们邀请了文学界的专家学者组成编委会,在认真商讨的基础上,汇集、编选了20世纪以来中国现当代散文史上的名家、名作。目的就是方便广大读者感受散文经典的艺术魅力,有利于集中欣赏、比较阅读、收藏,以及进行相关研究。

在研究、讨论过程中,编委会形成了经典性的编选宗旨。卷帙浩繁的现当代散文作品中,以经典作家、经典作品的筛选为编选原则,是为读者提供阅读便利的需要,也是为百余年散文创作所做的某种回顾和总结。我们深知,任何一部文学经典都并非一蹴而就,也非任由某个权威命名而成,文学经典是经过时间的淘洗,经受了社会和读者等各个方面的考验,自然形成的。这个淘洗和考验的过程就是一部文学作品被经典化的过程。经典,是经典化过程的结晶。中国现代文学是中国当代文学的前身,当代文学是活在我们身边的文学,这是一件非常有趣的事,因为这样一来,我们也许就能亲眼看到一部文学作品是如何诞生的,又是如何引起社会的热议、得到不断深入阐释的,我们对一部当代散文的喜爱,往往也是在这一过程中不断地得以强化。经典便是在这样不断被阅读、被热议、被阐释的过程中得到人们的广泛肯定从而成为大家公认的经典。当我们要编选一套现当代散文经典的丛书时,就应该考虑到当代文学的这一特点,要意识到当代文学的经典并不是凝固不变的,它仍处在不断丰富和不断成熟的经典化过程之中。这就确定了我们的基本编辑思路,即我们自觉地将"中国现当代名家散文典藏"的编选和出版,视为参与到现当代散文的经典化过程的一次积极行动。经典化,为我们的编选打通了一条通往经典性的最佳通道。我们从经典化的角度来审视现当代散文,就要更强调发展和辩证的眼光,更需要发现和辨析那些正在茁壮生长中的新现象和新作品;这也提醒我们,在经典标准的确认上不能墨守成规。我们既要关注作为文学史的经典,同时又要更看重历经岁月变幻始终在广大读者中拥有良好口碑的作品。我们认为,读者是经典化过程中不可忽视的参与者,因此也希望这次"中国现当代名家散文典藏"的编选和出版,能够为广大读者参与到现当代散文经典化进程中来提供一次良好的机会。

经典化的编选思路，自然决定了这套丛书有另一特征：开放性。中国现当代文学作为活在我们身边的文学，这就意味着它是一种具有旺盛生命力的，仍在茁壮生长的文学。回望过去的一百余年，现当代散文已经产生了不少的经典性作品；凝视当下的现实，仍有许多正行走在经典化道路上的优秀作品；放眼未来，我们相信，将会有更多的经典脱颖而出。我们这套散文典藏丛书不光要"回望"，而且还要有"凝视"和"放眼"，也就是说，我们不光要推出已有定论的经典性作品，而且还要把那些正行走在经典化道路上的，以及刚刚萌芽即将脱颖而出的优秀作品也纳入丛书的视野，因此我们必须采取开放性的编选方针。我们不是一次性地编选数十本书就宣布大功告成了，我们还要在此基础上继续延伸下去，把在经典化进程中逐渐成熟了的作家和作品吸纳进来，作为系列丛书、长期工作、"长河"计划而接连不断地出版下去。

本丛书编辑过程中，坚持优中选优原则，同时也充分尊重作家意愿和相关版权要求。在编辑"中国现当代名家散文典藏"过程中，由于版权限制等因素，使得一些名家名作还没有如期纳入丛书当中，我们也将努力创造条件，争取将更多的优秀散文佳作奉献给读者，以呈现中国现当代散文创作的整体成就和总体风貌。

感谢广大作家的支持，感谢广大读者的厚爱。

人民文学出版社
"中国现当代名家散文典藏"编辑委员会

目 录

1 导读

寻古怀人

3 饯梅兰芳

6 宿诺

13 忆侯喜瑞

19 胡适的一首诗

23 文字和画笔的鲜活

26 关于王昭君

31 跋永玉书一通

35 龚自珍二三事

46 答董桥

48 伤逝

54 忆施蛰存

61 陈寅恪写杂文

64 零感

67 关于"梅郎"

生活闲趣

- 73　叫好
- 76　闲
- 82　贾桂思想
- 85　战宛城
- 87　思春
- 89　琉璃厂
- 96　老板
- 102　序《醉眼优孟》
- 109　萧恩的教训
- 112　茶馆
- 116　品茶

山水有味

- 123　江上杂记
- 134　昆明杂记
- 157　森林・雨季・山头人
- 166　过灌县・上青城
- 179　采石・当涂・青山
- 191　前门箭楼的燕子
- 194　富春

212　钓台

219　钱柳的遗迹

226　好水好山

240　敦煌

248　诸暨

262　雨湖

268　常熟之秋

276　天津在回忆里

279　美国兵与女人

读书静思

291　《锦帆集》后记

294　读书生活杂忆

301　寒柳堂诗

310　读《红楼梦》札记

318　冬日随笔

323　答客问

326　解密种种

329　"看不懂"论

导 读

  黄裳(1919—2012)，本名容鼎昌，原籍山东益都。他的生活经历并不复杂：读书、做译员、担任编剧之外，长期任职于《文汇报》。不过，他的头衔却不少，翻译家、记者、藏书家，当然，从1934年开始在报刊上发表文学作品起，黄裳的影响主要建立在文学创作上。他是一个多面手，小说、剧本都尝试写过，不过，写的最多和影响最大的还是散文。

  黄裳最初的散文创作是带有何其芳《画梦录》笔调的《锦帆集》《锦帆集外》，后来是情感上变得粗粝起来的《关于美国兵》。学者吴晗说黄裳《昆明杂记》(收《锦帆集外》)中对于南明史事的关切令他"起敬"，关于美国兵的文章"生动的文笔，顿时吸引住了我"，及至南京通讯(总题为《金陵杂记》)，"犀利的文笔，翔实的报道，熟悉的风格，读了如见故人"。① 在此之后，黄裳的《旧戏新谈》更得多人齐声叫好。唐弢评价："我觉得作者实在是一个文体家，《旧戏新谈》更是卓绝的散文。"② 至此，年轻的黄裳已成为引人瞩目的散文家。多年来他不断拓展散文创作的疆土，1983

---

① 吴晗：《旧戏新谈·吴序》，《黄裳文集·剧论卷》第6—7页，上海书店出版社1998年4月版。
② 唐弢：《旧戏新谈·唐跋》，《黄裳文集·剧论卷》第173—174页，上海书店出版社1998年4月版。

年回顾创作时，黄裳认为他的文字主要有读书笔记、纪游文和随感三类。每个类别他都有精彩的作品：读书笔记，是《榆下说书》《银鱼集》《翠墨集》《笔祸史谈丛》《来燕榭书跋》《来燕榭读书记》《梦雨斋读书记》等；纪游文，有《锦帆集》《锦帆集外》《金陵五记》《花步集》《晚春的行旅》《一市秋茶》等；随感，则包括《负暄录》《惊弦集》《春夜随笔》《榆下杂说》《来燕榭文存》等。除此之外，还可以增加一类，即怀人之什，代表性作品可举《珠还记幸》《故人书简》，两者分别从故纸旧迹和书简出发叙写师友风采，是十分独特的怀人忆旧之作，也是黄裳多姿多彩散文创作中的一个重要方面。

以上笼统的分类不过称谓方便而已，在创作中黄裳是各种体式相互穿插、渗透，你中有我我中有你。如《钱柳的遗迹》《常熟之秋》，虽属纪游文，却分明又在写人，写人又征引大量的史料，不妨看作作者的读书笔记。而这笔记中，臧否人物，抒发兴亡之际命运浮沉的感叹，处处有"随感"——如果了解作者对于"散文"这一体裁的看法，对这种写法便不会有丝毫违和之感。黄裳说他的这些文字："要简便，是通通可以归入杂文一类的。这里我用的是杂文的古意，指的是在传统文集中挨不进论、议、考、说、碑传、庆吊文……中去的一切东西。"① ——其实，"今已有之"，鲁迅的很多杂文

---

① 黄裳：《珠还记幸·后记》，《黄裳文集·珠还卷》第272页，上海书店出版社1998年4月版。

集子所收文字也不是狭义的杂文。内容"杂"、范畴广是黄裳散文的一个很重要的特色，他不喜欢纯而又纯的抒情文，曾经批评过："按照今天的通常概念，散文的范围已经狭到难以想象的程度，仿佛只有某一种讲究词藻、近于散文诗似的抒情写景之作，才可以称为散文。"他认为"散文的门类和风格都非常繁复，并不如此单一"，① 不应作茧自缚。他还强调散文和杂文不存在不可逾越的鸿沟："把杂文的因子引入散文，倒可以使散文变得更自如更有生气……"② 打通文类，融会贯通，从而更有生气和自由。这是黄裳对于散文文体的一个固执的认识，他以自己的创作实践又完善和丰富了这些理念。

黄裳是一位文体的冒犯意识很强的作家，他的很多创作都打破文体的常规边界，最大程度地释放文体的自由。他说《关于美国兵》"这是一本逸出了正规散文轨道的书"；《旧戏新谈》，借谈旧戏也谈了现实，不是剧评而是杂文，"在传统的剧评家看来是不折不扣离经叛道的行径"。《昆明杂记》《贵阳杂记》等纪游文，杂缀史料、读书笔记，"则是又开辟了一条新的创作道路"。③ 黄裳的游记不仅有风景，还有历史、现实、掌故、感

---

① 黄裳：《海滨消夏记》，《黄裳文集·榆下卷》第405—406页，上海书店出版社1998年4月版。
② 黄裳：《河里子集·后记》，《黄裳文集·杂说卷》第662页，上海书店出版社1998年4月版。
③ 黄裳：《掌上的烟云》，《掌上的烟云》第182、184、183页，华东师范大学出版社1998年12月版。

想。他认为:"游记也不是纯粹描写风景的,没有了人,没有了历史气息,只能是一种枯燥的自然写生簿。"① 打破文体的樊笼,索性"不必时时顾忌某些特定的限制和要求,想写什么就写,想说什么就说,结果就是这样一堆四不像的东西"。② 黄裳的"四不像"强调发挥散文"任意而谈"的功能,③ 获得"任意驰骋,放言无忌的快乐"。④ 他的书跋甚至打破文言与白话之间的界限,人生感叹、记事回忆、评点时世,乃至版本考据都可入乎其中,有"黄跋"之美誉。钱锺书给黄裳的信中曾赞:"报刊上每读高文,隽永如谏果苦茗,而穿穴载籍,俯拾即是,著手成春。东坡称退之所谓云锦裳也,黄裳云乎哉。"⑤ 这精辟地指出黄裳文字的特点,在这一点上,它融合了"二周"文字的精髓,既有鲁迅的冷静、犀利,又有知堂的雍容、闲致;既有情趣、情调在,又有观点和见解。

  黄裳的文字,尤其是读书记、书跋甚至谈旧戏的文章很容易为人误读,只看到迷恋旧纸的文人情趣,不曾注意背后的现实观照。黄裳曾不断提醒我们,他谈戏,常常谈到戏外,那是对时事的针砭。写读书记、书跋,"往往在古人身上得见今人的影子",这样会"脱离了

---

① 黄裳:《我写游记》,《黄裳文集·春夜卷》第67页,上海书店出版社1998年4月版。
② 黄裳:《花步集·后记》,《黄裳文集·锦帆卷》第560页,上海书店出版社1998年4月版。
③ 黄裳:《我写游记》,《黄裳文集·春夜卷》第67页,上海书店出版社1998年4月版。
④ 黄裳:《掌上的烟云》,《掌上的烟云》第184页,华东师范大学出版社1998年12月版。
⑤ 钱锺书1981年3月15日致黄裳信,转引自黄裳《故人书简——钱锺书十四通》,《故人书简》第164页,海豚出版社2012年8月版。

骸骨的迷恋，得见时代的光影"、"免于无病呻吟无聊之讥"。① 黄裳毕竟是接受过五四新文化洗礼的新文人，他的思想底色是现代的。他的游记，"表面是'怀古'，隐伏在底下的则是'伤今'"。②《金陵杂记》"并不是忽发思古之幽情，主要还是要观察这个政治中心的较全面的实际，时时抒发今昔之感，不是通常所理解的游记。"③ 他谈旧戏《思春》，充满对女性的同情，对"万恶淫为首"等封建伦理予以无情的批评。谈《法门寺》中的"贾桂思想"，痛斥游移于主奴之间的奴才行为，呼吁国家现代化要加强法制、发扬民主。他特别感兴趣的历史转换时期的南明史事和人物，其背后有一个现代知识分子的眼光和判断。黄裳的文章摇曳多姿，别有情致，却不缺凌厉之气。他曾自得地说，八十五岁了，"近仍不时动笔，说些怪话，以之自娱。……仍不失少年凌厉之气"。④ 这种凌厉之气，与远古的幽思、旧纸的迷恋、山水的情怀，共存于黄裳的文字中，让我们读黄裳的文章犹如经历一次穿越古今的迷人旅程。

周立民
2022 年 4 月 7 日，上海足不出户之时

---

① 黄裳：《〈黄裳书话〉后记》，《掌上的烟云》第 322 页，华东师范大学出版社 1998 年 12 月版。
② 黄裳：《我写游记》，《黄裳文集·春夜卷》第 66 页，上海书店出版社 1998 年 4 月版。
③ 黄裳：《1946 年在南京》，《黄裳文集·春夜卷》第 773 页，上海书店出版社 1998 年 4 月版。
④ 黄裳：《答董桥》。见本书。

寻古怀人

饯梅兰芳

梅畹华在上海演出很久了,从来没有想到去听一次。因为听说票子极不易买。而且博士的嗓音不如从前了,何必去凑这个热闹?今天打开报纸一看,临别纪念,只余两天,路过戏院门口,看看还有位子,于是就听了一次《汾河湾》。

我不懂戏,而且也从来不会作谈戏的文章。然而这次却不容自己想写一点"槛外人"的观感,给我们的博士作饯。

我有说不出的感慨。戏散以后,谢幕已毕,走在大街上,车水马龙,华灯人语,如此热闹,如此荒寂。我想到梅畹华五十余年的舞衫歌扇的生涯,垂老还在舞台上作戏娱人。然而他的嗓音的确大大不如从前了,全失了低回宛转的控制自由,时时有竭蹶的处所。听说他的唱戏是为了生活,说好听些是为了一批跟着他的班底的生活。一世伶王,他没有余赀,垂老卖艺,这使我十分敬重。

我又想起沦陷八年,梅在上海留须隐居的故事。这正可以媲美南唐的乐宫,"一曲伊州泪万行",有多少说不出的辛酸。时至今日,梅恐怕又将有留须的必要了,为了那些外来的"殷勤"。还有一个理由,嗓子的确不行了,为了保持过去的光荣,梅有理由从此"绝迹歌坛"。

《汾河湾》是一出老戏。老戏有老戏的好处,千锤百炼,经过多少时光的润泽,精炼是必然的。英文名《一只可疑的拖鞋》,绝妙的一个小品。看看目前的角儿,哪一个能演得那么细致?几经雕磨,几十年的舞台经验,乃有现在的梅博士。虽然对白处处使我为他的枯涩觉得吃力,然而看那动作表情,无处不使人会心。盼丁山归来的忧心,见仁贵说出来意以后,她说出自己的真名。又羞于衣衫的褴褛,几次扶头,拂拭衣襟,如此的美。接过金印以后故意作出失手而未坠地的欢喜之情。与仁贵开玩笑说"与那人一块睡觉"时的微妙纤细的表露。听说仁贵还在做"马头军"时的失望,失望后无奈的寻笑说话。处处都是小动作,小表现,多么难得的表现呀,在现在的舞台上找不到第二个。只言慧珠多少有一些像,言的聪明,学到了不少老师的细腻。

唯一缺憾,听到丁山死讯后,哭儿子时两袖向仁贵身上一拂,博士笑场了。

奇怪得很,赌气坐在地上时,装出不快活的脸子时绝似芙蓉草,可怕的"老"。

嗓子的竭蹶,几次争论马头山与凤凰山时的出语,使人气闷。又想起芙蓉草。回忆十年前在天津听梅的《贩马记》,"儿是夫人了"句的圆润,不堪回首。

说到"少年子弟江湖老"(杨宝森不是这句)"红粉佳人白了头"时,"彼此,一样",我不知梅有无感慨,我真觉得悲哀欲哭。

穿青衫,拂水袖,容华依旧,我们的舞台上更无如是清丽的现身。后来加包头,加花袄,就稍嫌臃肿。

十年前在天津南开,当张伯苓校长与张蓬春先生陪梅来参观时,我钻到大礼堂的后台,突然出现找他签字。听戏时到结尾不顾前排人的厌恶,跑到台前去看得更仔细些。今天我又挤到台前去看谢幕,我鼓了掌,两次,三次。我看见梅的确是老了。

"收拾铅华归少作,屏除丝竹入中年。"我们的博士又奚只中年,五十多的人了。"特刊"里正好有一张照片,多少年前梅初至

黄裳和梅兰芳等

上海时所摄,高领子,站在一盆花前面。我想象这一个历尽沧桑的人物,从"金台残泪记"时代经历若干年的风险,到现在的艺人。受多少人崇敬,盖非无因。

《汾河湾》是个小喜剧(就算我又下错了定义吧,梅博士最后的笑场也可以给我辩护了),看了以后却有满心的感伤,如果梅畹华真是"绝迹歌坛"了的话,我这就算给他饯别吧。

一九四六年

宿　诺

沈从文是个写文章的人。也许有人会觉得奇怪，写文章的人不就是作家么？不，这并不一定就是一回事，我在中学里就开始读沈从文的文章了。读过《边城》《湘行散记》，觉得很喜欢。他的小说我读得不多，可是我知道他写得很多。他的小说我也并不是篇篇都喜欢。他是个勤奋的人，细致的人。他很重视技巧，他是很早尝试运用各种技巧于作品中的人。但技巧并不能决定作品的成败，也不能决定作品的"伟大"与"渺小"。记得他很喜欢讲"读生活这本大书"这样意思的话。这是真的，也是不错的。他读过了种种"生活"以后，就用他那支细巧的笔加以记录，勤恳地、想方设法记录下来。他走过了一条漫长崎岖的道路，看见过各种各样的"生活"。我说他的有些小说我并不喜欢，想想主要的原因恐怕就在他笔下的有些生活本身不惹人喜欢。不知道说得可对。

在通信中我曾说起非常喜爱他写的一本《湘西》。这不是小说，也不是一般人心目中纯正的"散文"。从回信中知道他并没有不高兴，我于是感到心安。称赞一位小说家并非小说的作品，是有点唐突的。这事开始时我并没有意识到。近来我又觉得他研究中国古代服饰的那本书写得好，这就更和"小说"不沾边了。他的文字是有一种特别的风格的，这恐怕不完全是由于讲究技巧。这是一种的的确确与旁人不同的风格。有自己的风格是可贵的。我们实在也听腻了某种似乎已成为定局的调子。文字是表达思想的。即使是很好的思想，用那种过于滥熟调子唱出来也不能吸引人。这也许就是我们不能过分轻视风格的原因之一。

上面这些意思就是想说明沈从文为什么是个写文章的人,可能依旧一点都没有说清楚。

听说最近沈从文在海外受到了非比寻常的重视,有不少人在研究他的作品,研究者还有因此而获得高级学位的。听到这类消息我是高兴的,不过也不想设法去找什么研究论文来看,连报道也没有见到过一篇。我感到高兴的是因为一个作者在寂寞了多年之后又被人记起。这事在一个写文章的人说来是头等重要的。文章的生命不就寄托在读者身上么?至于引起重视的原因倒是容易理解的。秦始皇墓侧兵马俑坑的被发现与引起轰动也就是同样的道理。不是站在坑边的一切洋人都一律惊叹并慷慨地称之为世界第九奇迹么?我想这是不必大惊小怪的。说奇迹也确不愧为奇迹,但在严格的美术评论家看来,也不免平平常常、千篇一律。何况这一大批兵马俑的被制造出来,不也只是为了夸耀秦始皇的无上封建权威,有什么意思呢?这样推论下去是很有陷入庄生"此亦一是非,彼亦一是非"的危险的。好在沈从文的文集已经陆续编印出版了,好像已经出版了几大本。还是捺着性子听听读者的意见吧。

也还是一九四七年开始起劲收集时贤书法时的事。曾托靳以寄了一张笺纸到北平去请沈从文写字,不久寄来了。在一张小小的笺纸上临写了三家书法。包世臣、梁同书和翁方纲。在笺尾有两行小字,是他自己的话,字也是他自己的面目。他说:

包、梁二书均不喜。苏斋虽瘦而腴。上官碧。

上官碧是他常用的笔名。他说得对,包安吴、梁山舟虽然都是有重名的书家，但到底看不出那好处来。梁书虽有姿媚，但总脱不出馆阁体的牢笼。安吴是理论家，但理论家往往不能在实践中实现他的理论，正好像我们不能要求文学评论家写出一篇好小说来一样。只是翁苏斋在我的印象中一直是"腴"的，"瘦"的作品则很少看到。

这张字他大概不大满意，不久又寄来了一张长长的条幅。这是他一直写的章草了。署名仍作上官碧，后面有长跋：

> 黄裳先生远道邮佳纸索书，为用李福寿笔涂抹，竟成墨冻蝇。复检旧纸，经意一书，拙陋益增。始知婢学夫人，大不容易。仍只宜用起码价钱小绿颖笔在公文纸上胡画，转有妩媚处也。因检习字一纸相寄。从文

这些话说得很有意思。过去文学艺术家有许多人发表过相似的见解。可见好文章、好诗……都不是经意作出来的。当然这也不能说死了。世上无论什么事，一说死总非弄坏不可。文学艺术上的事尤其是如此。写小说又何尝不是这样，讲技巧讲过了头，往往只能产生"墨冻蝇"，这是并不少见的事。

这时他和住在北平的一些朋友好像都喜欢写字，他又寄来了一张更长的条幅，右下角题记说：

> 霁清轩中三人同书。上官碧记

卷末题记说，"二行至'万余里'从文书；二至四行充和书；至六行，从文；七行金甫书。时三十六年八月，于故都之颐和

园中。"

充和是张充和,从文夫人的妹妹;金甫是杨振声。

这一张字照我外行的看法,应以张充和为第一。至少在流动宛转这一点上,是突出的。杨金甫也能书,这我过去根本就不知道,他的字当然更老到,但在这里却没有凌厉之气。三位都是书家,是明明白白的事。

我连忙向靳以打听关于张充和的事,又要他写信去请她给我写字。靳以是极善于讲故事的,听他讲张充和,就像读一篇小说。可惜三十多年过去,一点都记不起了。

一九七五年前后,黄永玉南来,路过上海。从他那里打听到沈从文的近况,这以后与他又开始了通信。时距锦江楼头一见,又过了十来年。从信里知道他还在写字,不久就寄了一张来,用的大约是从一本旧帖上取下来的厚绵纸副页,经过水湿,渍痕宛然。纸上用铅笔打了格子,在上面写了四首诗。这幅字写得非常好,虽然旧时面目仍在,但平添了如许宛转的姿媚。小跋说,"试用明拓帖扉页衬纸,七分钱新制'学生笔',写四小诗。纸笔均佳妙,惟执笔之手不济事!书奉黄裳兄正谬。沈从文年七十进四。"

在那时候,得到这样一张字,是使人非常高兴的。那是一小撮人张牙舞爪,全国人民痛苦忧愤的日子。不想听或听厌了"样板戏"的人真是走投无路了。整天赖在公园里打太极拳也不是事。弄盆景、养金鱼、种花、捉皮虫……都成了"风"。"当局"好像也并不起劲地加以禁止。在这种时候,写写字好像就成为一种高雅而无害的高级消遣。也不能说这就没有一点实用价值,抄起大字报来,一笔好字至少也能增加一点吸引力,或增强人们拜读时的忍耐心。不过要写字也还是以抄录"革命"词句为好,像沈从文在这里写什么"不管烟波与风雨,载将离恨过江南"也还是老大的不妥当,即使这诗是宋朝人作的也罢。

前年夏天,忽然接到卞之琳从北京寄来一封信,说他去年秋天在美国访问时遇到张充和,提起三十多年前的"旧约",现在要实践了。随信附来的是张充和的一封信,略云:

> 奉上拙书一幅,想来你已忘记此事。因靳以四九年的信尚在,非了此愿不可。我的字时写时辍,不成"体"统。……附上靳以信影本,一叹!

靳以的信说:

> 充和:看了你的信,大家都觉得你们还是回来的好。这个大场面你不来看也是可惜的。当初我就以为你的决定是失策,可是没有能说,也不好说。看到你的兴致那么高。有机会还是回来吧。你答应过给黄裳写的几个字也没有影子,得便写点寄来吧。我们都好,大家都盼望你回来。靳以四月廿日(一九四九)

接到这封信和字,真是说不出什么滋味,痴坐了许久。从靳以的这封短信里,似乎又活灵活现地看到了他这个人。他善良热情,关心朋友,爱护朋友。信很短,可是里面藏着的"话"很多。仿佛可以看见、听到他那胖胖的双颊上蠕动的微红,眼镜后面眯缝闪动的双眼,好像有点口吃似的断断续续说出来的话,他那总是抹不掉的微笑和一会儿都停不下来的动作,这一切都永远消失了。记得我托他请张充和写字，也不过说过就算了。也许开玩笑地催过他。可是他却郑重其事地记在心里，在写这封信时还不忘记提一笔。

读了这信，真不是"一叹"就能了事的。

同时附来的是一幅皮纸朱丝栏的卷子。写的是《归去来辞》。楷书。卷末题记说是应我"三十年前转托靳以之嘱"。在之琳的另一信中说她"今年（一九八一）八月在南德明兴（慕尼黑）客居三个月，回到美国新港，发现田园荒芜，手植菊已被草掩盖，连根都找不着，写信给我说，松还可以，菊何能存"。这似乎可以解释何以要写陶渊明此文的动机。但写此辞时在南德，在回美以前，她还没有看见"三径就荒"的情景。可见这一推测是不确的了。那么女书家到底为什么在去国三十年后写下了这么一篇《归去来辞》呢？

这"辞"可能是背写的，中间有遗漏。但重要的句子却一句都不曾缺少。

三十多年前收集的一批师友墨迹在十年前被抄没了。后来又意外地收回了其中的一部分。在我开始介绍这一组劫余书件时，题下了一个《珠还记幸》的总题，表示了一种意外侥幸的高兴心情。失去的墨迹中就有靳以写的一张。他不是书家，但字迹却是秀丽的。平明出版社有许多新书的封面，就都是巴金抓住他写下的。现在却只能看到一封短笺的复印件。这封短笺被女主人带到国外，幸存下来了。躲过了被抄没的厄运。抄不去的还有靳以三十年前的嘱托。现在她践了"宿诺"。

在这里记下的只是一些微不足道的小事，在有的人看来也许还是迹近"无聊"的小事。有一条奇妙的线在牵动着它们，这条线虽然细弱、飘忽，往来无迹，但它牵动的却可能是非常的重量。这在有些人是不可能理解的,也不应该要求他们理解。

一九八三年二月十八日

作者附记

　　为了行文的方便,文中提到的许多人都没有加上敬称。

忆侯喜瑞

昨天早晨参加了一个茶话会，会上谈起了最近戏剧院团的改革。总的印象是形势大好，问题不少。形势大好是必然的，因为改革是全国人民一致的迫切愿望与要求，无论什么力量也将无法阻挠。而改革途中新问题的不断出现，更不是什么意外的事。这是必须用认真的态度一一加以对待、克服的。不能退缩，不能只是摇头叹气，更不能以此为借口而按兵不动、趑趄不前。人们提出来的问题之一就是一些新组成的包干演出队的重点剧目太少。少者三四出，多者十来出，有的还需要紧张的回忆、排练。总之，"资金"短缺，无论就演员或剧目来说都是如此，因而带来了经营上的困难。有人说，例如《战宛城》，如能列入上演剧目的话，就没有了能演得好典韦和张绣的演员。而擅演曹操马踏青苗的，现在也只剩下了一位侯喜瑞，他也已九十多岁，演不动也教不动了。言下不禁唏嘘。

下午看晚报，就吃惊地知道，著名京剧表演艺术家侯喜瑞老先生已于一九八三年二月二十二日以九十二岁高龄在北京逝世。在惊悼之余，不禁引起许多往事的回忆；不用说也更加强了在改革中提出的一些具体问题必须抓紧解决的紧迫感。

我是五十年前开始看侯喜瑞的戏的，一下子就被他吸引住了。他是引导我熟悉、理解并热爱京剧艺术的重要的演员之一。他带领一个孩子走进奇伟瑰丽京剧画廊，第一次认识了张飞、李逵、牛皋、窦尔墩、马武……这许多可爱的活生生人物的人。小孩子最初走进剧场喜欢看热闹，能多少理解剧情、欣赏艺术那是后来的事。可是侯喜瑞给人的不只是热闹、火炽，而是一连串粗豪、勇敢、正直、妩媚的活的形象，这许多都是旧时代的英雄人物，他们都有各自的缺点，并不是"完人"。他们往往会因自己的粗鲁、不沉着、缺少心机而上当受骗，吃亏或出洋相。但他们到底是可爱的，这毫无疑义。一个孩子，如果说有机会能和张飞一起做游戏，那将是多么高兴的事。没有谁会一见张三爷的丈八蛇矛就心惊胆战。不，绝对不会发生这样的事情。这是值得思索的一个问题。至今我也说不清京戏给我带来了哪些积极和消极影响，也就是说，对旧戏的教育作用与危害性的估计，依旧说不清楚。但可以肯定的是，对两面派、口蜜腹剑这种角色的深恶痛绝，是早在儿童时代就已坚定树立起的概念了。而教给我这一切的不是课堂上的先生，而是包括了侯喜瑞在内的许多人。他们没有给我上大课、作报告，他们是用另外的方式、舞台上的形象说服、影响了孩子的人生观的。为此，我至今也并不失悔，只有感谢。

侯喜瑞是喜连成科班出身的老辈，很早就出名了。但一生都没有作为主要演员在场上出现过，最煊赫的经历也许是陪杨小楼演《连环套》的大轴。平常也只是演配角，或单挑的折子戏，那又往往是开锣戏。但这并不影响一位表演艺术家在观众中的威望。我就常常买了票去看他演一出《取洛阳》《丁甲山》的开锣戏就满意地退场了。我想，这种现象到今天也是值得许多演员同志思索的。"威望"的树立，在过去并不依靠戏院老板的赏识或小报剧评家的吹嘘、阔佬的捧场。这些都有点用，但不经久。在侯喜瑞的开锣戏后演出的许多当时的有名演员，他们的名字有许多我已记不起、说不出了。

一九四六年我在上海报纸上发表《旧戏新谈》，曾为五位健在的演员各写一文。当时曾为自己设下了一点限制，尽可能不为当时在舞台上活跃的演员专设一题。但这五位是例外，他们是梅兰芳、小翠花、萧长华、侯喜瑞、郝寿臣。除了梅畹华，其他四位在当时都是陷于寂寞或困境的演员。当时报上有消息说侯喜瑞晚境潦倒，已经沦落在天桥的茶馆里清唱，这真不禁使人愤慨、叹息。于是就写下了《怀侯喜瑞》。当时完全没有料到，他是五人中享寿最高，晚境甚佳的艺人。为了庆祝他九十岁的生日，北京曾举行过盛大的纪念演出。他真幸运，一直活到了开国以来最好的时光，在晚年真正尝到了人民对优秀表演艺术家的尊重与爱惜。

我在一九六二年侯喜瑞的一次南游中才第一次看到了这位可敬爱的老人。当时他已七十高龄，可是兴致极好，在上海中国大戏院的后台我看他剃须、画脸谱、上装，在上场门后面试着腿脚，那真是"跃跃欲试"啊！从那时我就想，在新中国，有多少这样的老人，人是"息影"了，可是心还是炽热的。他们心里的火是扑不灭的，这是中华民族伟大优秀的传统得以流传不坠的根本保证。那天侯喜瑞演出了他的得意的作品《飞虎梦》，也就是牛皋招亲的故事。他穿了大红官衣，纱帽两侧插着一对喜庆的金花。他的台步、身段、声口……依旧可以使人追想当年的风范，他的动作是有点迟缓了，但节奏更清晰、分明；他不删去每一个表现人物性格的微小的表演细节。老人在舞台上追寻他的盛年旧梦，想唤起老观众美丽的回忆，给年轻人以清晰的提示。我看得出，在演出中他得到了非凡的快乐。

后来我又到旅馆中进行过一次访问。这位朴实、和善的老人，带着极为浓郁的扑面而来的"北京味"，穿着黑色的紧身棉衣。我向他表示了一个普通观众从小孩时就开始聚积起来的敬意和爱。我太笨拙了，也许老人有点拘谨，谈话进行得不能令人满意。回来以后几次想写一篇访问记，但终于没有写成。我发现，演员和他的观众都已经没有了过去的那种情怀。

侯喜瑞一生在舞台上塑造的人物不只限于张飞、马武……他还是"活曹操"，最受欢迎的刘瑾，还有《失街亭》里的马谡、《珠痕记》里的中军、《红拂传》中的虬髯公……大大小小的角色他都演，在新编的《桃花扇》里还演过苏昆生。他一生演过多少角色？他能演、常演的剧目有多少？他的代表作是哪些？这些问题到今天一下子也还回答不出。这对只掌握了几折或十来出戏的演员是一个很有意义的提醒。不只主角才可能是最佳演员，能上能下，能单挑也能演好配角才是一个优秀演员必备的条件。配角的光芒罩过了主演的例子太多了。

改革的重要目的就是解放生产力。生产力能否得到解放，自然要由经过改革的制度来保证，但最重要的还是被解放者本身的要求和动力。从旧社会过来的演员是在旧制度的压迫、束缚、限制下挣扎、奋斗过来的，他们的得以生存，并有发展，取得成就，主要依靠的是他们对艺术事业的忠贞。今天这些旧的束缚、限制已经一去不复返了，但又为我们自己善意设置的许多条条框框捆住了自己的手脚。现在应该做的就是努力解开这些新的束缚，使蕴藏在人们身上的力量充分发挥出来。在进行这种伟大艰巨的改革中，老辈的经验对我们依旧是珍贵的。

古代诗人说过"功夫在诗外"的话，这是很有深度的经验之谈。艺术方面的事情大抵差不多。多年来我们比较重视艺术家表演经验的记录，自然这是很重要的，也是做得远远不够的；但多少忽略了他们在艺术之外的许多经验、"功夫"。

侯喜瑞演《法门寺》里的刘瑾，当他恭恭敬敬地把太后送走以后，重新整冠，拂带，转身，向正中的宝座稍一凝视，接着就摇摇摆摆地几步登殿升座了。只这几步路，就能走出满场彩声。观众欣赏的是演员的身段，同时也为在一刹那中鲜明无误地看到了刘瑾的两种面目、两种气势，看到了终于脱下了伪装的刘瑾的心而感到非凡的满足。这一类的表演，小孩子是不能理解的。为什么"老观众"的意见有时值得重视呢？就是因为他们见的世面多，看惯了在街上时时走过活着的"刘瑾"，积累了许多印象、感想，这时突然与演员的表演一下子合拍起来了的缘故。至于演员怎样获得了这样的表演技巧，我相信也并非完全是从师傅那里照猫画虎地搬了过来的结果。

这就提醒我们，不能只去学表演艺术家的表演技巧，还得懂得学会他们怎样继承、发展、创造这些技巧的方法与道路，必须努力获得点铁成金的指头。

京剧是程式化了的。程式是从生活中提炼出来的，并非先验的唯心主义的产物，用形而上学的方法继承、学习是不行的。侯喜瑞的"马踏青苗"是看过后使人难忘的。曹操率领大军兵发宛城，舞台上人马簇拥，将士如云。忽的一下子大军出发了，台上空落落的只剩下了曹丞相一个。他在马上得意得很、自信得很，他没有信辔闲行，而是纵横驰骋。他掌握不住身下的坐骑，终于失去控制，踏坏了麦田，自己陷入自己刚才宣布的以脑袋为惩罚代价的军令。一座空台，观众看见的却是一望无际的春郊旷野，看见曹操在怎样纵马，战马怎样失足，他怎样吃力地控制，终于失败。只听见了他一声恨恨的长叹，发出了"军马撤回"的命令。观众看见的不只是曹操在骑马，还看见了他的骄纵，他的由得意而吃惊、挣扎、失败、悔恨的心理变换过程。这全部表演不是记熟了程式就能再现的。其中还有极重要的程式以外的东西。

荡马也不过就是这样。一套戏装，一根马鞭，程式也就是那几样，马失前蹄也有一定的表演方法。可是换了杨小楼的《艳阳楼》，马鞭拿在高登手里，就完全是另一回事了。那真是一场高度真实的春郊纵马的再现。程式依旧是那些程式，除规定情景有所不同之外，好像也并无多少差异。可那完全是不同的另外的杰作。

在京剧的抢救、继承、发展问题上，我也像有些同志那样时时感到了任务的非凡艰巨与紧迫，但并不像他们那样的悲观。许多老辈的优秀表演艺术家离开我们了。有些人没有能很好地把身上的东西留传下来，这是非常可惜的，也是由于工作中失误产生的不可挽回的后果。但程式仍在，至少规模尚在。重要的是能掌握运用它们，懂得它们怎样产生、改进、丰富的过程与规律。"定本"是没有的。像绘画一样，齐白石有许多"粉本"，但他的画没有一幅是一丝不苟地从"粉本"中抄下来的。何况是在舞台上。我不相信有、也不想欣赏一个模子里刻出来的侯喜瑞。

创作新编的历史剧、现代剧的情形也是一样。困难所在是我们缺乏又不善于创作、运用应有的表现手段。程式也是人创造出来的，来源是生活。离开生活我们就既学不好旧程式，也搞不出新程式。

在悼念优秀的京剧表演艺术家侯喜瑞逝世的时候，想到了这一些极不成熟的意见，就以此作为对侯老的纪念。

一九八三年二月二十四日

胡适的一首诗

　　胡适死去很久了。关于他的评论、批判……身前身后也可谓多极了。不过都还不能算是"定论"。那原因大体上说来不外是依据不够完备，分析不够细密，结论失之匆促。因之对本人和读者都缺乏说服力。不只是批判如此，有些把胡适捧上天去的文字也同样如此。现在继《胡适往来书信选》之后又新出了《胡适的日记》，虽然残断不完，到底也提供了不少过去我们不知道的事实。仅就胡适与政治的种种就能理出一条大致清晰的发展线索。例如，一九二二年五月十四日的一条日记就很有意思。当时胡适起草了一个《我们的主张》的宣言，参加讨论并列名的有蔡元培、梁漱溟、李守常等共十五人。后来梁启超、林长民看了不大高兴，宗孟说："适之我们不怪他，他是个处女，不愿意同我们做过妓女的人来往。但蔡先生素来是兼收并蓄的，何以也排斥我们？"

　　这是当时参加政治活动的"清流"群极为坦率的自白，读了使人不禁莞尔，"原来是这么回事！"其实胡适的"干政"一直是这么回事，可以直推到二十五年后的一九四七年。当时的"当局"已经不是吴子玉大帅而是蒋介石了。胡适确为参加蒋政府很踌躇了一阵子。一九四七年二月六日他写给傅斯年的一封信里说：

　　　　我在野，——我们在野，——是国家的、政府的一种力量，对外国，对国内，都可以帮政府的忙，支持他，替他说公平话，给他做面子。若做了国府委员……结果是毁了我三十年养成的独立地位，……——用一句通行的话，"成了政府的尾巴"！

这种"赤心的话"，确是明白自动地道出了他"三十年来"行动的动机与纲领，而不是旁人分析出来的结论。其可信程度是极高的。

胡适的"好学生"傅斯年出于同样的政治目的也极力劝他珍重自己的"声名"，不可轻率地出卖自己。并用"（王）云五一参加，声名尽矣"的眼前事实，指出蒋介石政府当时的"借重先生，全为大粪上插一朵花"。读者不可误解，这并非劝胡适不与当时的政府同流合污，只是说"卖身从良"必须慎重，必须要求值得的"身价"而已。

前些时看到一本《胡适之晚年谈话录》，这是他的秘书从日记中整理出来的。其一九六一年二月十日中有一节：

这里下面引的（按指《徵信新闻》）六言诗，也有好几个错字。那是一九三八年作的。那时中日战争发生一年多，我和陈光甫两人在美国华盛顿替国家做了一些事（桐油借款）。我有一张照片，光甫说，"你在照片上写几个字纪念吧！"我就写了这四句诗。一直到了一九四七年在南京选举总统那年，陈孝威要我写字，我因为这首诗只有二十四个字，就写了给他。这是完全对抗战发生而写的。陈孝威回到香港，在《天文台》上发表了。当时共产党把这首作为过河卒子"胡适卖身给蒋介石"的话，大大地攻击我。这首诗变成我最出名的诗了。现在《徵信新闻》又说把它作为一九四八年在北平出来后做的诗了。

这里说的六言诗，就是有名的——

偶有几茎白发，心情微近中年。
做了过河卒子，只有拼命向前。

一九四七年，我在上海《文汇报》编报。偶然在一家从不寓目的军统办的通讯社的铅印稿中看到了这首诗。当时就写了一段小杂感，又拉沈同衡配了一张漫画，连原诗一起在第二天（1947年1月30日）的报上发表了。

过了河的"卒"

胡适先生很久不作新诗了。

"国大"开幕，胡先生连称"满意！满意！"；回到北平以后，凑巧又遇上了美军暴行案，一场下来，结果"圆满"，不禁连呼"顶好！""顶好！"。我看胡先生现在大抵是有如金榜题名，鸿胪传宴以后的人物，志得满意，搔首踟蹰，天下该没有再不满意的事了。

然而我们又读到了这样一首六言新诗，寄愤激于潇洒，寓悲愤于闲情，言微意远，不禁为之动容。回想无论在新青年时代，在新月时代，在独立评论时代，我们的博士都没有过如此的表现，这正是赴敌前的诀绝词，我敢断定，我们博士的下一表演一定是坚决的，出色的，普天下的看官，请都拭目以待吧！

然而那一股悲哀之情，溢于言表，又是不可掩饰掉的。胡先生饱读旧史，应该是明了这种心情的，如果不嫌我比拟不伦的话，洪承畴在死囚狱中，吴梅村在去京路上，应该都有这样的心情，推诸近事，博士的老友知堂先生出席大东亚文学者的会谈之前，也是应该有这样心情的吧！

按象棋规则，小卒过河，势不反顾，只能杀奔前去，走一步少一步，到底就是死路一条；

再按象棋规则，小卒过河即可横行无忌，左右冲突，自由得很，也凶得很。

这是我细按原诗考证所得的结论。

话也不必说得太多了。反正这已经是过了河的"卒"，珍重，博士！

这以后，郭沫若等同志都写了杂文加以评论，记不出那篇目了。只在唐弢同志新刊的杂文集中找到了一篇《〈述怀〉诗考》，就是其中之一。

三十八年匆匆过去，这也真的变成了一件"掌故"。我觉得有趣的是，胡适直到晚年，还不曾忘却这一桩公案，不避烦琐地加以辩证。就照他所说，这诗是写于一九三八年而非一九四七年的"新作"，但他并未说明，为什么在那个时候，别的不写，偏偏重录了这首"旧作"呢？怕不是六言诗字数少这条理由所能解释的了。

一九八五年九月十七日

文字和画笔的鲜活

永玉从北京打电话来，说他的《沿着塞纳河到翡冷翠》要重印了（今年十月，将由作家出版社出版），要我写一篇小序。近来实在写序写怕了，每逢接到"命令"，总是胆战心惊，千方百计想躲避。但这回却两样，我读过这本书，觉得写得极好，留下的印象深刻而鲜明。在新印本前说几句话，是愉快而光荣的事。赶忙从书架上找出了原书。我的书杂乱放置，要找一本是非常困难的。这次却不然，一索而得。看看题属，还是一九九五年十二月永玉过沪时相赠，是送给内人和我的。光阴似箭，转眼十二年过去，现在只能由我一个人把玩欣赏了。什么是"故人""旧侣"，这就是了。

过去画人文士常常自己或由旁人品评自己的艺术成就，如"诗第一，画次之……"之类，往往是不大靠得住的。这有多方面的原因。也许是自谦，也许不是，内藏玄机多多，不可尽信。永玉是个"好弄"之人，木刻、绘画、雕塑、造型艺术……之外，尤好弄笔。散文、电影剧本、新诗、杂文……样样来得。在我的私见，他的画外功夫，以散文为第一。他的散文写作，也包括了许多方面。如极简短的配画的语录体短文，包含丰富的哲理意蕴；扩而广之《水浒》人物画，题画不过简短的一两句，却能片铁杀人。如他画在五国城的大宋道君皇帝，如北宋名妓李师师，尽管她与周邦彦的故事，经王国维考证是莫须有的传说，却无妨作为画题。有时我觉得考据家往往是艺术破坏者，他们将许多美好的传说都糟蹋了。考据家破坏了多少人间好梦，但诗人画家却视而不见，任意而行。照旧说都是可以"浮一大白"的。

散文的范围极广,其中自然包含了游记一种。游记的写法也有多种,有柳子厚《永州八记》,也有陆放翁的《入蜀记》,风格各异,写法亦不同。但触景生情,其随笔所生的感慨却绝不可少。好的游记之有别于旅行考察报告者在此。这本美丽的小书也应是游记,也应该如此看待、衡量。

我同意作者对徐志摩的评价,他的极限功绩是为一些有名的地方取了令人赞叹的好名字,如"康桥""香榭丽舍""枫丹白露""翡冷翠"……至于他自己,不过是一位漫游巴黎的"大少爷"而已。

关于意大利、法国,我自然是"心仪"的,但只有资格作为一个"卧游"者,随着作者的"画笔"领略一些美丽的碎屑。此外,也有些许篇章,和个人有些牵连,因而感到浓厚的趣味。如作者写他与林风眠交往的故事。

永玉记在杭州初访林风眠,那位经林夫人用法国腔国语教熟的应门小童,举止声口,真是活画。后来在上海南昌路住在马国亮隔壁的林风眠,又另是一番光景了。我是常到马家去玩的,却没有请马国亮介绍去访问过大师,仅有一次是跟朋友一起去的,见到了这位自称"好色之徒"的大画家。友人唐云旌极佩服大师的作品,但画价高昂,买不起,又不敢索画。后来我在巴金家里看到挂在客厅里的一幅林风眠的秋鹭。巴金说,林风眠在去香港前,整理存画,分赠友人。巴金说:"你不早说,他的画还送不完呢!"

读原书的"后记",发现这样几句:

女儿小时候对我说:"爸爸,你别老!你慢点老吧!"

她都大了，爸爸怎能不老呢？女儿爱爸爸，天下皆然。

到"文革"中，女儿八九岁了。

"爸爸，你别自杀，我没进过孤儿院啊！怎么办？爸爸！"

我拍拍她的头说：

"不会的！孩子！"

  写这篇后记时，永玉六十八岁。今年几岁了？唉！我们都老了，也都能体会到"女儿爱爸爸"这句"天下皆然"的"真理"。

  希望我们都能保持"特别之鲜活"的脑子，像《沿着塞纳河到翡冷翠》中的文字和画笔似的鲜活。

关于王昭君

——故人书简·忆汪曾祺

曾祺逝世后,我写了一篇《故人书简》,抄出他给我的几封旧信,回忆了当年过往的种种,以为纪念。近来整理旧藏师友信札,又发现了曾祺一九六二年自汉口寄我的一信,却是讨论《王昭君》问题的。这是他写的一个京剧剧本,好像是为张君秋写的,不知道后来曾否上演、出版,想来曾祺这种写成而未问世的作品还有不少。只有《范进中举》曾由奚啸伯上演,风行一时。其他都已不可问,不知他家中尚存遗稿否?现在就把曾祺的信抄在下面。

> 黄裳兄:前日得奉手教,弟今日北返矣。行箧已理就,聊书数语为覆。
>
> 不意弟所为"昭君",竟与老兄看法相左!周建人文章曾于《戏剧报》草草读过,以为是未检史实,蔽于陈见之论,是讨论昭君问题中的最无道理的一篇。截至现在为止,我仍以为翦伯赞所写的《从汉的和亲政策说到昭君和亲》是一篇实实在在的文章。我的剧本大体上就是按照这篇文章的某些观点敷衍而成,虽然在我着手准备材料时还没有读过翦文。昭君和亲在历史上有积极作用,对汉、胡两族人民的生活、生产均有好处,为铁定不移的事实。你说侯外庐的看法实过于新颖,侯的文章我未见过,不知是在何处发表的,倒想拜读一下,也好长

点见识。如侯说与翦说同,则我以为并不"新颖",而是符合事实。而自石季伦的《明君词》至周建人的谈王昭君,实为各有原因的一系列的歪曲。《青冢记》曾读过,可以算得是歪曲的代表。其中"出塞"一出写得颇好,即现在各个剧种"昭君出塞"所本(昆曲、祁剧、京戏……)。这给我造成一个很大的麻烦——这个案子是很不好翻!

我的初稿已写得毫无自信。无自信处在于两点。一是史实。为了"集中",我把历史在手里任意播弄了一回,把发生在昭君和番前十几年的事一塌括子挪在了和亲前夕,而且把已经死去十六七年的萧望之拉出来作为坚持和亲的主要角色,和害死他的石显相对抗,时间上大大打乱了。这种搞法,莎士比亚大概是会同意的,但历史学家如吴晗市长,大概很难批准。第二是戏,难在"动作"太少,而话太多(不管是说出来还是唱出来的)。我这人曾经有很厉害的偏见,以为人生只有小说,而无戏剧。凡戏,都是不自然的(我原来是一个自然主义者)。现在看法上是改了,但终于还是一点不会写"戏"——我那个《范进中举》初稿写出后,老舍却曾在酒后指着我的鼻子说:"你那个剧本——没戏!"看来这是无可如何的事了也!

张君秋(此人似无什么"号")有一条好嗓子,气力特足(此人有得天独厚处,即非常能吃,吃饱了方能唱,常常是吃了两大碗打卤面,撂下碗来即"苦哇……"——起解·玉堂春),但对艺术的理解实在不怎么样。他近年来很喜欢演富于情节的李笠翁式的喜剧,戏里总有几个怪模怪样的小丑起哄。观众情绪哄起来之后,他出来亮亮地唱上两段(这种办法原来是容易讨俏的)。而我的剧本偏偏独少情节,两下里不大对路,能否凑在一处,并非没有问题。好在我是"公家人",不是傍角儿的,不能完全依他。将来究竟怎么样,还未可预卜。

剧本到北京讨论一下,可能要打印出来,征求意见。届时当寄上一本,以俟"杠"正。草草。即候著祺,曾祺顿首,四月十日。

记得我曾写过长信,与曾祺讨论。说了些什么现在记不起了。我一直认为,和亲是汉家对北胡的政策,在政治的大层面上考虑是一回事;至于具体到王昭君个人,那还只能是被当作货物或筹码,牺牲、使用的被侮辱损害的对象。如果剧作家意在写汉家的政策,那是另一类作品,与写以昭君为主角的应该截然不同。关于昭君历代留下了数不清的诗歌文字,我曾说过,如果细心搜集、汇编成一册《青冢集》,那将是厚厚的一册,仿佛邀请了不同时代、不同身份的人物来开一个座谈会,可以听到许多有趣的不同意见。我自己,最初受到极大震撼的应是老杜的"群山万壑赴荆门"一律,那比《青冢记》可是早得多了。老杜的诗是为昭君而作的,他关注的是这个小女人的身世命运,"千载琵琶作胡语,分明怨恨曲中论",他想知道,昭君痛苦的内心活动。杜诗号称"诗史",杜甫不可能忘情于时代政治,为什么他绝不触及汉家的和亲政策呢?

鲁迅先生在《阿金》一文中说过:"我一向不相信昭君出塞会安汉,木兰从军就可以保隋;也不信妲己亡殷,西施沼吴,杨妃乱唐的那些古老话。我以为在男权社会里,女人是绝不会有这种大力量的,兴亡的责任,都应该男的负。"

鲁迅的话说得明明白白,"安汉"是因为当时执行了和亲政策,而不是昭君的功劳。这就将政治行动和个人作用分得清清楚楚。对剧作者来说，就该将写政治活动与写个人身世命运分开着手。如必将两者糅在一起，那就将陷入不可摆脱的矛盾境地，终将扭曲人物的性格而后已。可能这就是我给曾祺提的主要意见。

钱锺书有一篇《诗可以怨》，他介绍了钟嵘《诗品·序》的一段话给我们。

> 嘉会寄诗以亲，离群托诗以怨。至于楚臣去境，汉妾辞宫；或骨横朔野，魂逐飞蓬；或负戈外戍，杀气雄边，塞客衣单，孀闺泪尽；或士有解佩出朝，一去忘返，女有扬蛾入宠，再盼倾国。凡斯种种，感荡心灵，非陈诗何以展其义？非长歌何以骋其情？故曰："诗可以群，可以怨。"使穷贱易安，幽居靡闷，莫尚于诗矣！

钱先生接下去说：

> 钟嵘不讲"兴"和"观"，虽讲起"群"，而所举压倒多数的事例是"怨"，只有"嘉会"和"入宠"两者无可争辩地属于愉快或欢乐的范围。也许"无可争辩"四个字用得过分了。"扬蛾入宠"很可能有苦恼或"怨"的一面。……同时，按照当代名剧《王昭君》的主题思想，"汉妾辞官"绝不是"怨"，少说也算得是"群"，简直是良缘"嘉会"，欢欢喜喜，到胡人那里去"扬蛾入宠"了。

锺书先生这里说的是曹禺的《王昭君》，指出的也正是前面所说的矛盾。剧作家把昭君的性格大大地扭曲了，把"怨"抹杀得丝毫不剩，人物成了玩偶，不能不使观众索然意尽。六十年代初期，有一种"翻案风"，对历史人物每作出新颖的理解，多表现在新创作的历史剧中，不知道曹禺是否奉命或得到某种提示后进行创作的。曾祺在此际又为张君秋写同一题材的京剧脚本，可见并非偶然兴起执笔，而是当时的一种风尚。

曾祺在信里还讲到他对小说和戏剧的看法，认为人生只有小说而无戏剧，凡戏都是不自然的。又声明他原来是个自然主义者。这些对理解他的小说、散文都有重要的参考价值。他的信又写得那么好，随手点染，处处都有掌故可寻，都是文学艺术史的好材料。展对遗简，真有人琴俱亡之感，再也不能有这样的笔墨了。

一九九八年三月三十日

黄裳和王丹凤、黄永玉、马国亮等

跋永玉书一通

前些时听说永玉打算搜集他过去寄给友人的书札，就从书丛中找出了十来通寄去了。当然这不会是全部。我的旧存笺札总是胡乱收置的，有的就随手夹在书里，前天翻阅《龚自珍集》，就又发现了一通，也许不知何时，还会发现些也说不定。这封信是他用毛笔写在两张高丽纸上的。时间当在"文革"后期，看信中提到潘际坰被分配在自来水公司事可知。信写得颇有意思，不免引起不少回忆，似乎有些话可说，因作此跋。现在先把原信抄在下面。

裳兄：

信和字都收到了。真是司马的兵来得好快！看阵势我只好把交卷期稍稍提前才是道理，否则倒真是唱空城计了。说老实话，兄是个严肃得要命的人，文章学问那么认真，瞎涂塞责我也是来得的，这样做，是对不起这近三十年友谊的，只等老天爷来一两天凉快，就动手。眼前，我身体情况终未见决定性的好，只是性格天成，不那么难过就是。正如颜之推所云，"肠虽欲绝，目犹烂然"是也。我生长江湖，平生少涕泪习惯，表面是个好体魄，实则未必也。给沈公信，是我送去的。见信后，他说："喔！我已经写字给黄裳了呀！你看，我这里又写了一张！"看样子，除了回信，大概还有一个条幅寄你。你的信的确很感动了他，他是很朴讷的，信揣在手上好久。

你给我的信，我住上海闵行时至六几年，洋洋一大册，天南海北都随身带着，还是梅溪后来处理了；你写信时不那么认真，所以极潇洒，字随文活，所以读来信时有好几种快乐。寄来的条幅，如你面对生人，颇有一板正经的意思，修养功夫虽在，却缺少一点煞泼，一点三大杯啤酒下肚的妩媚，不像黄某人原来的面孔。我想，和你聊天的经验，印象总是美好的。可惜没有听你作过政治报告，我想虽是同一个人，境界必定有级别之分，字也如此。这张字我留着，如果你手气好时，给我再来一张怎样，不要馆阁体的，思想上的馆阁体也不要。要一种书信体，一种法帖型号的。

　　汪兄这十六七年来我见得不多，但实在是想念他。真是"你想念他，他不想念你，也是枉然"。他的确是富于文采的，但一个人要有点想想朋友的念头也归入修身范畴，是我这些年的心得，也颇不易。

　　老潘入自来水公司，十姨嫁五髭须，天作之合，恭喜！恭喜。祝

　　双好！

弟玉　七．十八

"文革"后期，我从干校回沪养病，上海没有可来往的朋友，倒是和在北京的际坰、永玉通讯不少。信里不好说别的，只能说些生活琐事，他们两家来往频繁，还提到絜瑛（际坰夫人）经常与锦江老板董竹君、郑西谛夫人高君箴等打牌等琐事，但对时局则闭口不谈。从永玉信中说他的身体情况与引颜之推的两句话，也可想见处境之一斑。要想不被巴儿们嗅出气味，也只好如此。

　　信中大部分是批评我给他写的字。这批评虽然委婉，却极真

黄裳和黄永玉

确。我本不会写字,接到来信要我写字时,起初想给他写一副对联,词句想抄伊墨卿的旧句,"江山丽词赋,冰雪净聪明",以为这对子送给永玉恰好。可是这副五言联实在不好写,尤其是有伊公大气磅礴的隶书在前,更不敢动手,只好写了一张条幅,什么词句忘记了。却落得个"馆阁体"的批语,真是始料不及。但他的批评是稳而准的。事实本是如此,无可推诿。他又提到我们当年放言无忌的聊天,三杯酒下肚后的姿态,真是前尘如梦。想想自己过去并不像今天的缄默。近年有人说到我,前有杨苡,以"沉默的墙"相拟,后有李辉,说与我相对枯坐,"恰如一段呆木头"(借用鲁迅先生小说语)。他们说的都是事实,也都是好意。但不能不使我思索,怎么会变成这个样子了呢?

信中还提到沈公,虽寥寥数语,但写沈公神似,写他的朴讷,也极似。《沈从文全集》中收有给我的信,但我并不曾收到过,想是写成未寄的底稿。

信中又提到他曾有我给他的信一大册,后来被梅溪处理了。此批信如存,在《来燕榭书札》中当是突出部分。近来少少搜集未成集的零散旧作,得到朋友的帮助,虽只是初步动手,竟已有了一大堆。回想平生胡乱作文,随宜写信,不自收拾,仅存佚篇,尚赖朋侪之助,得存鳞爪,不禁感慨系之矣。

永玉最后提到了曾祺。当年在上海,他和曾祺总是一起见访,一起小吃,吹牛,快活得很。他俩都是才人,所谈也都是妙事,不易忘记。曾祺到北京去了,通讯渐疏。永玉也在北京,想来他们一定过从甚密。曾祺的小说集《羊舍的夜晚》还是永玉为他作了木刻插图。想不到十六七年间他们见面不多。想来曾祺别有一个过从的圈子,我总想他们的不常在一起,无论对曾祺还是永玉,都是一种绝大的损失。曾祺在"文革"后期，入样板团，以《沙家浜》一剧名世，还上了天安门。当时我在干校，为此还挨了一场批斗，思之惘然。

久不得永玉消息，念之无已。何时有兴，能以素笺一纸见投，是所愿也。

二〇〇四年六月十五日

龚自珍二三事

龚自珍是我喜欢的作者，但却没有他的诗文集的旧刻本。原因是常见的都刻得太坏。只是偶然从书店架上得到一部同治刻本，照例是极为草率的刻本，但却有南汇沈树镛的好几方藏印。沈君是著名的收藏家，连他也不得不购藏这样的本子，可见"龚集"佳本之难遇了。

现在手头用的是一九七五年二月上海人民出版社本，是校订颇为仔细完备的本子。用的还是繁体字。那是"文革"后期，书店久已不见新书供应，等我听到此书出版消息，跑到书店去问，却早已卖光了。可见当时读书界饥渴之状已经到了怎样的程度。还是旧友嘉定唐云旌送给我一本，才得以快读。过了一年多一点，此书忽然大量出现于书店的廉价部，但"重订前言"都撕去了。我的一册却是完全的，"帮气犹存"，不能不以"珍本"视之。近来讲究新书（新中国成立后出版的）版本之风大盛，但十年"文革"中出现的出版物却少有人注意，我觉得也是一种缺憾。无论"文革博物馆"能否出现，此类文献也是不容忽视的。我以为。

《全集》后面还附有吴昌绶编的《定庵先生年谱》，和张祖廉的《定庵先生年谱外纪》，于先生平生佚事，搜罗颇备。此后又有广辑遗闻者，但仍不免漏略。临桂况周仪《选巷丛谭》卷二有四则，极有趣：

秋实轩者，羽琌山民（龚定庵先生自号）飞鞚处也，轩有梧桐数株，相传唐时物，山民至扬，辄寓是轩，日夕讽咏其下。山民无鞸，假于魏，所容浮于趾，曳之廊如也。客至，剧谈渐浃，山民跳踞案头，舞蹈乐甚。洎送客，竟不知所之，遍觅不可得。濒行，撤卧具，乃于帐顶得之。当时双鞸飞去，山民不自知，并客亦未见。此客亦不可及。

文达（阮元）晚年恒貌聋以避俗。惟山民至则深谈整日夕，并不时周之。扬人士为之语曰："阮公耳聋，逢龚则聪；阮公俭啬，交龚必阔。"

默深先生著《圣武记》于絜园。山民书赠楹帖云："读万卷书，行万里路；综一代典，成一家言。"

山民有异表，顶棱起，而四分，如有文曰十。额凹下而颊印上。目炯炯如岩下电，眇小精悍，作止无常则。非滑稽不以出诸口。垢面而谈诗书，不屑盥漱。客扬曰，默深先生给两走祗伺之。一日晨兴，呼主人急出则怒甚。曰："尔仆翢我。吾不习嚻沐，畴则不知，乃以瞭水数数涸我，是轻我也。贤主人乃用此仆乎！"默翁笑谢之。

虽只寥寥四则，定庵形貌、习性举止如见。是极好的速写。旧时代所谓名士风流，大抵若此，而定庵则是特出者。魏默深是定庵挚友，但对之并不客气，尝跋金石拓本云，默深曾"窃取"其藏品，近将过访，则说"盗不远矣"！定庵身后，默深为删定遗集，将文字锋芒处多所删润。则两人关系，亦非世称所谓"龚魏"也。记他与阮元的关系，也写得极妙。自珍尝撰《阮尚书年谱序》，极恭谨。又有《问经堂记》，有言曰："今大学士仪征阮公所燕居曰挈经堂，入其室也，无杂宾，无杂言焉。"可见二人交际的一斑。而大老官居乡为避免"俗客",伪称耳聋,也可于乡谚中见之。

定庵生平佚事,类此者尚多。如在京师日,曾拉不相识人同饮(定庵诗有"朝从屠沽游,夕拉驵卒饮"句)。在杭州时,常嘱家人备盛馔,却不召一客,至期对空空客座举箸呼名劝酒。于是朋友都称之为"龚呆子"。种种奇言异行,只不过是表面现象,其实他对世事人情,感受极深,看他给朋友的信《与人笺》可知。他更随时毫无避忌地揭出统治者的用心,如"本朝博学宏词科始发自公,将以收拾明季遗佚之士"(《徐尚书代言集序》),又说"汉有大善之制一,为万世法。关内侯是矣"。指出这种"虚爵"办法,只在表面上给予尊崇,"无兵权,无自辟官属";并指出"我圣祖仁皇帝既平吴耿大逆",所采用对待功臣的政策,"以汉制准之,则关内侯也"(《答人问关内侯》)。他还有一篇名文《杭大宗逸事状》,是为同乡杭世骏而作。大宗以翰林保举御史,试保和殿,试卷中有"朝廷用人,宜泯满汉之见"的话,几乎被杀头,终被赦归里。乾隆皇帝南巡,大宗迎驾。皇帝问道:"汝何以为活?"答,"开旧货摊,买破铜烂铁,陈于地卖之。""上大笑,手书买卖破铜烂铁六大字赐之"。过了几年,皇帝又南巡,"大宗迎驾,名上,上顾左右曰:'杭世骏尚未死么?'大宗返舍,是夕卒"。文章写得简洁诙诡,而情事毕见,无论是谁,读了都会感到一种阴冷的印象,久久不能去。

定庵著名的文字,还有《病梅馆记》,已是尽人皆知的名篇。这其实是一篇上好的杂文。放眼来看,定庵所作诗文,无不有杂文气,如所作《干禄新书自序》,就是一个好例。全篇历数殿试、朝考、保送军机处、考差……种种程式、仪制,细致如掌故书。但在关键所在,必书"楷法尤光致"、"遵楷法如之",凡五见。而自己因楷法不如式屡不及格,"乃退自讼,著书自纠"。所说都是自我谴责的正面话,就像前些时人们常写的"认罪书"一样,读之宛如英国狂生斯威夫特的杂文。其实他也不经意地说了老实话,在《跋某帖后》说道,"余不好学书,不得志于今之宦海,蹉跎一生"。他的字的确不中程式,不合馆阁体的规格,因之流传极少,也格外受人爱重。

他还有许多"狂言",如李白诗,他就认为"十之五六伪也"。他评白居易为"真千古恶诗之祖",理由是:"长恨歌'回眸一笑百媚生',乃形容勾栏妓女之词,岂贵妃风度耶!"也不能说毫无道理。

"文革"初期,上海新闻出版系统设五七干校于奉贤海滨。唐大郎(云旌笔名)被命烧锅炉,供应全校开水,我则担任供水。当时的规矩是每周要交思想汇报一份,大家都视为苦事。一夕,广播大喇叭放送《黄河大合唱》,大郎欢喜,就以此为题大做文章,说什么写黄河最好的诗是龚定庵的"卷帘梳洗望黄河"云云。汇报交上,心里又打鼓,因为定庵这首黄河诗是在袁浦河边妓楼上作的,生怕被看出破绽引来一场批斗,不料后来却平安无事。原来这前后上头称赞了龚自珍,说他那首"九州生气恃风雷,万马齐喑究可哀!我劝天公重抖擞,不拘一格降人材"的诗写得不坏。"好诗!好诗!"于是定庵立即被晋封为法家诗人,他的无论什么话也不会错了。大郎后来又作了一首诗,现在只记得后两句:"才人嫖妓院,造反派无知。"他终于悟出,是自己犯了高估巴儿们文化水平的错误。按理说,定庵这首诗的确做得不错,可惜的是不合时宜。任凭天公如何用力"抖擞",无奈一个个地"降"下来,都被立即送到应该去的地方去了，俞平伯搓草绳，钱锺书送报纸，人尽其才……闲言少叙，还是来看定公诗吧。

龚定庵在当时是诗名极盛的。《己亥杂诗》有句云："赖是摇鞭吟好句，流传乡里只诗名。"自注云："到家之日，早有传诵予出都留别诗者。时有诗先人到之谣。"请看他是多么得意、自喜。其实，他留给诗坛的影响又何止百年。我觉得在严复、梁启超出现以前，龚自珍是独领风骚数十年的人物，他的诗文确是风靡了一世的。只看他的遗集翻刻之多就可知道，虽然都刻得那么草率。

受他影响的作者也真不少。我觉得值得提出的是鲁迅和陈寅恪。从他们的诗里都可以看到龚自珍的影子。

陶潜是一直被奉为千古隐逸诗人之祖的，重要特色是平淡，代表作是"采菊东篱下，悠然见南山"。从来少有异议，龚定庵是提出了不同意见的。他有《舟中读陶诗三首》：

> 陶潜诗喜说荆轲，想见停云发浩歌。吟到恩仇心事涌，江湖侠骨恐无多。

> 陶潜酷似卧龙豪（语意本辛弃疾），万古浔阳松菊高。莫信诗人竟平淡，二分梁甫一分骚。

> 陶潜磊落性情温，冥报因他一饭恩。颇觉少陵诗吻薄，但言朝叩富儿门。

他不相信陶诗的特色只是"平淡"；他指出陶潜喜欢说起荆轲，常常触及"恩仇"的话题，不是与世无争的人物。他认为陶诗构成的因子是《梁甫吟》和楚骚。他看出陶诗虽然也提到乞食，但并无寒乞相，不像杜甫那样做可怜无可奈何状。视角独特，目光锐利，是好诗也是好诗话。

鲁迅先生在《"题未定"草》中也说到陶潜，他批判了朱光潜的"陶潜浑身是静穆，所以他伟大"说。鲁迅说："还有一样最能引读者入于迷途的，是'摘句'……最显著的便是上文说过的'悠然见南山'的例子，忘记了陶潜的《述酒》和《读山海经》等诗，捏成他单是一个飘飘然，就是这摘句作怪。"先生又指出论人论文要紧的方法："不过我总以为倘要论文，最好是顾及全篇，并且顾及作者的全人，以及他所处的社会状态，这才较为确凿……自己放出眼光看过较多的作品，就知道历来的伟大的作者，是没有一个'浑身是"静穆"'的。陶潜正因为并非'浑身是"静穆"'，所以他伟大。"

记得当年初读此文，就有一种感觉，这与龚自珍的意见正是一样。因为他们都采用了"广角镜"式的读书法，更全面深刻理解了作家的缘故。

还有一点，是鲁迅诗和龚诗关系的问题，论诗不同于论文，也许更多虚无缥缈之处。但我以为其中总还有踪迹可寻。

中国律诗的规矩通常是五言或七言八句，中间两联必须是两副对子。有人喜欢将开头一联也写成对子，比较罕见了；更有全诗通体都用对句构成的，就更少。鲁迅留下的诗不多，但可看出，他是喜欢使用后两种写法的。

鲁迅所作律诗《无题》（大野多钩棘）、《题三义塔》《阻郁达夫移家杭州》《赠邬其山》《秋夜有感》等篇都用第二法，而一九三五年所写《亥年残秋偶作》一诗则是通体作对的：

曾惊秋肃临天下，敢遣春温上笔端。尘海苍茫沉百感，金风萧瑟走千官。老归大泽菰蒲尽，梦坠空云齿发寒。竦听荒鸡偏阒寂，起看星斗正阑干。

读此诗，不能不想起定庵的名篇《秋心三首》，今录其一：

秋心如海复如潮，但有秋魂不可招。漠漠郁金香在臂，亭亭古玉佩当腰。气寒西北何人剑，声满东南几处箫。斗大明星烂无数，长天一月坠林梢。

两诗的气韵、声口如此相似，不能不感到其间的微妙关系。特别是两诗的写法，竟是如此近似，更能看出其间的继承关系。当然，《鲁迅全集》中无一字涉及定庵，但以迅翁涉猎之广，绝无不见"龚集"之理，然则以上的推测，也许还是不无因由的吧。

定庵诗多艳情之作，自己并不避忌。《己亥杂诗》中有"寱词"三十余首，是四十八岁北上途经袁浦时作，皆花月冶游记事，吴伯宛为撰年谱，有"借燕游以抒湮郁之抱，所谓'醉梦时多醒时少'也"。为定庵回护，十分可笑。其实纳妾狎妓，在那时候都视为惯常，算不得是怎样的"恶德"。《杂诗》中有一首云："偶赋凌云偶倦飞，偶然闲慕遂初衣。偶逢锦瑟佳人问，便说寻春为汝归。"这种对待异性的态度，是非常恶劣的。逢场作戏，随随便便，嬉皮笑脸，显露出定庵性格的另一面，早被王静安严厉批判过了。但这不能一概否定定庵也有过真正的爱情生活，也不能抹煞集中一些出色的情诗，如《暮雨谣三叠》：

> 暮雨怜幽草，曾亲撷翠人。林塘三百步，车去竟无尘。雨气侵罗袜，泥痕靦画裳。春阴太萧瑟，归费夕炉香。想见明灯下，帘衣一桁单。相思无十里，同此凤城寒。

这实在写得美得很。地点是在北京，时间是初春雨夜，在林塘边刚把晤过女友，眼睁睁地看着她上车回去。春雨潇潇，沾湿了她的衣袜，归后想必要在炉边烘干。她在闺中明灯之下做些什么呢？只有扯不断的相思，虽然彼此相距不过十里远近。这是一首美丽的爱情诗，也许是不为封建社会允许的"私情诗"。我甚至悬拟，女方可不就是写《东海渔歌》的女词人，轰动一时的"丁香花"案的女主角西林太清春么？

这一桩公案是因定庵一首诗引起的。小道消息则是冒鹤亭得之于外祖周季况星诒。《己亥杂诗》有一首云：

> 空山徙倚倦游身，梦见城西阆苑春。一骑传笺朱邸晚，临风递与缟衣人。（自注："忆宣武门内太平湖之丁香花一首。"）

太平湖畔的"朱邸"正是贝勒太素与太清夫妇所居的邸第。流言因此而起。孟心史（森）先生在《心史丛刊三集》中有《丁香花》一文，即为此而作，意在为定庵与太清春辩诬，否定此一恋爱公案。此文一出，一时此案似已论定，再没有人提出异议。为古人辩诬，很久以来似乎已成一种风气，如俞正燮为李清照辩，她是著名女作家，不许改嫁。胡适为同乡戴震辩，他是著名学者，不宜有盗窃旁人研究成果的嫌疑。还有一位仪征刘毓崧先生，花了九牛二虎之力写长文为南宋词人吴梦窗洗刷他与贾似道不清不白的关系，终于说不清楚。这些卫道战士无不死守着封建道德，奉为判断一切是非的标准，而放弃了实事求是，因此，他们的成功率苦不甚高。

定庵己亥入京接眷，不亲自前往，仅派仆人经办。自己则徘徊畿南相待。《杂诗》中有二题说及此事：

> 任邱马首有筝琶，偶落吟鞭便驻车。北望舻棱南望雁，七行狂草达京华。（自注："遣一仆入都迎眷属，自驻任邱县待之。"）
>
> 房山一角露崚嶒，十二连桥夜有冰。渐近城南天尺五，回灯不敢梦舻棱。（自注："儿子书来，乞稍稍北，乃进次于雄县，又请，乃又进次于固安县。"）

这是很奇怪的。定庵何以如此惮于入都，过去有一种说法，其出都是为了"忤其上官"（汤鹏语），即使如此，也不必忌惮如此。另一种推测，则是定庵因与太清情事，怕太素仇家报复。心史先生的解释则是"定公清兴所至，原难以常理论"。这算什么理由呢，不但毫无说服力，而且驴唇不对马嘴，完全对不上号。

孟先生的另一种论点是："己亥为戊戌之明年，贝勒已没，何谓寻仇。太清亦已老而寡，定公年已四十八，俱非清狂荡检之时。"这就更缺乏说服力。无论两人恋情事发生早在此前，即以四十八岁而论，也远未到"已到无心选梦时"（曹楝亭句）的地步。何况贝勒一死，家人立即将太清赶出府邸，孟先生称之为"家难"，其实与太清、定庵的交际密切不无关涉，此种事在清代宗室家族，视为不可容忍的奇耻大辱，是不问可知的。

孟先生还提供了不少珍贵的史料。如"太清与当时朝士眷属，多有往还，于杭州人尤密。尝为许滇生尚书母夫人之义女……定公亦杭人，内眷往来，事无足怪。一骑传笺，公然投赠，无可嫌疑"。则肯定了两家交好，确为事实。至解释"一骑传笺"为"盖必太清曾以此花（按：丁香花）折赠定公之妇"，则想当然耳。

太清才名之盛与交际之广，孟先生又于太清诗集中搜得一事：

> 太清集庚子诗有一题云："钱唐陈叟字云伯，以仙人自居，著有《碧城仙馆词钞》，中多绮语。更有碧城女弟子十余人，代为吹嘘。去秋曾托云林［云林为德清许周生先生之长女，与太清极密。云林表姊汪允庄为陈云伯子妇，汪有《自然好学斋诗钞》，中言太清曾托许云林索题听雪小像，效花蕊宫词报之，则太清于陈许诸家俱有闺中文字之契，独以云伯假名代作，以侈声气，乃痛诋之（按以上皆孟先生考证语）。］以《莲花筏》一卷、墨二锭见赠。予因鄙其为人，避而不受。今见彼寄云林信中有西林太清题其《春明新咏》一律，并自和原韵一律。此事殊属荒唐，尤觉可笑，不知彼太清与此太清是一是二，遂用其韵，以纪其事。"

这实在是一件重要的文献。陈云伯本是一个斯文走狗，是袁子才的"风雅传人"，在京师招摇撞骗，广招女弟子以侈声气，遗行累累。《莲花筏》是他所刻的一部趣味低下的"善书"，每用以赠人，以示"高雅"，得太清此一诗题，遂使丑态毕露。于此序中更可见太清性格泼辣，事有不平，即起而抗争，绝不缄默，她虽于诗坛有盛名，但绝"不堕时流绮障"，心史是说得不错的。陈云伯的委琐下流，龚定庵的惊才绝艳正如云泥之隔，人们心里自是雪亮的。

我在这里花了许多笔墨，倒不想为二百年前的一段文坛绯闻做翻案文章，材料只有那些，想考证也不可能有更多发明，只是觉得心史先生的考证，还留下不少疑点，想提出来说说而已。

写此文章，忽忆清初著名诗人、浙西三李之一的李符分虎，有《花南老屋诗集》五卷，康熙中刻入《梅会诗人遗集》中，高层云为撰墓表，云康熙二十八年卒于福州，年五十一。沈西雍《匏庐诗话》云："吾禾三李，秋锦而外，惟分虎足称二难。诗固抗行，词则有过之无不及。分虎客闽中某官署，其夫人亦能诗，慕分虎才，因越礼。某官侦知之，召分虎与眷属共饮。酒半，舁一巨棺，强二人入之，遂葬后园。至今土人犹呼为鸳鸯冢。"《墓表》只说是"暴卒"，未言死状。此事绝奇，与龚定庵的情事绝类。定庵道光二十一年卒于丹阳县署，年五十。也是"暴卒捐馆"，死得不明不白。封建礼教杀人，这是两个著例。两人都是诗人，都死于"行为不检"，在有的人看来，是"咎由自取"，是"活该"也说不定。仅此一事，即可见"舆论一律"是多么不容易！

二〇〇四年六月

答 董 桥

董桥先生：

奉手扎，读后感慨无端。数年前散去之故人书件，至今悔之。潘某商人，陆续将所得付之拍卖，我耳目不灵，不知道消息，亦无人可托，充和书件，竟归尊藏，且将以之见还，感与惭并。此件与拙作《宿诺》不可分割，此文为我着意之作，书件一时脱手而去，愧对故人。如辗转得归，实为大愿。不敢言谢，只感愧而已。念念不忘者尚有周叔弢丈所赐书轴，为其去世前所作，以之见赐，何敢忘之。不知潘某仍将付这拍卖否，如出现，我必收回，不惜费也。

足下为《我的书房》所制之序甚妙，且说及鄙人所拟斋名若干，皆少年时一时兴到漫拟者，不值一说。岂敢与当代巨公相提并论耶？一笑。

不佞今年亦八十五矣。一直不记得自己的年纪，亦未尝以老人自居。近仍不时动笔，说些怪话，以之自娱。婆娑度日，不敢言老。仍不失少年凌厉之气，可以告慰于知人。

一直喜读尊作散文，说及藏书，多是欧西典籍，愧为门外，只增知识而已。至今仍不失凌厉气势，尤令会心。旧曾得梁漱溟所赐书件（劫去已失），忆曾钤一印曰"远离颠倒梦想"，偶忆及之，似与今日与足下论交所怀相似也。

《珠还记幸》因三联风波，搁置至今。闻明年春草绿时或可问世也。附闻，

专此覆谢,即请

近安!

$\qquad\qquad\qquad\qquad\qquad\qquad\qquad\qquad$黄裳

$\qquad\qquad\qquad\qquad\qquad\qquad$二〇〇四年十二月十一日

伤　逝

——怀念巴金老人

十月十七日晚饭后，我正在电视机前观看神舟六号飞船胜利返回的新闻。电话传来了巴老逝世的消息。我没有吃惊，依旧平静地看完电视。可是上床休息却一夜无眠，六十年来与巴老往还的往事，纷至沓来，次第上心，不能自已。真是没有法子。想想只有将这些如尘的记忆片段，捉到纸面上来，作为对老人的纪念，才能获得心的平静。

我最早见到巴金，是一九四二年冬，在重庆。当时我只身入蜀，举目无亲，只带了他的三哥、我的老师李林的一纸便条，把我介绍给他。便条上什么都不敢写，只报告平安而已。巴金的话不多，但却热情地接待了我。记得曾介绍我去吴朗西在沙坪坝开的一家寄售商行，卖去了一件大衣，作为生活费。他还将我所写的旅行记事散文，介绍给"旅行杂志"。得到在重庆的第一笔稿费。

我们见面不多，不过两三次。谈话也简短。这以后，我就走到军中，当一名翻译官。在昆明、贵阳、印度都曾收到他的来信，都是商量把我发表过的散文收集起来的事。他也真不怕麻烦，为一个年轻人做这些琐碎的事。最后编辑成书，就是由他以编委身份，收入中华书局的"中华文艺丛刊"的《锦帆集》，时在一九四六年。这是我的第一本书。没有他，我不会走上文坛。

这以后，就是编入文化生活出版社的"文学丛刊"的《锦帆集外》，他是出版社的总编辑。取回原稿一看，着实令我吃惊而脸红。那些零乱的底稿，一一都由他用红笔改定，连标点也不放过。例如我喜欢写的"里"字，也一一改成"裏"字。从此我才懂得做编辑工作的责任与辛苦。当时他已是名作家，却肯埋头做这些"小事"。想来从他身上受到的教育、影响又何止此一端。他是大作家，又是伟大的组织者，从他手中推荐了多少新人，为文坛添加了如许新生力量，这许多，都是在默默无言中完成的。

一九四六年后，他定居上海卢湾区的淮海坊59号。这时我已成为他家的常客。因工作忙碌，我不常回家吃饭，经常在他家晚餐，几如家人。饭后聊天，往往至夜深。女主人萧珊好客，59号简直成了一处沙龙。文艺界的朋友络绎不断，在他家可以遇到五湖四海不同流派、不同地域的作家，作为小字辈，我认识了不少前辈作家。所谓"小字辈"，是指萧珊西南联大的一群同学，如穆旦、汪曾祺、刘北汜等。巴金工作忙，总躲在三楼卧室里译作，只在饭时才由萧珊叫他下来。我们当面都称他为"李先生"或"巴先生"，背后则叫他"老巴"。"小字辈"们有时请萧珊出去看电影、坐DD'S，靳以就说我们是萧珊的卫星。我还曾约他们全家到嘉兴、苏州去玩过，巴金高兴地参加。一九五六年我重访重庆，在米亭子书摊上买得巴金祖父的木刻本诗集，回沪后送给他，他十分高兴。巴金是喜欢旅游的，不只是对杭州情有独钟。

巴金也喜欢坐咖啡馆，随意聊天。没有什么郑重的话题。他没有宣传过什么"主义"，对文学批评也并不看重，虽然他和李健吾有深挚的友谊。他也偶尔对某些作品作些评价。我问过他，最出色的译本是哪一部，他脱口而出地答道，"鲁迅译的《死魂灵》"。他还说过胡适的白话文写得好，一清如水。他对徐懋庸是有意见的，但从未听他背后的议论。

巴金也有激动的时候。一次他和吴朗西、朱洗等在家里讨论什么问题，大概是有关文化生活出版社，大声争论，我枯坐一旁，听不懂也无从插嘴。

他还关心过我的恋爱生活，出谋划策。后来先室之丧，在告别仪式上，我发现有一只署名"老友巴金"的花圈，着实令我感动，其时他住在医院已好几年了。

为李林墓碑设计，我曾提出请马夷初写墓碑，被他立即否决了。后来是请钱君匋设计的。

他喜欢买书，也喜欢赠书。我陪他走过不少西文旧书店，店伙都和他熟识，有好书都留给他。他的版税收入，大半都花在买书上。他喜欢将新出的书送给朋友，不论是自著还是别人的作品。因为经常见面，所以得到他签赠的书很多，有些是新刊的小册子，后来很难搜全了。至于大部头如"全集""选集"，更是高兴地持赠，仿佛是夸示自己新生的孩子似的递过来。他的译文集曾有香港三联版，印得很精致。后来又出了台湾版，大本精装一叠，又欢喜地取来相赠。最后是"人文"本的译文全集。他实在又是一位出色的、成果累累的大翻译家。我最喜读的是他译的赫尔岑的《一个家庭的戏剧》，是一部难得的译品。我喜欢搜集亲近师友的著作，力求其全。不知何以不为某些人理解，加以讥嘲，真不可解。他迁居武康路宅时，我曾帮他搬过书，一束束洋书，搬上二楼他的书房，吃力得很。他真是位大藏书家，浩如烟海的卷册，生前多已捐赠各大图书馆。他还有个遗愿，想完成一座"尧林图书馆"，纪念三哥。我多次看到新华书店按时给他送来新出的图书，一次就是几十、上百册。可见他爱书的豪情。

有人认为，巴金当了好几届政协副主席，又当了多年作家协会主席，就认为他当了官。其实我觉得他对当官毫无兴趣。虽然在医院病房门口总有几位战士在卫护，出游时有车队，浩浩荡荡，对这些他都觉得没有什么意思。平常闲谈，也从不涉及官场。在我的记忆中，只记得他曾提起周扬曾劝他入党，也就是闲谈中的一句话，没有深论。他多次去北京，也会见过高端政要，他都没有细说，只有胡耀邦请他吃饭，他说得较详，也有兴趣。

他喜欢西湖，晚年曾多次到杭州休养。一九八三年秋，还从杭州到鲁迅的故乡绍兴去过一次，我与内人陪同前去，黄河清（源）也同行。他的兴致好得很，虽腿脚不便，也还到了禹陵；在三味书屋坐进鲁迅当年读书桌的小凳子，顽态可掬。在百草园照了相，是他晚年最从容、最健康也照得最好的一帧。

一次单位搞个人鉴定，我请他给我提意见，他指出我"拼命要钱"是大缺点。这批评是确切的。因为买旧书，钱总是不够用，于是预支版税算稿费，编书也要编辑费（如"新时代文丛"），无所不用其极。为了买书，一次还向萧珊借过三百元，自然没几天就还了。可见他对我的批评也是说真话的。大型文学刊物《收获》一直是他主持着，八十年代我给《收获》写稿，没有一次退稿。但有两件小事可以看出他的处事风格。我有一篇《过去的足迹》，是写吴晗的。篇末有许多文字被他一刀砍掉了。还有一篇当中有对老友不敬的话，也被他删去了。两次都没有同我商量，只是由编辑转告，对第二篇的处理，说明将来编集时可以补入。我非常佩服他这种处事风格。觉得有如在大树密荫之下安坐，是一种幸福。

他总是劝朋友多写，多留下些东西。他苦口婆心地劝曹禺完成剧本《桥》，在病房里也是如此。他对我也总是勉励，每次见面几乎都希望我多写。回思往事，至今不敢懈怠。

他晚年完成的巨作《随想录》，在香港《大公报》的副刊"大公园"连载，曾引起一些流言蜚语。我也在"大公园"上写了一篇读后感(收入《榆下说书》)，他曾当面称赞我说得好。这是少见的夸奖。不是说文章写得如何好，只是可见一时舆论风气而已。《随想录》陆续发表，不同意见也层出不穷。一时风云雷雨，作者的感受就像在太空飞行的航空员一般。但我在闲谈中从未见他有任何表露，沉着得可惊。所有细节我都是从侧面了解的。

写到这里，来了一位记者，问起许多古怪的问题，小故事，关于巴金的"小故事"，我回答不出，手足无措。好容易送走了客人，拿起一本《随想录》来读，随手一翻，翻到一篇《大镜子》，读罢身心通泰，写得好，是上好的散文，也是上好的杂文。文章中有这样几句话，"我不需要悼词，我都不愿意听别人对着我的骨灰盒讲好话"。好像正像两天前他讲的话。我记起他曾对我说，《随想录》就是当作遗嘱来写的。当时着实吃了一惊，觉得刺耳，也手足无措过。现在想来，他并不曾说谎。《随想录》就是一本讲真话的书，虽然有的人读了不舒服，但她要存在下去，直到谎言绝迹那一天为止，她也就自然灭亡了。

"文革"后期我陪黄永玉到武康路访问过一次巴金，这是暌隔了十多年后第一次相见，使我出惊的是，他的头发全白了。永玉是带了沈从文的问候来的。他一家都住在楼下的客厅里，别的房间全封了。萧珊不久前过世，他的神情落寞得很，话更少了。我们坐了一会儿就告辞了。得以从容访问长谈则是八十年代初期前后。

巴老逝世，是中国文学界的大损失，损失了一位领军的人物。他享年一百零一岁，但依然站在时代前面。记得过去谈天时，我曾对新出现的作者文字不讲究，不够洗练、不够纯熟而不满，他立即

黄裳和巴金

反驳，为新生力量辩护，像老母鸡保护鸡雏似的。他是新生者的保护者，是前进道路上的领路人。他的两项遗愿，一是现代文学馆的建立，现在已初步建成，日益壮大；另一项是"文革博物馆"的实现，虽然八字还没有一撇，但倡议确已得到广泛的拥护、认同。应可无憾。匆匆急就，写此小文，以为巴老纪念。掷笔惘然。

二〇〇五年十月十九日

忆施蛰存

施蛰存先生是我的前辈。二十世纪三十年代他在上海轰轰烈烈地编辑大型文艺月刊《现代》时,我还是一名耽读该刊的中学生。多年后得以识荆,并进而成为忘年交的后辈,虽然过从并不怎样亲密,但总算厕身于小友之列了。近年来写些回忆前辈师友的文字,总苦于措辞的困惑,循旧例称字为敬吧,又往往觉得口气中失于狂放,处处称先生吧,文章又失去了亲切。真是无可奈何。今天下笔写此文,亦同有此感。先生名舍,以字行。就还是称字为敬吧。

与蛰存初识,似在抗战胜利后的一九四六年。当时他与周煦良同编《活时代》,命我投稿。这是一份由上海出版公司出版的短命刊物。今天知道的人怕不多了。此际先师李林先生新殁,留下未完成的译稿有《奥勃洛摩夫》。他本有译冈氏全集的意愿,冈察洛夫的小说不多,另有《平凡的故事》一种,巴金要我来译出,算是继承李林先生遗愿的一点意思。可是原本却难得,后来托蛰存从某大学图书馆借来一册一八九四年版的 Garnett 夫人的英译本,得以断断续续译成,交文化生活出版社出版,为"译文丛书"之一。原书留在我处很久了,始得归还,真是不好意思。

这中间,有时晤面闲谈,我却总不敢打听他与鲁迅先生那场纠纷的始末,他也总不提起。记得黄永玉和我谈过此事,极口称赞蛰存敢与鲁迅论辩的勇气。我想此事的由来大约与当时文坛京海之争不无关系。二十世纪三十年代由林语堂倡始,上海忽地兴起了一场晚明小品热。太阳社成员、过去曾批判过鲁迅的阿英、施蛰存等都编选过晚明作家的小品，蛰存还编印了一套晚明、清人别集，还请周作人为原书题签，在鲁迅看来，是一股京海合流的"逆流"，就找机会加以批评。却放过了阿英，抓住了施蛰存。这就是"庄子与文选"之争的来由之一。

今天看来，这似乎算不上一场有多大意思的论争，但就前面说到的斗争全局来看，就并非小事。在当时也确是一桩激烈热闹的风波。而蛰存因此背上了一个"洋场恶少"的嘉名而终生蹭蹬，真非始料可及。

其实，庄生的文字是为鲁迅所爱重的。鲁迅主攻的方向是《文选》，他说得好，想从《文选》汉赋中寻出词汇来以为今日作文之助，也真不免是笑话。这场论争，看起来似乎是打了个平手。鲁迅手头无书凭记忆误用了《颜氏家训》的故实，被蛰存抓住了，鲁迅后来作了更正。问题是当发现对手是鲁迅时，蛰存依旧不依不饶，说了些尖刻的过头话，那就不能不说是年少气盛的出格举动了。

其实蛰存对鲁迅一直是尊重、敬佩的。鲁迅纪念左联五烈士的名文《为了忘却的记念》，写成后无处发表，是蛰存冒着风险在《现代》二卷六期上发布的。不幸"庄子与文选"的论争就发生在六个月后。蛰存后来还在拜谒鲁迅墓后赋长诗，诚挚沉哀，远较徐懋庸在鲁迅丧仪上所作的挽联为诚厚。蛰存还在什么文章中说过这样沉痛的话，鲁迅是从抄古碑的生活中走向革命，而他自己则从革命走向了抄古碑（原话不及查找，大意如此）。蛰存与鲁迅的关系，大抵如此。

我知道他和浦江清是童年起的好友，就托他转请浦先生写字，不久就寄来了。二十世纪八十年代我曾去过一次香港，归沪后送去朋友托带的雪茄烟，他非常高兴，他是不用卷烟的。一次，我们几个人还一起到旧书店的仓库里选书,他兴致很好,选购了一批旧书。他和几位老朋友每周在陈兼与老人家里聚会谈天,因为住得近,介绍我也去参加,曾去过几次。一次他来我家看书,见了一部嘉靖本辛稼轩词,叹赏不置,因此知道他喜欢读词。又从我的书架上发现一册香港印的《三草》,借去读了,大为欣赏,撰文介绍,发表于《读书》,这怕是较早高度评赏聂绀弩诗的名篇。

一九五七年蛰存在《文汇报》上发表了一篇《才与德》,因此贾祸。其实这是一篇正确的针对时弊的好杂文。其时风雨如晦,报社急于认错,痛改前非。当时我还是个编委,在被揪出以前,还得写社论,写依照宣传口径的各种文字。当时有"还债"之说,凡在鸣放中在本报发表的"毒草",都得一一批驳、消毒。《才与德》是名篇,这批判的任务就落在我的头上。于是胡说八道一通以应命。这是我对蛰存口诛笔伐的一段公案。其实蛰存的杂文是写得非常出色的。二十世纪八十年代初,他曾在广东的《随笔》上发表过几篇杂文。记得有一篇是就"天下兴亡,匹夫有责"的名言反其意而论之的"匹夫无责"论,深刻痛切,不愧名笔。可惜不久就辍笔了。人们也都不再记起这位出色的杂文作者。

蛰存对时贤,也多有评论。对钱锺书,曾有议论,记不清是怎么说的了,大抵是觉得他过于炫才,且对同时侪辈过多苛评吧。我曾作文介绍郭绍虞先生关于杜甫论诗六绝句的辑订本,觉得编得不错,蛰存特写一信来,表示异议,且论及郭老对中国古代文学评论论著的一些不同意见。夏承焘是著名的词家,也是蛰存的朋友。夏的《学词日记》就是先在《词学》上发表的。夏对姜白石词研究用力甚深,有《姜白石词编年笺校》,一时推为名著。蛰存撰短文《筝雁》在《文汇报》发表,对夏氏在白石"解连环"词中"小乔妙移筝，雁啼秋水"句的点读，提出批评。论证详明，从乐器的阮咸与琵琶，说到如此点读的根据，与宋代词人同调词作的句法，以及"筝雁"并用的句例，驳夏的"移筝不误"说。主张此句应作"小乔妙移筝雁，啼秋水"。此词点读从来是个难题。康熙中先著作《词洁》，此词即九字连读为一句，也许是较早采取模糊处理的一例。此文可作蛰存对学术问题从不马虎，敢提出自己见解，诚直对待朋友的一例。

蛰存曾仿《花间集》例，选清人词作之类似者为《花间新集》一卷。书印成后以一本相贻嘱作读后感。我以为《花间》为词体初成时词人的词作选本，放笔而成，绝无束缚，生动天成，显示了开启一种新的诗歌形式的气势，不是清人拟作所可并论的。而且专趋侧艳一路，品格不高。写了一篇"读后"，隐约言之。蛰存见之，说有言外之意。一笑而罢。

新时代以还，他的新作迭出，其实多是存货出笼，都是他在"闲寂"日子里积累下来的东西。唯一新撰的大书是《唐诗百话》。书出后佳誉如潮，连巴金都向我借了去读过。此书好处在新见层出，敢说自己的话，取传统的唐诗评论一一检讨，分期、作者、风格变迁、名篇解析，都有自己的见解，读之如遇一部崭新的唐人诗话。所见不必尽是，但确是一本崭新的文学评论。

一时他的新作如林，一次去看他，向他讨一本《北山集古录》，恰好案头有一本送给朋友的书，已经题好字了。他取过一张纸条，写上我的名字，就贴在原题上面，递给了我。他做事的通脱，就是如此。

他喜欢"诗余"，当他在资料室"闲寂"的日子里，就抄写历代词总集前后的序跋，后来印成一厚册。我向他建议，清初以还，词人刻集，不但前后有序跋，而且每词之后，多附评语。历来词论，多是三言两语，甚少长篇。像这些词后的简评，除了捧场话外，多是简要的词论，从来无人收拾，加以辑录，从中可以看出词风词派形成消长的消息，是个好主意。

他又创办了不定期刊《词学》，是继抗战前开明书店《词学季刊》而重启的专刊。每出一册必以相赠。我们都喜欢收集词籍，我曾写过一册藏词目录，并不完整，他借去读了，回信说所收乾隆以前刻本专集都可贵重。可见彼此收词取舍相同的标准。

其时重要词籍收藏家林葆恒逝世，藏书散出。上海各旧书店都有所得。林氏词籍绝大部分得自南陵徐乃昌，但精本并未全归林氏。一次秀州书店朱惠泉收得林家遗藏一批，送来我处。议价未谐取归。其中有三种是我不愿放弃的。记得有清初刻《幽兰草》，康熙刻《罗裙草》，都是精本。第二天跑去看时，三书已为蛰存买去，懊悔无已。蛰存是买他的乡人著作，陈子龙等都是松江人。《幽兰草》我后来还向蛰存借来读过。

他因病住院许久，常向我借书闲看。我有一部康熙刻的钱谦益尺牍，内容相当丰富而有趣，如给毛子晋、钱遵王的信都有好几十通，从中可以看出他们之间交际情形与彼此的矛盾。还有两通谢绝王渔洋请柳如是和他的"秋柳"诗的信，与常熟地方官的应酬信，虽然都说的是"官话"，也透露了一位乡宦大老结交官府的种种。我随手在书头写了些读后感。他读后还书，请一位他的学生送来，附一笺要我对来客就钱牧斋研究说些意见，这可是无从说起的难题。他的信就写在医院伙食单的背面，可见随随便便。但他也有很讲究的一面，如用陈小翠的赠画印成贺年片和便笺，就精致得很。

蛰存晚年喜欢收些碑帖拓本，收集得不少。其中不无名品，但到底不如专收精本的富商大贾，所收不尽理想。他印成的《唐碑百选》，用了不少心思，细心考订，可惜原拓质量关系，为之减色。鲁迅当年跑琉璃厂买碑帖拓本，也因财力所限，同有此憾。读书人与收藏家的区别，大抵也就在此。

　　读他的《闲寂日记》，常有卖书纪事。如一九六四年岁末记，"卖却西书四十六本，得四十元，聊以卒岁"，次年除夕记，"今日除夕，怀中仅余二元。昔罗瘿公甲子卒岁仅余一元，余已较胜之矣"。我当年每隔些时，也总挟一包旧书去书店卖掉，用以维持"资产阶级生活方式"（"文革"中造反派批语），读蛰存纪事，不能无感。

　　蛰存还有一本《云间语小录》，是关于故乡（松江）琐事的笔记。多年陆续写成，分三辑。所记有人物、风俗、土宜、掌故种种事物。这是一册别致有趣的小书。难得的是作者保持了多年的浓厚兴趣，零碎积累，始终不渝。这是对故乡的挚爱，扩大来看，也是对祖国的挚爱。至于其成为新修地方志的参考资料，更是无疑。历来此种地方小志，所在多有，唯不为藏书者所重，往往散佚。此书写得又多风趣，尤为难得。

　　蛰翁往矣。不再能听到他高声谈笑，但他留下来的著作，尚能使我们聆听到他纸上的声音。他说平生治学，开了四面窗，他的著译也已等身。他是教授，却不知是几级。想来他因有与鲁迅争执的旧案，肯定不可能评得甚高。我想我们不必称之为大师，因为目前因"通货"膨胀，大师的声价已日趋贬值，不值钱了。又眼下每逢名人去世，人们往往有一个时代终结之叹，以后继无人为忧。我觉得也不必如此，进化论虽已不时髦，但我仍坚信，后来者未必不如前人，而必将在品格、风骨、学养上超过前人，这简直是必然的。也就是说"江山代有才人出",在缅怀逝者、追想前徽时,我们应该采取这样的态度。

附记

  偶检书丛,得剪报一纸。一九九八年六月二十六日《新民晚报》副刊载施蛰存《我有好几个"自己"》一文,有云:"最近我给自己拟定了一块墓碑题字,是'钦定三品顶戴、右派分子、牛鬼蛇神、臭老九、前三级教授降二级录用,施蛰存之墓'。"

  这节话解答了我前文的疑点,也说明了我对蛰存知之不深,不禁感愧。附记于此,以当补遗。

二〇〇六年三月二十一日 春分

陈寅恪写杂文

近日理书，翻出商务印书馆印的《庄子补正》十卷五册，铅印线装，棉连纸印。大字疏朗，便于阅读。书印成于民国三十六年六月，时抗战方兴，印数无多，流传更罕。可算得是近时善本。说"近时"，其实也是近六十年前的出版物了。

书是刘文典作的，非常朴素，前面只有一篇"陈寅恪序"。大题下只列郭象注、成玄英疏和"合肥刘文典学"三行，刘氏别无序跋凡例。他所做的工作是"释文"，间有所见，则以"典案"述之。不过极少，所以寅恪说"先生之作，可谓天下之至慎矣"。因而"先生于庄子一书，所持胜义，犹多蕴而未出"。

陈先生这篇序文，早已读过，未甚留意。此番重读，不禁惊异，这不是一篇典型的杂文么？

以学者而写杂文，好像有些奇特，其实也是常事，钱锺书写《管锥编》，其中就有不少怪话，不过他用的是文言，正像"文革"中为了保存文物，人们在古碑上涂满石灰，或糊满"宝像"，用以瞒过红卫兵小将，有时也能奏效于一时。钱先生那些嬉笑怒骂的机锋隽语，就为大人先生所不解，蒙混了过去，可算是另一例证。

陈先生在序中说，"寅恪平生不能读先秦之书"，这就怪了。苟如此，又何能为补正庄生之书作序，而又痛论时下学风至数百言？或以为这是先生故作谦抑，其实不然。先生平生研治，以魏晋、六朝、隋唐中古史为重点，甚少论及上古史，此语取义或在此乎？然虽不专研，亦曾留意，不能不有所感悟，其言曰：

"今日治先秦子史之学，著书名世者甚众。偶闻人言，其间颇有改订旧文，多任己意，而与先生（刘叔雅）之所以为大异者。"

关于两种研究方法的是非，陈先生说"初亦未敢遽判"，写下去就有点不大正经了，也许这正是杂文气的流露，"继而思之，尝亦能读金圣叹之书矣。其注《水浒传》，凡所删易，辄曰，'古本作某，今依古本改正'，夫彼之所谓古本者，非神州历世共传之古本，而苏州金人瑞胸中独具之古本也。由是言之，今日治先秦子史之学，而与先生所为大异者，乃以明清放浪之才人，而谈商周邃古之朴学，其所著书，几何其不为金圣叹胸中独具之古本也。而欲以之留赠后人，焉得不为古人痛哭耶！"

图穷而匕首见，陈先生所批评的时代学风，多半是着落在盛极一时的"古史辨"派无疑。

"禹是一条虫"的佳话，已经是老得掉了牙的故事了，顾颉刚也早已放弃了旧说，但陈先生此序仍未失去时效。治学是不能放弃"疑"的，没有"疑"就不可能发现新的突破口，不能进一步窥见新天地，史学就不能发展进步。但如胡适所说，"大胆假设"之后必须紧跟上"小心求证"。仅认定历史是层累积聚而成和箭垛式人物的形成论，就一往无前地判定古代有许多"伪书"，有许多并不存在的人物，仿佛成绩极大，轰动一时。可是新时代以还，"地不爱宝"（这是过去人们爱说的一句"老话"），从地下发掘出了大量的木简和商周铜器，根据简文和铭文，证明了过去被判定为"伪书"的多种古籍的产生时代，因而得到了平反。也证明了寅恪先生的预见，短短一篇序文兼具史识与杂文的双重价值。

说到大禹，二周都有专文涉及。鲁迅有小说《理水》，周作人有散文《禹迹寺》。他俩都认定禹是确实存在的人物，鲁迅借一个乡下人的口说,"人里面,是有叫作阿禹的,……况且'禹'也不是虫,这是我们乡下人的简笔字,老爷们都写作'禹',是大猴子……"接着写"大员""考察"的业绩,写禹太太对禹的"三过家门而不入"的不满,写禹的形象和他的"一排黑瘦的乞丐似的,不动,不言,不笑,像铁铸的一样的"随员,随后,是坚决地宣布了治水的基本原则,是"导"而不是"湮"。

　　知堂作文的手法离不开抄书,但在这当儿抄书则是必要的。他抄了《孟子》《论语》《庄子》《尸子》,屠隆的《鸿苞》《抱朴子》……因为这些书里所记的大禹"较有具体的事实",能表现出"一个大政治家、儒而近墨的伟大人物",对大禹,他不但肯定实有其人,并表示了十分的崇敬。二周对禹的认识与评价是基本一致的。

　　关于刘文典,好玩的故事多多。如他说过,天下只有两个半人懂得《庄子》。一个是庄周自己,一个是他刘文典,另一个懂得一半的是日本人某。刘文典十分钦佩陈寅恪,所以才请他为自己的书写序。他在课堂上公开地说过,"要讲教授嘛,陈寅恪可以一块钱,我刘文典一毛钱,沈从文那教授只能值一分钱。"(见何兆武《上学记》,下同。)这些话听起来都有些狂妄可笑。可是他有一次遇见蒋介石,蒋问,"你就是刘文典吗?"他回了一句:"你就是蒋介石吗?"一下子惹恼了"委员长",把他抓了起来,几乎被枪毙。可见他不论时地、不管对象,照样说他的怪话。这就很不容易。只能说"斯人难再得"了。

二〇〇六年十一月十二日

零 感

在《文学自由谈》上读到子川先生的"三读《人老莫作诗》",是对李国文先生该题提出不同意见的。李先生的原文不曾读过,因为我对袁才子一直怀有一种偏见,我不喜欢将"钱唐苏小是乡亲"这样的句子刻成自用闲章的"雅人",因此一直没有买过,因而也没有读过袁枚的著作,牵连所及,谈论他的文章也不想读。因此无从比较,但对子川先生的论点是同意的。简单的理由是,国文先生将上了几岁年纪的作者的创作权给封杀了。虽然他只不过是说说,实在并无权力实施他的主张。

巧的是在另一本刊物上读到一篇论文,范旭仑先生作的《钱锺书去沪入湘时间考》。初见吃了一惊,"钱学"研究竟已如此深入、琐细,研究的目的何在,是探讨《围城》吗?好像又不是,细读之后,发现作者的考证功夫,真的不下于,甚至超越了乾嘉诸老,是一篇典型的"烦琐考证"。尤为奇怪的是,文章并无明确的结论,也无论辩的对象,好像是为考证而考证似的,疑莫能明、过后细想,其实又并非如此。

"钱学"初起时曾发行专门研究刊物,还曾向我约稿,我自揣对默存的平生业绩,所知极浅,没有发言的资格,只简单地写了几百字,少少说明钱锺书以才人而兼学人的特色,未敢深论。后来讨论逐渐深入,也就不再注意,只知时有不同意见出现,也不仅见于学刊。有时还涉及默存平生言行、人际关系……议论蜂起,颇为热闹,时默存已谢宾客,所有疑难都由夫人杨绛出马应对,不胜其劳。考证在"钱学"中现身,大概即在此时。

我与默存相识,在一九四六年顷。因翻译上遇到困难,曾向他请教。《围城》发表于《文艺复兴》,我是热心的读者,收集名人墨迹时,他们夫妇是"首选",因为同在上海,约起来方便。后来他们进京工作,见面机会不多,只有通信。更中经变乱,音问断绝。新时期以来始恢复联系。这前后也曾有多次快谈,承以知人相待,默存意气风发,豪言惊座,绝少顾忌。给我留下的印象极深。他的妙论时出,臧否人物,绝无假借,口无遮拦,更是常事。这是他为人可爱之一端,风流倜傥的一个侧面。世传他对西南联大前辈教授的评价,对师长如吴宓的不敬,都属此类。是并无实证而事有可能的。默存不是完人圣人,其可爱正在此处。殊不必粉饰涂抹,置之庙堂之上而后已,这实在是劳而无功的帮倒忙。

默存喜欢说笑话,即弄笔亦然。他给我的信,有几通是有真情实感的,有的就是开玩笑地说顽话,奉承话,有如面谈时的随意。闲谈时听他评论别人,常常推想他在或一场合会怎样评说自己,想想也是很有趣的。

有时他也会严肃地说正经话。我有一次进京,去找他谈天,不巧他出门散步去了。后来在玉渊潭遇见,一起散步。这是我与他的最后一面。他兴致不高,有点落寞,语声低缓。他向我说,"×××是可佩服的,我们都不及他。"当时是低气压临临头之时。巴老的一本小小的书简集,只因小注中提到此人,出版社不能不毁版重印。此时此际听钱锺书说此话,不禁肃然。这就不是闲谈中臧否人物的钱锺书了。他也有严肃正经的一面。

他和胡乔木的关系,为乔木改诗,可见他的书生气,也是交道中必有的现象,过分诛求,就恰好走向了反面。

我读了那篇奇怪的考证文后,忽生一幻想。仿佛有一间装修方毕的房屋,偏有恶作剧的顽童,手执竹竿,在房顶戳了个洞,一位九旬老太太,忙不迭地去补漏。补之不已戳之也不已。世间竟有如此可悲的喜剧,实在令人为之不欢。默存身后事殊不寂寞,他连骨灰都弃之不存,何况"千秋万岁名"?而后人为一二细事纠缠不已,实可叹息。

二〇〇七年二月六日

关于"梅郎"

在《南方周末》(2007.2.1)"往事"版上看到一篇考证长文，《梅郎少小是歌郎》，为之吃了一惊，文章题目写得出色，恍如旧识，是久违了的只能在二十世纪上海小报上才能见到的标题，似乎与《南方周末》的一贯格调不太谐和。附刊梅氏一幅照片，看样子至早也在二十世纪五十年代后期，或称晚年，选用的说明也出于长文作者的原话，指为中年形象，恐不确。并称之为"当时颠倒众生的'超级男声之一'"，好像也不大合拍。今天文坛上的新奇事物多矣，不过选题为难，只好像"白头宫女"似的，说说"玄宗"，倒不妨事，编者的苦心读者也多少能够理解。以上只是闲话，真正使我吃惊的，还不在此。

说起来已是五十多年前的旧事了，《文汇报》要改版，想出了一些新点子。其中之一是请梅兰芳写他的自传。那是解放之初，不像今天大小明星、社会名流，争相以写自传为时髦，何况又是身居演员首座的梅。想出这个点子的副总编辑柯灵的奇思妙想，值得佩服。约稿的任务又偏偏落在我的头上。一开始，自然是得到梅的婉拒，后来几经努力，到底得到初步同意。但怎样写；怎样在他忙碌的旅行演出中写作，怎样寄稿；保证在报纸上不脱期地连载，都是问题，而且是难以克服的问题。一天，在马斯南路的梅花诗屋里商量对策，稍有眉目以后，梅先生见座中无人，郑重地对我说出他最担心的顾虑。只简单的几句话。他说他身边的朋友、助手都是从旧社会过来的，笔下难免带有陈旧的气息，千叮万嘱我要把好关，尽量避免出现不合时宜的文辞。他最后的一句话是,"不要再梅郎梅郎的了!"五十年过去,言犹在耳,今天在报端又见"梅郎"字样,这当然不能不使我吃惊。

今日回想,他这一番话是经过深思熟虑的,也带有往事回忆的沉重负担和适应新社会读者的考虑。果然,当《舞台生活四十年》将付印成书时,就遭到严刻的批评,"笔墨陈旧"。这其实是他早就预料到的。

当此书初写时,我曾有过一种奢望。我觉得这应该是一本"大传",当然不只是一本舞台艺术教程,如某些人所希望。我认为梅是经历了千奇百怪、纷繁复杂的几个朝代,几多世变,无数人物,交满天下、誉满天下而没有谤满天下的人物。遇见过几多风险,闪躲腾挪,终能全身而退,成为真正的"德艺双馨"的梨园班头。这是不容易的。评价一个人应从大节着眼,不可着重于被侮辱损害的历史细节,应看到人物在不可抗拒的恶劣环境中的挣扎、抗拒。男旦或男色在中国历史上不是新奇的事物。从近处说,明末出版的《弁而钗》,到清中叶的《品花宝鉴》,到张江裁编辑的清代梨园史料,都充满了这类东西。梅身边的"名士",如黄秋岳、赵尊岳、易实甫,都是写"梅郎诗"的好手,如加意收集,将有几卷之多,不只长文中所列戋戋数例。而其中却引用了日寇投降之日、伪满康德十二年刊的"僻书"的材料,都是一流货色,真伪不可知亦不必辨,道听途说而已。重要的是使我们知道历史上曾有如此丑恶的现象,增加人们对旧社会更深刻的认识、理解。尤为重要的是怎样对待这些"史料",是对被损害、侮辱者的同情和激愤,还是作为有趣的佚闻加以复述,这就有落入易实甫同党的危险。

说梅兰芳一生交满天下，并非夸张。党、政、军、军阀、反动统治阶级、日寇、金融家、流氓、地痞、特务、梨园行，和自己打对台的学生、文化界的"名流"，真正是三教九流、五花八门。处处遇到险滩，稍有不慎，就会身败名裂。可是他从容应对，一一闯过来了。这可有多么不容易，如将这种种关目细节，选其具有典型意义的一一写来，这就不只是一本艺术家传记，而是一本描述广阔历史场景，呈现传主真实生动面貌的"大传"。

人民是识大体的，知好丑的。二十世纪五十年代初，梅兰芳赴京出席文代会，一路上每遇车站停车，万头攒动，争看伶王；在北京下小馆子，饭罢出不了门，都是来看梅兰芳的，他们不管他少小时是不是"歌郎"，没有谁想过这些。

长文中又引陈寅恪论柳如是为陈子龙作《男洛神赋》事，陈氏说，"历三百年，迄于今日，戏剧电影中乃有'雪北香南'之'南洛神'，亦可谓预言竟验矣，呵呵！"遂指所譬为梅兰芳。颇费疑猜。何不引陈寅恪一九四九年秋诗，"报载某会中有梅兰芳之名，戏题一绝"。诗云，"蜂户蚁（音娥）封一聚尘，可怜犹梦故都春。曹蜍李志名虽众，只识香南绝代人"。此诗明指梅氏，用不着猜疑。其爱重之意，更为彰显，可与过去多种"梅郎诗"作一对比。其差异何如！过去那些烂名士、小报记者得到这样的题目，无异中了头彩，哪能不卖尽气力，铺张扬厉，语不惊人死不休，因此对待此种"史料"必须倍加小心，慎重审读。有寅恪先生诗在，可见诗格相去竟有如此差距，可不慎哉！

一九四四年前后，巨奸梁鸿志嫁女于朱朴，在上海举行盛大婚礼。有人写了一篇详尽的报道，来宾中竟有梅兰芳，见者惊异，蓄须明志的梅，怎会出席于这样的场合？这正好作一个好例，说明在险恶的环境中,梅所碰到大大小小的难关,是如何化解的。他的底线是不登台、不唱戏。其余都是小节,可不予计较。这是处于当时那个日伪环伺时代正直的人处世的原则。时移势异,在今天看来就不免有些难于理解,是不足怪的。

新中国成立后梅受到非凡的重视,出任戏曲研究院的院长。不久在天津演出时接受记者的采访,针对当时"戏改"的现状,发表了"移步不换形"的意见。一下子惹恼了主持"戏改"的田汉、马彦祥辈,责令检讨。滞留天津许久,经过阿英的反复协调,最后以对记者谈话的方式得到解围,始得离津返沪。从此再不见他对戏曲改革发表新的意见。身居院长高位,本应对戏曲改革方向、方式多有建白,但只当了个甩手掌柜,实权交给马少波等打理,挂名院长的他只抓紧时间到全国各地旅行演出,不忘本业的实践,在环境允许下尽力完成一个演员的本职工作。这是梅在新社会碰到的一次挫折和他的应对之道。归根结底,他的行动都是积极,而并非消极的,真不负陈寅恪"只识香南绝代人"的称誉而无愧。直至病重,在病床上仍念念不忘他的观众,深以未能远赴边远地区使热爱他的观众在舞台上亲睹他的现身为忧。这才是真正的"德艺双馨",可惜此一崇高的徽号,今天已经贬值、异化到如此地步,并旧事重提,从垃圾堆里搜寻,"考证",加以"歌郎"的可疑"桂冠",事势之奇,竟至于此,想再说些感想,终不免是些"闲言语",只得就此罢了。

生活闲趣

叫　好

"叫好"在南方曰"喝彩",或者也是所谓"雅言"乎?这是一种捧场必备的手段。如果角色登台,无人叫好的话,则没有苗头,难为其为名伶了。

考叫好,古已有之。《燕兰小谱》注有云:

> 北人观剧,凡惬意处,高声叫好!

《梨园佳话》上亦有云:

> 名伶一出场即喝彩,都人谓之迎帘好。以好之多寡,即知角色之高下,不待唱也。故有老手,已不能唱,而每出仍举座欢呼,谓之字号好。盖以著名已久耳。

这里所说的喝彩法真要笑杀人,俗话说:"戏场小天地,天地大戏场",这种现象又岂只在戏园中如此乎?暂且不表,先说两件别的事。

我虽然听戏多年,然而自己却未曾学会"叫好"之术。一半是天分太低,二者也是拉不下面皮来之故。然而积数十年的剧场经验,"叫好"也听过了不少。印象最深者是这么一次:

我在北平吉祥听杨小楼的《艳阳楼》。据老辈说,这戏最好的地方是杨小楼一掀帘的"亮相"。所谓"亮相",即是一个 Pose。

说也奇怪,这一个亮相,原是人人皆会的,总不见得扫边角色就爬了出来罢?然而却又确有分别。杨小楼的亮相即有"气吞河岳"之势。这是千载难逢的机会,因为该时杨已老,而《艳阳楼》实在又不常贴,可惜我坐的是上场门,无法看见,当时心生一计,等高登将要登场锣鼓紧张了起来以后,我设法从台旁踱过去,慢慢地走,随时注意,居然看到了这"亮相"。不料这就激怒了一位老先生,他摸着花白的胡子向我交涉,事态极为严重,因为我挡住了他的视线,使他无法叫"迎帘好"——沪语"碰头彩"——使他深深地引为遗憾。

从这次以后,我才深知"叫好"之重要,有许多人,似乎是到戏园中来喊上一嗓子,发泄其郁气,视之为养生之道的。

"叫好"是"捧"的手段。除了上面所说的老先生捧老伶工数十年如一日的一种为艺术而"捧"之外,在戏场中,不外男人捧女伶,女人捧男伶两种。这一种"捧",自然别有"神圣"的意义,于是"叫好"之法也就层出不穷,终至沦于"不像话",有劳维持治安与纠正风俗的警察局出来张贴告示,要"禁止怪声叫好"了。这一种布告我在天津北平的戏园中看过了不少张,可见其形势之严重。

"怪声"之怪,其状多端,真是形容不出。总而言之,是极尽发抒感情之能事的。以前我曾经说过,当刘喜奎出台之顷,易实甫将头埋在袖子里,狂呼"我的亲娘"的一种,大约可以作为"代表作"了。

在北平,战前有一种女学生的"帮",专捧张君秋、毛世来之类,据说也有精彩的表演。不过我不曾注意,只觉得她们还非常文雅,只是集体鼓掌而已。

摄于四十年代

这种集体鼓掌是可以听得出来的。非常的有节奏，一起一落，时疏时密，如果有这样的情形，你可以马上断定，这是捧角家在发挥效能了。

还有一种"倒彩"，用以对付自己所不欢喜的伶人，或者当名伶在台上出了毛病时应用。有一次我在印度从无线电收听北平戏园言慧珠杨宝森的《探母》，杨宝森唱滑了嘴，在四郎公主对唱时，应唱"快马加鞭一夜还"他却唱成了"我的娘押粮草来到北番"，当时我想糟了，一会儿以后，果然"倒彩"大起，间以嘘声，台上当此，难堪已极。

除了这几种情形外，还有一种"后台里喝彩"。虽然营营之声似乎出于台下，然而明眼人一听便知。最近"大舞台"换了主角，"财神爷"也换了派系，一向自认为是人民喉舌，大公无私的角色就来了一个"碰头彩"，还带着将旧任嘘了一通，自以为"喝彩术"已经妙到毫端了，却仍不能掩饰了那个小花脸的若隐若现的面具。

至于出现于所谓"霸主"的笔下，化一个名，捧捧自己，在自己编的东西上，说自己的作品是怎样准确怎样的"代表作"之类，则其"技"更是拙劣，殊不值一顾耳。

一九四六年冬

闲

一个在上海住惯了的人初到成都,一定会有一种非常鲜明的感觉,就是这个城市的悠闲。

从成渝铁路终点站走了出来,天正好下雨。手里提了两件行李站在泥泞的空地上,想找车子,可是只看到几位悠闲地坐在那儿休息的三轮车、人力车工友同志。向他们提出请求,他们就摆摆手,摇摇头,发出悠长的声音来,说道:"不去喽!"

真是无法可想。

焦急的心情碰上了悠闲的姿态,就正像用足了力气的一拳结果却打在一大团棉花絮上,垮了。

好容易挨到了要去访问的机关门口,取出、交上介绍信后,就被安置在一间休息室里坐。坐在古色古香的红木雕花椅子上,望着好大的庭院里的绿色植物和轻轻地落在叶子上的小雨。这时候,不管有怎样不安的心情,也一定会沉寂下来的。

走进办公室以后,坐下来,泡上一碗茶,还是照例从天气谈起,从寒流的突然降临,一直谈到特异的龙卷风,最后才接下去谈正事。

写介绍信的同志,真像绣花一样地进行着她的工作,那么细致,那么舒徐,那么轻柔审慎地落笔,盖章。最后,当她微笑着像完成了一件艺术品似的把信交给我时,我也笑了。她一回头就又熟练地拿起毛线团来。

这一切似乎都无可非议,只是使我感到生活的节奏被突然拉长了。

自然，我没有到过热火朝天的工地，也没有访问过某些工作紧张的机关，上面的印象很可能是极不全面的。但我心里到底留下了那么一种被放在真空里似的感觉。

成都的街上有着数不清数目的脚踏车。"过江之鲫"这句成语真是说得好，那情景就正是如此。人们悠闲地踏着，慢慢地刹车，优美地转弯，文雅得出乎意料。好像在山国里的人一下子都来到了平原，尽情地踏起自行车来，顺便欣赏街头的景色……

这些脚踏车百分之九十以上都是公家的。这些挤在春熙路、总府街上的车子，是否都是因公出差，也很值得怀疑。至少从骑车人的姿态上看，他们办的不会是什么"要公"。

利用旧皇城改建的市人民委员会的大门，是三个极大的城门洞，现在成了天然的存车场。我亲眼看见过几十百辆车子挤在那里的"盛况"，据说这些车子的保养情况是很差的，公家要不时付出大笔的修车费来维持它们在街上游行。

有的干部从办公室出来到几十步外面的饭厅里吃饭，也要利用一下车子。可见在成都骑脚踏车已经成为一种十分时髦的事了。

茶馆是成都的特色之一。茶馆有很多优点，我也是承认的。我自己就喜欢坐茶馆，曾经到过大大小小形形色色许多成都的茶馆，人民公园（从前的少城公园）里临河的茶座、春熙路上有名的茶楼、由旧家花园改造的三桂茶园……都去过。只要在这样的茶馆里一坐，是就会自然而然地习惯了成都的风格和生活基调的。

这里有唱各种小调的艺人，一面打着木板，一面在唱郑成功的故事。卖香烟的妇女，手里拿着四五尺长的竹烟管，随时出租给茶客，还义务替租用者点火，因为烟管实在太长，自己点火是不可能的。卖瓜子花生的人走来走去，修皮鞋的人手里拿着缀满了铁钉样品的纸板，在宣传、劝说，终于说服了一个穿布鞋的人也在鞋底钉满了钉子。出租连环图画的摊子上业务兴隆。打着三角小红旗，独奏南胡，演唱"流行时调歌曲"的歌者唱出了悠徐的歌声……

这里是那么热闹，那么拥挤，那么嘈杂，可是没有一个人不是悠然的。

在城外武侯祠侧的"隔叶听鹂之馆"里，也挤满了茶客，连竹制的小矮凳都坐完了。鹂是听不见的，塞满了耳朵的都是人声。

在成都的公共汽车上，我获得了安心欣赏司机同志驾驶技巧的好机会。他们是那么稳重地开着车子，离开站头还有三四个街口时就"嗒"的一声把油门关掉了。这时他手里掌握着方向盘，悠然地使车子在马路上荡，就像在太湖里飘摇的一叶扁舟，荡，荡……一直等车子的惯性完全消失以后就正好停在第二个站口上。这种熟练的技巧真使我看出了神，发生了极大的兴趣，也体会到这种节约汽油措施的必要性。但这也只有在没事上街的时候才行，如果真的身有"要公"，要保持这样冷静欣赏的态度，怕就非得失败不可。

人民公园间壁有一家门面非常漂亮的美术摄影服务部，橱窗里放了不少美丽的照片，引起了我去冲洗底片的欲望。走进空落落的柜台前面，发现一位同志正坐在里面入神地看小说。我把胶卷递过去，他就伸出手来，说："介绍信呢？"这使我大吃一惊，赶紧说明，介绍信没带，服务证却有，同时底片也的确是因公拍摄的。他不等我说完，就慢声说道："这是制度。"等我再行申述以后，他又说道："我是照章办事，你有意见，找我们上级去。"最后问他上级在哪里，就连回答都没有了。

必须补充说明，在整个交涉过程中间，他都不曾抬起头来，我真羡慕那位拥有这样热心读者的幸福的作家。

我只好默默地走了出去。在门口又仔细端详了半日，到底没有看出这家只为有介绍信者服务的美术服务部与一般照相馆的外表区别。

然后在第二、第三、第……家照相馆里，我又遇到了态度和蔼、辩才无匹的几位同志，向我反复说明，由于某种原因（轮流休假），不能按照规定三天交货的道理。即使我申说三天以后就要离开成都，也无法动摇他们维护"制度"的热情。

他们为了维护"制度"进行辩论时，那姿态就和在茶馆里谈论一样。能使人明确地感到，这是永远不会有休止的。

为了这样一些小事而不满、焦躁，应该说是太缺乏修养了。在另外一次机会里，使我对自己得到了这样的结论。

那是从成都到灌县去的早晨，又是一个雨天。旅客很早就在成西运输站内集合了，大家站在写着"安全行车十七万公里"的客车前面，非常高兴。准时上车，准时开车了。可是车子在公路上扭动了两分钟以后，又停了下来。

旅客在车里挤得好好的，谁都不想动。司机同志离开了座位，做了很多尝试，车子还是站在那里。这时一些有经验的人下车了，站在路边点上了纸烟，悠然地在看他进行修理。

我也下了车。因为还没有吃东西，想到路边的茶馆里坐一下。就向司机打听，行不行。他坦然地向我说："去吧，来得及的。"

除了一位生病的妇女，所有的乘客都下了车，也有几位和我一起进了茶馆。

我们静静地坐在茶馆里观察事态的发展。先是司机走回去取工具，整整半小时后又回去请来了技工。又过了半小时光景，碗里的茶已经发白了以后，技工从车底爬出来，两手一摆，宣布说："没有希望了，大家把车子推回去吧！"

乘客立刻从四面八方集合起来，把汽车推了回去。车子在泥泞的公路上蠕动，大家嘴里喊着"一、二、三、四……"

大家又回到了车站。有的去吃午饭了，有的买来了点心，等候站长调来接替的另一部卡车。我这时找着站长提出了抗议，责问为什么不做好行车前的检查工作。站长虚心地向我解释了工作的疏忽。

在站里等得无聊了，就去看墙上贴着的文告。我走到两三个同伴站着在看的一张用五彩美术字写成的文告前面，原来这是一张该站"开展站务工作良好服务月运动"的招贴，下面一共有九条公约，其第四条曰："要对行车手续，迅速正确。准时开车，做到定班准点。"

同伴回过头来，大家都笑了。

我觉得这些同伴是很可爱的。他们富于幽默感，他们善于谅解一些生活中间的细小缺点，他们能毫无意见地帮助把工作进行下去。这是成都人性格特征的一个方面，是可爱的，值得佩服的。

使我不满足的还是那种悠闲的姿态，不慌不忙，"司空见惯浑闲事"，向站长提出抗议时，弄得只有我一个人出面。

在我离开成都前一天的晚上，一位朋友到我的住处来谈天。他是成都人，热爱成都，认为成都是世界上最可爱的地方。我是理解他这样的心情的。他又说，有一年到上海来，躲在房里哪儿都不敢去，这个城市的喧嚣使他头痛极了。关于这后一点，我是不同意的，和他展开了争论。我的意见是，上海的忙乱紧张……除去很多缺点不论，倒还是和今天的时代气息吻合的。

我对朋友说，希望下次到成都来的时候，除去特定的情况以外，一般也能感染到紧张与忙的气氛，希望能看到一个面貌崭新的锦城。他微笑了，我想他是会同意我这个上海人的意见的。

一九五七年

贾桂思想

京剧《法门寺》里的贾桂，是"九千岁"刘瑾身边的一名忠实奴才，是一个浑身充满了低级趣味的人物，是无名舞台艺术家创造的一个典型，也一直是中国观众的"熟人"。

可惜在十多年中间，《法门寺》竟绝响歌坛了。贾桂也变成了观众陌生的人物，成为文献中的一个"僻典"，大小辞书里都查不到，有时竟必须加以注释了。

《法门寺》是一出"群戏"，有着各类不同的角色：老生、青衣、花旦、老旦、丑旦、花面、小丑。配搭齐整，铢两悉称。各人都分担着重要的表演任务。贾桂是小丑应工，其重要性不在老生、青衣、花面之下，千万不能用"乏角"充数的。

像贾桂这样的角色，也会有思想的么？有的，而且是简直形成了一种体系了。

贾桂是奴才，他的主子刘瑾也是一个奴才。但他们之间是有区别的。

奴才与奴隶是两回事，这已经是常识了。那区别，首先表现在对自己的生活、处境的态度上。奴才是欣赏、满足于自己的生活的，奴隶则只是痛恨；两者也都想改变自己的生活与处境的，奴才是想爬上去，向"奴隶总管"的方向努力进军，奴隶则只想打碎身上的枷锁；因之，奴隶只有一面性，而奴才却有两面性。对上，他是奴才；对下，则是"总管"，或至少要表示出这种优越性来。

贾桂与刘瑾不同。刘瑾是已经爬到"奴隶总管"的地位了的，如他的自白，就是"一人之下，万万人之上"；而贾桂则尚处于天真的、浑浑噩噩的自我陶醉状态之中。因此在思想上说，他们也是不同的。凡奴才，总是以主子的思想为自己的思想的。但具体情况不同，奴才之间也会有某些差别。如刘瑾，当他"坏了事"以后，在审讯过程中，就颇暴露了某些"不轨"的念头。在"廷杖"时，刘瑾一直是闭目忍受的，但在一次间歇中，忽然睁开双眼，定睛看着面前的大小官员，说道："满朝文武，都是我起用的！"这就分明显示出"不轨"的迹象来了。在贾桂身上，是找不出这种缺点的，他虽然有时也有不满、委屈，但无论如何也不会发展到腹诽的程度。

刘瑾和贾桂，陪侍太后老佛爷到法门寺去拈香。民女宋巧姣在外面喊冤，刘瑾说："什么人鸡猫喊叫的，惊了驾怎么办，抓去杀了吧。"贾桂立即"喳"了一声，照转下去，此际，太后发表意见了："佛殿之上，岂有杀人之理！"她的意思是说，杀个把人固然不成问题，但时间、地点不加考虑，那就不对了，指出了刘瑾的错误，刘瑾把脸一抹，问贾桂道："这是谁的主意？"贾桂自然答不出。其实刘瑾也并不要他回答，这就是所谓"官话"的妙用。贾桂是值得同情的，他满腹委屈，嘴里也不免嘟嘟囔囔，但也不过只此而已，他决不会追究刘瑾的责任的。类此的情况，他实在也见得多了。论奴才品格的纯正，他确也不愧是第一流。

不过，我们也千万不要为贾桂的这种"好品质"所愚，认为他一直是那么好脾气，卑躬屈膝，见人矮三分。不，他还有另外一面。在弱者面前，他是毫不谦虚、退让的。他传达杀人命令时，连眼睛也不眨一眨；那位郿坞县的县太爷，在他看来，也并不比一只鸡鸭更尊贵多少。

刘瑾真也离不开贾桂，没有了这个身边人，他怕连说话都困难，呼吸也不畅快。刘瑾自夸声势如何煊赫，问道："咱们爷儿们这点势力可也够瞧的了吧？"贾桂马上回答："敢情！不但够瞧，而且够瞧老大半天的哪！"真是听了使人浑身舒畅。贾桂是非常佩服刘瑾的，但有时也会出现不能完全理解刘瑾意图的情况。大审时带上了刘媒婆，当刘瑾知道她是以"说媒拉纤"为职业时，勃然大怒："我最恨这种人啦！"贾桂瞠目不知所对，幸亏刘瑾马上作了解释："咱们爷儿们这辈子用不着她啦！"他这才恍然大悟，佩服极了。这个刘媒婆，并非以任何罪名，仅仅为了不能为太监服务而被从肉体上消灭了。

这许多，都是有些近于闹剧的处理，恐怕会引起纯正的戏剧评论家的疾首蹙额的。不过，那效果是极好的。一场大审，处理了若干人犯，简洁明确地交代了刘瑾的是非标准。也说明了那是怎样的时代，和人民的连鸡鸭也不如的命运。贾桂并非思想家，但他确有思想。凡奴才，总是以主子的思想为自己的思想的。因此贾桂也就有了自己思想体系，在过去很长一段时期，人民的命运就是由它操纵着的。这是几千年封建社会留给我们的沉重遗产当中的严重的一笔。

看来，国家要走向现代化，加强法制与发扬民主是完全必要的。

一九七八年十月

战 宛 城

《战宛城》是写曹操的有名的戏。它是确有史实根据的。事件发生在建安二年(197)，曹操当时只有四十三岁。《三国志》"武帝纪"里有简略的记载。

> 张济自关中走南阳。济死，从子绣领其众。二年春正月，公(指曹操)到宛。张绣降，既而悔之，复反。公与战，军败，为流矢所中。长子昂、弟子安民遇害。

《通鉴》中就更有"操纳张济之妻，绣恨之"和有关收买胡车儿的纪事。看来戏的主要情节和人物都是实在的。对《战宛城》的评价很久以来就一直是毁誉参半的。它的主题到底是什么，好像也始终不曾搞清楚。

例如全剧开头的"马踏青苗，割发代首"一场，人们是一致称许的，不过有人称赞的是这一场里演员的演技、身段；有人则赞赏这一场表现了曹操的"纪律严明、严于律己"，是取得胜利的主要原因。立论就很不一样。

至于全剧的主题，评论也各不相同。有人说这写的是曹操被胜利冲昏了头脑，因骄傲而失败。看起来也有点像一份曹操兵败后作出的战役总结。剧作家接受了任务，按照总结创作了剧本，演给曹操的"一党"学习，使他们记住失败的教训。这是言之成理的。不过细想起来也还是有漏洞。古代还没有出现"三结合"的创作方法，不大可能产生这类"主题鲜明"的作品。果真如此，那曹操就还是一位有缺点的正面人物，为什么又把它"丑化"到这地步呢？多年以来我们在创作中习惯于赶任务，配合运动，要求在每个作品里都找出现实的教育意义来。积重难返，在分析古典作品时也往往照办不误。我想这就是一个好例。

那么，《战宛城》就没有主题了么？当然有。照我的简单推想，按照剧本的实际，参考大量"曹操戏"的创作倾向，这也依旧只能是一出批判曹操的戏。带头犯了自己下达的军令，马踏了青苗，却只割下一绺头发来代表头颅，这和专门买"试销品"者，交一点象征性的现金有什么两样呢？不过是欺骗。大军开进宛城，接受了张绣的投降，一转眼又把他的婶子抢来，还逼着张绣叫自己为"叔父"，取得"合法地位"，这样的描写，不能说不是深刻的。杨小楼、余叔岩都演过张绣，有极好的创造，使观众历久不忘。我看这应该是主题所在。曹操扮演了一个骄横淫恶的军阀，大耍霸权，终于吃了败仗，如此而已。如果说它有什么教育意义，恐怕也就在这里。

据《三国志》记载，曹操兵败以后，也对诸将作过一点总结与检讨："吾降张绣等，失不便取其质，以至于此。"他只怪自己没有及时命令张绣交出"人质"，算作失败的主因。这只能是一种假检讨，真正的要害，曹操肚皮里自然明白，不过他不肯说。

一九八〇年

黄裳和吴祖光

思　春

很久以来，许多人认为《战宛城》是一出坏戏，理由就是其中有张绣的寡婶"思春"一场。他们认为，社会主义的戏曲舞台上是不能容忍这样的表演的。如果不在舞台上，只是一个人在房间里，是不是允许呢？没有说。这并未干犯刑律，想来大概问题不大。

我多少想了一下。在我们的戏曲舞台上"思春"的不只是一个两个。《游园惊梦》里的大家闺秀杜丽娘在花园里、绣阁中做梦；《贵妃醉酒》里的贵妃娘娘杨玉环在御园里醉酒耍癫；小家碧玉孙玉姣在大街上"卖雄鸡""拾玉镯"；红娘在普救寺的西厢之下；小尼姑在山上的禅堂里……她们都可以公然在舞台上"思春"，只有寡妇不行。这可是我们这个几千年文明古国的一种传统的规矩，连阿Q也懂得。

《战宛城》的"思春"一场，其实是很有特色的。这是一场"哑剧"，只有胡琴伴奏，全靠演员的神情、动作、身段，传达出一个年轻寡妇的内心活动，完全是一种"意识流"的表演方式，一空依傍，因此表演的要求也更高。这种表演是高度现实主义的，反映的是真实的客观存在。

过去舞台上演出的《战宛城》，确有一些庸俗、低劣的地方。譬如张绣闯帐时所见，楼前相遇时曹操的表演，包括"思春"一场的某些细节……理应加以删除或改变。不过推原祸始，一切都源于这个该死的"淫妇"，"引逗"了曹操这样的指控，却实在是冤柱的。她在楼头只不过唱了一句"见那人与先夫一样风光",而曹操唱的则是"见美人不由我心神荡漾",同时还做出了种种丑态。早在三十多年以前我就表示过自己对曹操的同情,觉得不该把他写得如此不堪。

照一些评论家的意见,砍掉"思春",或干脆取消张绣寡婶这个人物,那就一点没有了问题。那么曹操就能得胜还朝了么?恐怕也未必。

在一片义正词严的责难声中,独不听见对"刺婶"一场有谁提出过异议。张绣代表了封建的"正义",最后对万恶的"淫妇"执行了宣判、处决。曹操这时早已逃之夭夭,只丢下寡妇在地上婉转乞怜、"乌龙绕柱",这时只听掌声雷动,人们在感官上感情上都得到了充分的满足。"恶有恶报","万恶淫为首",真是一点都不错。每次看到这里,我都不忍卒睹,事先退场了。我这里说的是四十年前的情形,不过等了四十年也没有听到有谁来抗议过,这倒是使我觉得颇为遗憾的。

一九八〇年

琉 璃 厂

　　三年前来北京，住了十天。琉璃厂也去过一次，不过只是匆匆地走了一转，前后一总不过半小时。后来曾在一篇文章中说起，那次来京，没有买到一本旧书，没有听过一次京戏，觉得可惜。不料这句话被朋友记住了，这次他特地到吉祥去买了两张票，又约我吃过中饭一起到琉璃厂去看旧书，使我一下子弥补了三年前的两种缺憾，真是值得感谢。

　　六月初的骄阳已经很有点可怕了。马路平直而宽阔，不过路边的行道树却稀疏而矮小，提供不了多少绿荫。走过全聚德烤鸭楼大厦，走过鲁迅先生当年演讲过的地方——师大院外高墙，随后发现了一座有如小型汽车加油站似的一得阁墨汁店。加紧脚步，好不容易才奔到了琉璃厂。看见在荣宝斋对面正加紧恢复兴建原有书铺的门面与店房，邃雅斋和来薰阁的原址都已出现了青砖砌成的铺面，除了柱子是水泥构件以外，其他似乎都保存了原貌，橱窗镶上了精细镂花的木框，还没有油漆。这一切看了使人高兴，在大太阳底下也不禁伫立了好半晌。

　　接着我们就走进了中国书店。朋友和在这里工作的两位老店员相熟，我们被邀坐下来喝茶，看书，谈天。这一切都还能使人依稀想见当年琉璃厂的风貌。不过几十年过去，一切到底已经不再是从前的旧样了。

　　翻翻零本旧书，居然也买到了几册，没有空手而归。
　　《百喻经》二卷，一九一四年会稽周氏施银托金陵刻经处刻本。

这是有名的书，三十七年前我在南京曾亲自跑到刻经处买过一本，不过已是新印，印刷、纸张都远不及这一本。但这是否就是原跋所称最初印的"功德书一百本"之一，却也难说，但初印则是无疑的。

此书已由江苏人民出版社印行，是为纪念鲁迅诞辰一百周年而重印的，而且有两种版本，但到底都不如这原刻的可爱。也许这就是为许多人所嘲笑的"古董气"，不过我想多少有一点也不要紧。

《悲盦居士文存》一卷、《诗剩》一卷，赵之谦撰，光绪刻本。作为书画金石家，赵㧑叔的声誉近来是空前地高涨了，印谱、画集都出版了不少，但他的诗文却极少为人所知。这虽然不过是光绪刻本，但并不多见。《诗剩》我还是第一次见到，薄薄的一本诗集，中间却有不少史料。太平军攻下杭州，赵之谦逃到温州，这样，"辛酉以后诗"中就往往有记兵事和乱离情景的篇章，小注记事尤详。"二劝"诗并前序记平阳金钱会与瑞安团练白布会斗争情形甚详尽，是珍贵的史料。当然赵之谦是站在清朝官方一边的，他对太平天国的议论自然可想而知。

使我惊异的是，赵之谦对吕晚村也深恶痛绝，没有别的理由，只因吕是雍正帝钦定"罪大恶极"的"逆案"首要。诗注说，"南阳讲习堂，留良居室也。籍没后犁为田，今则荒烟蔓草矣。"这是吕晚村故居的结局。诗注又说，"然理学大儒合之谋反大逆，言行不相顾，不应至斯极也。往居都下，见书摊上有钞本留良论学书数篇，邵阳魏君源加墨其上，言留良人当诛，言不可废。余不谓然，取归摧烧之。"

这种推理方法与行动今天看来都是奇怪的。在赵㧑叔看来，"理学大儒"必然应该也是忠臣，如与这模式不合，就是"言行不相顾"了,当然更不必追究"逆案"的是非曲直。这是从典型的僵化头脑中产生的思想,是极有价值的一种标本。魏源就和他大不同,虽然不能不承认"其人当诛",但却肯定了其人的思想,至少他明白两者之间应有区别。但赵之谦不能同意,取来一把扯碎烧掉了。这种行为简直不像是一个艺术家干得出来的。思想僵化之后就有可能化为鲁莽灭裂以至疯狂,这里就是一个好证据。

像这样的旧书,是算不得"善本"的,但买到之后还是感到喜欢。这大概就是所谓"书癖"了吧。不用说更早,就是五十年代,像这样的书也多半没有上架的资格,它们大抵睡在地摊上。三十年来,琉璃厂(以至全国)旧书身价的"升格"是惊人的,根本的原因是旧书来源之濒于绝迹。这在我们的闲谈中也是触及了的,书的来源日渐稀少,这与全国机关学校大小图书馆的搜购有关。经营旧书的从业者也大大零落,仅有的一两位老同志都已白发盈颠,接班人则还没有成批成长起来,青年同志对这一"寂寞"的行业也缺乏热情。谈话中彼此都不免感到有点沉重,但也想不出什么"妙策"。

前一天正好访候了周叔弢先生。九十三岁的高龄了,他的精神依旧极好,眼睛能看小字,记忆力也一点都没有衰退,只是耳朵有点背了。只要一提起书来,还是止不住有许多话想说,他说的自然都是"老话",但有许多是值得思索的。

他听说琉璃厂在重建了,非常高兴,但又担心,这些老字号恢复以后,有没有供应市场充足的货色,有没有精通业务的从业员,读者、买书人能不能从琉璃厂获得过去那种精神、物质上的满足,好像都是问题。

典籍、文物、艺术品、纸墨笔砚……这些都不是单纯的商品,过去读者逛琉璃厂也不只是为了来买书。我想，我们至今还没有足够的、标准的、门类齐全的图书馆、博物馆，但在过去，我们却有很好的替代物。例如，人们到琉璃厂来在某种意义上说是奔向一所庞大的、五彩缤纷的爱国主义大学校、展览馆。不只能看，还能尽情欣赏、摩挲品味，可能时还能买回去。这是一座文化超级市场，门类之广博，品种之丰富，新奇货色的不时出现，对寻求知识的顾客带有强烈的诱惑。这一切，今天的博物馆、书店……一切文化设施都不可能完全代替。人们在这里得到知识，还受到传统精神文明的熏染、教养。封建文化中有精华也有糟粕，但归根结底爱国主义内容的比重是占着重要地位的。

过去人们到琉璃厂的书铺里来，可以自由地坐下来与掌柜的谈天，一坐半日，一本书不买也不要紧。掌柜的是商人也是朋友，有些还是知识渊博的版本目录学家。他们是出色的知识信息传播者与咨询人，能提供有价值的线索、踪迹和学术研究动向，自然终极目的还是做生意，但这并非唯一的内容。至少应该说他们做生意的手段灵活多样，又是富于文化气息的。

在书店里灌了几碗茶，依旧救不了燥渴，这时就不禁想到在左近曾有过一家信远斋。小小的屋子，门上挂着门帘，屋里有擦得干干净净的旧八仙桌、方凳，放在角落里的几只盛酸梅汤的瓷缸。那凉沁心脾、有桂花香气、厚重得有如琥珀的酸甜汁水，真是想想也会从舌底沁出津液来。那不过是用"土法"冰镇的，但在我的印象里却觉得无论怎样先进的冷冻设备都不可能达到同样的效果。也许关键不只在"冷"，选料、配方、制作也有极大的关系。这样的"汤"喝了两碗以后就再也喝不下了，真是"三碗不过岗"。酸梅汤现在是到处可见了，人们一致公认这是好东西，还制成了卤、粉、汽水……但好像都与信远斋的味道有些两样。

不久前在银幕上曾出现过一批以北京地方为背景的作品，其中有些是相当突出的优秀制作，《茶馆》《骆驼祥子》《城南旧事》《如意》《知音》……广大观众对此表现了浓厚的兴趣。能不能把这看作一种"怀旧"的风呢？从现象上看好像很有点像，但这与好莱坞曾掀起过的怀旧浪潮并不就是一码事。像这样的社会文化现象的出现，那原因往往是非常复杂的。过去的事物中确有值得怀念的东西，历史不能割断，记忆难以遗忘，这是极自然的。不同人对同一事物的看法则大不相同，好恶也两样。往往许多人都喜欢某种东西，但取舍之点并不一致。鲁迅也是爱逛琉璃厂的，但与某些遗老遗少就全然不同。鲁迅北来也到过信远斋，买的是蜜饯，那是因为天冷了，酸梅汤已经落市了的缘故。

从几十年前起，在北京这地方就一直有许多人在不断地"怀旧"，遗老们怀念他们的"故国"，军阀徒党怀念他们的"大帅"……随着岁月的推移，这中间很换了不少花样，但这与住在北京的普通老百姓的牵连则不大，比较复杂的是作为文化积累的种种事物。有几百年历史的名城，这种积累是大量的、丰富的。好吃的菜肴、点心，大家都爱吃；故宫、北海……旅游者也一致赞叹。吃着"仿膳"的小窝窝头而缅怀慈禧皇太后的，今天怕已没有；游昆明湖而写出吊隆裕皇太后的《颐和园词》的王国维，也早已跳进湖里死掉了。总之，许多事物，在今天已只因其现实意义而为人民所记住，多时不见了就怀念。至于这些事物产生发展的政治历史背景，一般人是不大注意的，或简直忘却。这是完全不同的一种"怀旧"，与任何时代的遗老遗少都扯不到一起去。

研究近代文化史文学史的专家，还没有把注意力更多地集中到近几十年以北京为中心产生的许多文化现象上,其实我倒觉得这是颇重要的,是了解新文化运动的产生与发展必不可少的环节。

以谭鑫培为代表的谭腔、以程砚秋为代表的程腔,为什么先后在北京这地方风靡了一世,我想这和当时的政治局势、人民心理都有极密切的关系。他们创造的新腔,正好表现了人民抑郁、愤激的复杂心情,新腔的特点是低回与亢奋的交错与统一,旧有的声腔,无论是黄钟大吕或响遏行云都已无法加以宣泄了。谭、程的声腔是不同的,这些差异也正好细致地反映了他们所处不同时代的细微变化。

以黄晦闻(节)为代表的新型宋诗流派,或"同光体"的发展继续,也可以看作一种时代的声音。梁启超喜欢集宋词断句作对联,同时搞这花样的还有一大批人。如其中有名的一联"更能消几番风雨,最可惜一片江山",就不能看作简单的文字游戏,它道出了住在北方的中国人的普遍心情。姚茫父(华)曾为琉璃厂的南纸店画过一套小小的笺样,每幅选吴文英词句,用简练的线条加以表现。我以为也不失为杰出的作品。画面境界的萧瑟荒寒,不只表现了画家自己同时也是人民的情怀。

三十年代林语堂编的《宇宙风》上,发表过不少记载北京风土、人情的文字,后来汇成了一本《北平一顾》,这应该说是有代表性的典型怀旧之作。过去我一直觉得这是没有积极意义的小品文、小摆设,发抒的是没落的感情与趣味。但后来想,这些文字都作于"九一八"与"七七"之间,那正是北平几乎已被国民党政府放弃了的时候,那么,这些文字就不能简单地划入闲适小品,而应更深入地体会那纸背的声音。

在那段时期,像这样的社会文化现象并不是个别的、孤立的,综合起来就能较为全面地反映人民的内心活动。在许多艺术家或并非艺术家说来,这就是他们反映社会现实的独特方法。

时代发展、社会变革必然要使许多事物化为陈迹,这有时是不可避免的、理所当然的,其中也有一些是还应该存留或以新的面貌恢复存在的。无论是哪一种情形,我们都应该加以分析、研究,为之作出可信的历史总结。这将为我们带来很大的好处,从而保持必要的清醒,不致陷入糊涂的、低级趣味的怀旧的泥坑,也可避免做出可笑的蠢事。对社会上存在或曾经存在过的一切事物,人们都必须表态,回避不了。而这正是对人们思想是否健康、成熟的一种考验。

一九八三年六月十日

老　板

找回长久失去的旧书，是一种快事。深夜独坐，一灯荧然，一本本地翻看，读几段题跋，浏览一下内容，不知不觉就已到了夜深。这次找回的书几乎没有什么"善本"，还有许多是残卷。有的当年自己买来时就已是残书了，有的则是这一次被拖散的。但无论如何这总是一件快事，因为它确实为我带来许多愉快或惆怅的回忆。好像每本书都向我争相诉说着一个长长的故事，当年它是睡在什么地方的书架或地摊上，怎样偶然为我选中，带回家来，加上印记，读了一下以后就被塞在什么角落里，一直到十年前的某一天，忽然出发参加了一次集体旅行……现在居然又回来了。这个故事是不完整的，中间有很长一段空白。不过这不要紧，因为我记起并感到兴趣的是三四十年以前的旧交情。真是衣不如新、书不如故，旧书实在是很有情分的。

此刻手里拿着的是一本《徐俟斋先生年谱》，上虞罗振玉辑。仿宋铅印，白纸线装一册。虽然罗遗老是学者，他所印的许多书目前价钱都涨得使人不敢相信了，但这小册子却并不。学者的著作也应该是有点分量的，但这年谱似乎也并不，总之是疏略得很。旧时代的学者在做名人年谱时好像十九都有这种缺点，他们不肯或不能更广泛地搜集有关资料，特别是与谱主同时或稍后的人的文集，于是就只能弄成这个样子。《嘉业堂丛书》中印过的几种年谱，如查慎行、厉鹗等谱就都是如此。也许他们是在努力仿效着前人所撰韩柳年谱的风格吧，力求简古，但这是不能使读者满意的。至于罗振

玉为什么要为徐枋做年谱,他在序文里说得明白:

> 呜呼!时至今日,廉耻之道,扫地尽矣。安得如先生者为之师表,俾顽廉而懦立。故予特撰此谱,以风示当世。世之览者,其亦怦然动其秉彝之好,而奋其观感之心否耶!

罗振玉在这里毫不隐蔽他的政治倾向与写作意图。他是"为遗老而遗老"派,借明之遗老徐枋为清之遗老打气,矛头是直指着代清而起的民国的。这其实并非一本"纯学术"的著作。

我的这本小册子还有一个特点是封面有郑孝胥的墨书题记三行:"《徐俟斋先生年谱》。己未四月十九日,罗叔蕴嫁女于王国维之子。余过其居长乐里,叔蕴赠此册。"这就使此书变得更有趣些,好像是遗老在聚会,或学者大联欢。除了王国维,另外两位确是以行动实践了他们的誓言,但这与徐枋不相干。他们哪里肯学徐俟斋乙酉(1645)以后的二十年不入城市、又二十年不出户庭呢?这就提醒我们,对有些人的好听言语必须留心,先加分析,再看行动,不可天真地贸然相信,这是很要紧的。

这本有点来历的书,我是从上海徐家汇的一家旧纸铺里得来的。

抗战的前一年,我家从北方移居上海,在徐家汇租了房子。这里已靠近租界边缘,出门走过一条马路就是交通大学,它就坐落在一条热闹大街的右首。街这边是租界,对面就是越界筑路。大店铺都集中在租界一边,对过只有一排小房子,开着一些小店。这中间有一家废纸店,只有一间门面,后面就是灶间,白天也总是亮着黯淡的电灯。四面墙上钉着木板叠成的书架,当中放一张长案,报纸、杂志、中文西文书本就胡乱地堆在这上面。老板是个四十多岁农民模样的汉子，剃着光头，常年穿一件没有领子的短上衣，腰间系着一根带子，胖胖的圆脸，满口南汇话。他是天主教徒，但好像并没有什么宗教气。那一排小房子是教堂的产业，好像他是为了取得租赁权才入教的。他没有什么文化，也没有另外的助手，他的妻子也是农民，另外有一个烧饭洗衣的小姑娘，好像是认来的干女儿。他手里总是拿着一杆秤，随时收购上门来出卖的旧报旧书，用不到看书名，只要认得秤码就行了。他唯一的爱好是喝两杯，因此脸常常是红红的，嘴里也总喷着酒气。每逢这时，他的脸上就要漾出快乐的笑。主顾不论大小，一律热情接待。

我是每天至少光临一次，每次用掉不超过点心零用钱的起码主顾，但很快就和他相熟，变成了忘年交的朋友。

因为地段好，店里书架上多得是旧法文书和日文书，可惜我都不能读，只能买些原版英文小说，自然也买新文艺书和杂志。线装书并不多，有的也只是残本。在这里我得到过几本汲古阁刻的《剑南诗稿》残册，是我买明版书的开始。但现在仍在手边的只剩下一本汪兆镛的《忆江南馆词》，薄薄的一本广东刻本了。

小店的开始起了变化是在"八一三"以后，土山湾变成了难民逃入租界的要道，人们携带着行李、箱笼、家私从安南巡捕架起的铁丝网架里拥进来。人们随身带不了的另外一切东西就自有另一些人代为装运并处置，这中间就包括了大量的书报……有很大一部分都就近卖在小店里。不很久，那一间的门面就已顶天立地，几乎连门板都关不上了。

这时我还是时时跳过铁丝网到小店里来看书，不过发现连插足也困难了，但老板脸上的笑容依旧，也许还更高兴些。这次我忽然发生了收集杂志的兴趣,《东方杂志》《国闻周报》《文学》《太白》《中流》《作家》《译文》……很容易就能找到全份或全年。我记得只花了两三个月就配齐了一整套《小说月报》,从茅盾接手改版起直至停刊,真是非常得意。有时还有意外的收获。一天,逸经社把全部货底都称掉了。这中间不但有大量刊物存书,还有特印的稿纸、编辑部的文件、信札和作家的原稿。在这一大堆乱纸中我翻得了郁达夫《饮食男女在福州》的手稿,是用钢笔龙飞凤舞地写在大张的绿格稿纸上的,真是如获至宝,捧了回来。可惜的是这手稿后来失落了,不然,印在《郁达夫文集》卷前,怕要比目前的那些插图精彩到不知多少倍。

也许是老板听了我的宣传,也开始收集起杂志来。他的魄力比我大,终于集得一套完整的《东方杂志》和另一套《国闻周报》,又在小店后面的居民家里租了一间小屋存放。据说当时管理着天主教藏书楼的神父曾来看过,承认比楼里藏的一部还要完整。

老板的业务日益发展,另外又在拉都路(今襄阳路)租了一间房子作为临时仓库,把他认为珍贵的好书搬过去藏起来。这时他已开始经营木版线装书了。但那详情我不大清楚。有一些人家叫他去称书,因为他是只会用秤的。有一次他告诉我,到一家人家去称书,书都堆在楼梯下面的角落里。家里的女人高高站在二楼,倚着阑干,用手绢掩着鼻孔看他一捆捆地称。他取出两部来给我看,是嘉靖小字本《吕氏家塾读诗纪》和另一本什么明抄,都是褚德彝的藏书。

他还说过,郑孝胥有一个妾就住在徐家汇附近,也叫他去买过书。不过"海藏楼"并不是藏书家,好像没有什么珍贵的书籍,只能有《徐俟斋年谱》这一类货色。

老板忽然风雅起来，请刻字摊刻了一只木图章，上面是四字白文"不读书人"，也并不在每一部书上都钤用。他是坦率的，也表示了对祖国典籍的美好的素朴感情。他知道这些书是珍贵的，但又不能知道那真实的价值，后来听说是跑到三马路去请教了。一位精明的北方书贾成了他的好友，用使他感到意外的价钱把他称来的书陆续买去，一转手获得了使他听了瞠目不知所云的价钱。从此，他就把挑剩下的书深藏密锁起来，不再示人，而对三马路的旧书店也从此深恶痛绝，不再接待，并常常对我发泄他的怨气。表示将来年纪大了，要在南汇乡下造两间房，把剩下的书藏在里面，即使不识字，就是每天摩挲一下也好。

不久我就离开了上海。几年后抗战胜利，回来的第二天，就抽空到徐家汇去访问。小店又恢复了最初的老样子，书报更加稀稀落落。老板还穿着他那件短袄，只不过两鬓斑白了。他的养女结了婚搬了出去，只剩下老夫妻两人过活。生意也清淡，只靠称报纸敷衍局面。不过他的酒并未戒掉，也许比过去喝得还更多些。老太婆警告他当心高血压，早晚会中风的，他听了只是笑笑。租来的两间仓库早已退掉，他把希望寄托在那一套《东方杂志》上面，但那时可没有谁要买这种破烂货。

我早搬了家，事情也忙，去访问他的机会更少了。不过旧报纸积得多时，还是请他来称得去。有一天，忽然接到他一封信，要我去一趟。见面后他从阁楼上床铺下面取出一册包得很仔细的旧书，郑重地交给我，这就是那次从褚礼堂家称来的书中剩下的最后一本，北京客人打了多年主意他都没有出手，觉得应该让给我这个"藏书家"。他说："我早就看出来了，你会成为一个藏书家的。"这真使我受宠若惊，同时也确实为他的友情所感动了。问他价钱，不肯说,摇摇头,只是笑。最后是用一本书的版税(那是很菲薄的)外加几百斤旧报纸、杂志结清了书账。我觉得这是我用最低廉的代价买得的一本最好的书,因为这里面还浸满着浓重的友情。

这是一本明嘉靖刻的元代女诗人张玉娘的《兰雪集》。未见著录,过去只有明末孟称舜附刻在他的传奇后面的一种算是最早的旧本。我又买到过一本鲍以文手校的知不足斋抄本,鲍校只是意改,并未真见旧本,取此本对看,就可发现鲍氏的一些失误。

这以后又是久久地没有相见。

十年动乱中从奉贤干校回沪,要在徐家汇转车。每次我总是多走些路经过那家小店门口。那是冬天,只见一位老太太,穿着黑色的棉袄,戴着黑绒线结的暖帽,袖着手坐在收拾得非常干净的柜台前面,静静地看着街上熙来攘往的人群。店里收拾得很干净,一本破书也没有了,玻璃橱里只放着几件小孩子的花纸耍货,上面挂着几件小东西,全是没有人过问的货色。

老太太竟还认识我,一眼就看出了我是谁,还像当年那样热情地问这问那。问她,老板呢?她十分平静地回答说,前两年死掉了,是中风死的。她平静地告诉我这个消息,嘴角还挂着微笑。

后来我又曾几次走过那间小店,老太太依旧用那种姿势平安地坐在那里,不过我没有再去招呼。后来又一次,没有看见老太太,柜台前换了两个女青年在招呼生意。这以后,我就不再走过,即使走过,也不再向小店张望了。

一九八三年十二月二十八日

序《醉眼优孟》

前些时收到一卷书稿——《醉眼优孟》。作者许宏泉,画者高马得,是一本图文并重、好看的书。作者来信索序。本来作序是一件可怕的事,踌躇不敢应命,后来稍稍翻阅,看作者的文风,恍然记起自己小时候干过的营生,正是一路;马得的画更是老相识。以此因缘,觉得似乎不妨说几句闲话。

过去我写过一篇《反封建离不开旧戏》的小文章。初意不过是说明旧戏有其认识作用,保存、记录了旧时代社会面影,像老照片似的,是人们认识旧时代不可少的资料,在今天依旧有重要参考作用。记得那是新时代开始之时,书店大量出版久违了的文学作品之际。出版社建议巴金重印他的作品《家》。巴金开始是不同意的,说作品过时了,没有重印的价值。我不同意他的意见,反复辩难。说到后来他也不免失笑了,说了一句有意思的话,"有时走在街上,还会碰到高老太爷在散步。"终于同意重印《家》。

后来我又想,这种说法还不免是片面的。从戏剧史上看,从剧作家的出身、成分看,情形就更清楚些。顺便说一下,这并不是"唯成分论",如某些论客所说。

从关汉卿开始,打开《录鬼簿》来看,杂剧、传奇的作者,几乎没有一个是社会中上层人物;也没有一位是得到封建统治者的命令、示意而创作的。自然也有如《劝善金科》那样统治者自己也不要看的"巨作"。除佚名作者外,元人以降,直至明清之交,李玉、李渔……无一不是别无出路的下层文士。作《临川四梦》的汤显祖的运气算是最好,也只是"沉于下僚"的一个小官儿。写《桃花扇》的孔尚任缅怀故明的政治立场,注定他不可能官场得意,即便他是一位圣裔也罢。洪昇的运气更坏,不只自己倒霉,落得个落水而死,还连累了朋友,"可怜一曲长生殿,误尽功名到白头。"虽然文字狱档里不录,那阵势也相差不远。这里说的是有名有姓的剧作家,还有更为重要的一直不被承认为戏剧作者的广大观众和台前台后的演员和他们的伙伴,都是建成这座辉煌大厦的不可缺少的人物。

观众的评判力和推动力是无形的但又巨大的。他们不写剧评,也不上台发表意见,只用行动。"台上群玉班,台下都走散",就是一种无言而极有力的"剧评"。齐如山给梅兰芳写了那许多信批评他演的《汾河湾》,已经成为一种"佳话"也是特例。"梅派"的形成,其中包含了多少人的贡献,梅的《舞台生活四十年》中说得够多了,但也还远非全貌。其中记《霸王别姬》的创作过程,改动、修饰,以至成型的经过,是一出戏的产生的忠实记录。尤其是记杨小楼琢磨、改定一个身段、动作的过程,更是说明一位表演艺术家辛苦追求舞台上的完美的绝妙特写。从中我们可以想象众多名家的创造实际,其能为我们所知的,也不过盖叫天等寥寥几位片段记录而已。

演员对戏剧故事和剧中人物也会发出自己的理解、判断、评论。除了京剧中的丑角在台上允许临时抓哏,随时发表意见之外。(顺便说一下,这种表演方式,似乎违反了正宗的戏剧规律,但也不妨加以容许,这实在是一种杂文在剧场上的运用。)川剧里就表现得更出格,有时在"帮腔"里就高声唱出"你是个坏东西!"这样的语句,作为观众,不但不以为"犯规",在我,倒是举双手赞成的。

新中国成立后一个时期,"八大拿"是绝迹于舞台上的。以致盖叫天老先生不得不把他的名作《洗浮山》改名《七雄聚义》(《水浒》中朱仝故事)才能换汤不换药地收入他的纪录片中。其实这是一场因误会而造成的喜剧。有一种传说,不知道可的确。《恶虎村》的作者是一位演员,因痛感一位同伴的负心,才写成此剧。剧中的主角黄天霸是以正面形象出现的。但处处巧妙地写出他的虚伪、狠毒、忠于统治者、叛卖绿林,最后杀兄灭嫂,斩尽杀绝而后已。在终场之前,一把火烧毁了结义者的家园,却挥泪痛哭兄嫂,被在一旁的武丑王樑埋怨打趣了两句然后下场。全剧结构紧凑,节奏鲜明,背面敷粉,立场显然,终于使统治阶级被障眼法骗过,得以上演而成为热门的绝妙的大武戏。也是杨小楼、盖叫天驰名的作品。但长期不为评论家所理解,视为违碍的有问题的作品,真是一场出奇的冤案。

最近在荧屏上又看到久违了的同属有争议的京剧《铁公鸡》,大约是近来学人对太平天国的评价提出新见的结果。但演出中一连出现了四位演员,同饰向荣,演出他在赴会途中乘马奔驰的四场全同的场面,有如"四五花洞"方式,各自卖弄扑跌、荡马的技巧,进行比赛。而此后的场次,仅只草草交代而已。不禁爽然意尽。其实这本是一出十分有名火炽的大武戏,今天重排,大可就新的认识加以重编。戏剧史上有许多"现代戏",都是取材近事而编排的。如明末清初表现与阉党斗争的、清代表现轰动新闻时事的……所谓"现代戏"的历史也是悠久的,绝非自今日始,其结合当时政治是紧密的、及时的。也是值得研究、继承的一个重要方面。

旧戏在文献价值与认识功能之外,后来居上,最受重视的是教育作用。这是剧人从来也居之不疑的。从来旧戏就有"高台教化"（不知是不是这四个字）之誉，我想它的来源必甚古。小孩子看戏，看小人书，看电影电视，总要缠着大人问，这是好人还是坏人，怕就是它的萌源之始。因之产生了使舞台作为教育讲台之议。而树立正面人物形象就成为重要任务。而正面人物又必须是完美无缺的，因而出现"高大全"的创作"理论"，是毫不奇怪的。但遍数舞台上的人物，这样的典型人物却难得。难道要求观众向曹操学习吗？怕不大妥当。过去曾经有过一场热闹的为曹操翻案热，郭沫若登高一呼，几乎全国史学家、文学家、社会学家群起响应，论文无数，三联书店曾搜集论文成果，编成一册厚厚的论集。结果怎样呢？曹操究竟未能成为一位够格的"高大全"英雄。

有意思的是人民对曹操的观感、态度。

鲁迅很早以前在讲演中就承认曹操是一位英雄，虽然不是毫无缺点的英雄。尽管缺点累累，人们对舞台上的这位大白脸角色还是一直抱有好感的。观众爱看他在舞台上犯错误、出洋相，在微笑中获得欣赏的满足，却绝不切齿地痛恨。人们喜欢曹操的爽直，敢说真话。他曾发表命令求才，他懂得天下没有十全十美的人物，说只要有才能就好；他只用一句话就戳穿了孙权的用心，说劝我称帝是想让我坐在火炉上；他又坦然说出了大实话，没有我，天下不知有多少人要称王称帝。《战宛城》中，他马踏了青苗，犯了自己宣布的军令，假意自刎，耍了个小花招，割发代首，掩饰过去了。战胜之后，又谈起"恋爱"来，结果落得个大败亏输，可与赤壁之败媲美。

总之，观众是喜欢这张大白脸的，颇与喜欢银幕上的卓别林相似。人们起来保卫这张脸谱，不允许取消或改变它。只有某些自作聪明者把曹操的满白脸改为揉脸,作浅薄的"改良",成为笑柄而已。

说起《战宛城》,这也是一出不大容易看到的演出了。除了侯喜瑞逝世后,没有谁能动"马踏青苗"一场,另有一道坎儿是前面还有一场"思春"。这是筱翠花和荀慧生的名作。是描写空闺嫠妇心理活动的空前仅见的创作,也显现了剧人人间关怀的广远。最近因青春版《牡丹亭》的受到重视,深闺少女的"思春"已经为广大观众所欣赏接受,而邹氏的"思春"却仍是有争议的话题。仿佛少女与寡妇之间有一道深不可测的鸿沟似的。偶演《战宛城》,也往往删去此折。其实论艺术表现的深度,论手法的新颖细腻,较之《蝴蝶梦》中庄周夫人的心理刻画,毫无愧色或且远胜之。

最后想起的是旧戏曾沾染过如许污泥浊水的问题。这实在是必然而无从避免的,也就是它具有非凡认识作用的所在。它在观众面前展开的是几千年来完整的社会相,足资人们观察、认识、批判。其无可比拟的特色也正在这里。

聊举一例。旧戏里有不少歌颂"义仆"的篇章,如《审头刺汤》之类。往往使观者不忍卒睹。这些戏大抵产生于明清易代之际,几经改动、重排而流传至今。我怀疑它的产生与当时普遍存在的社会现象——"奴变"不无关系。在明代晚期江南一带,"奴变"并不是个别现象。在正史、官书,文集、笔记中的记述是大量的。大官僚、地主、乡宦们大抵拥有大量奴仆以供驱使,自然也是生财之道。一旦社会变动,奴才造起反来,对他们的"庄园经济"的破坏可想而知。这种社会现象不可能不在戏剧舞台上得到反映。而他们必然要树立一种"正面"形象,以资倡导、学习，于是效忠主子、之死靡他的"义仆"形象大量出现了。

关于奴婢的身份构成、职责划分、等级地位、生活状态，描写最全面、详细、生动的，无逾于《红楼梦》。大观园内外主子与奴婢的关系，是密不可分、融为一体的。一出巨丽的大剧，都由不同阶层这两类人物共同演出，缺一不可。奴隶的命运，大至生存荣辱，细至婚嫁细节，无不掌握在主子手中。而大小事务、明明暗暗也无不由他们合作完成。且看曹雪芹选用不同身份的三位女奴，共同演出的一场悲喜剧，从而体现了一场惊天动地的阶级斗争。

出场的三位女奴，一位是鸳鸯，是家生子儿；袭人是贾府花银子买了来的；平儿则是凤姐陪嫁的大丫头。她们在一起讨论一桩神秘的事关生死存亡的大事——鸳鸯如何应对大老爷贾赦和邢夫人逼嫁的突发事件。

在小儿女戏谑中间，溢出了盈眶血泪、手足深情。她们结成统一战线，面对来做说客的嫂子，鸳鸯更表现出超出三姑娘面对王善保家的斗争气势，但面临重压，她们却是无力的。雪芹写出了一幅惊天动地的人间血泪图。

从档案中可见，当时的抄家，犯官家族入籍的活人往往有数十百口。其中主人不过寥寥数人，剩下的都是奴才，被统统当作"物件"拍卖或赏人了。这一笔细账，是可以看作"奴变"的补充材料的。

闲话已经说得够长，想想也只不过是"闲话"而已。我们有漫长的历史，有"二十四史"这样浩瀚的典籍，不过都是留给老爷们享用的。人民么，只能从所谓"小文化"当中寻求一些知识。

这中间戏曲是重要的知识来源之一,而这些又往往是零碎的、错乱的。这就需要"说戏",即使是醉眼蒙眬的"酒论"也罢。

二〇〇六年五月十九日

萧恩的教训

《打渔杀家》又名《庆顶珠》，是传统京剧剧目中的上品，就连戏改干部也挑不出任何毛病，难怪新中国成立之初北京名演员如谭富英等都以此剧为主要演出剧目，还曾改名为《渔夫恨》，强调其现实意义。因此我也叨光听过不少次，却是百听不厌。名家的演出也领略了许多。可惜这只是一出中篇剧作，作为大轴，分量少嫌不足，同时此剧又是生旦并重的，虽然名角都演出过，都各有精彩的亮点，但没有成为谁的代表作，是可惜的。

这是一出诗剧，由三大段落组成。先是抒情，中间插入一场闹剧，而以武场结束，归根结底，它依旧是一出诗剧。写渔家生活，写战友情谊，写渔霸的剥削，写父女情深，写江天景色，就连"杀家"前后也不忘点染未经历练幼女的娇痴，对老父的依恋，和萧恩的满腔悲愤，难以割舍的父女深情……剧作家的笔无时无地不紧贴着人物，随时点染。因此，它到底还是出诗剧。

照我旧时听戏的经验，散场后走出剧院，留下来的诗意感受，是淡淡的，只留下轻微的痕迹，似有如无，远不如教师爷表演的强烈。这有关戏剧欣赏的进境，不可强求，但也不能不有关演员表演的深度。王长林如果活到今天，总该有一百多岁了，当然应该是一位货真价实的"表演艺术家"。他吸取了前辈的经验，加以丰富提高，借鉴了《水浒传》中的牛二与柴大官人庄园中教师的形象，形成了教师爷的表演程式，至今为他的徒子徒孙所继承，有所加减，即使是"乏角"，也能获得应有的效果。这就是常说的"戏保人"。遗憾的是萧恩，虽然先曾有"老了，打不动了"明智的声明，但终于忍受不住对方无止的进逼，凌辱，终于破戒出手了，可惜呀可惜，使自己成为教师爷的配角，对方尽情表演的旁观者。

教师爷显本领花样繁多，什么扁担式、拦门式，不可胜数，记得较真切的是练"气功"。站在台中，做运气式，良久，袒露的肚皮渐渐鼓成圆形，屏气凝神以待，萧恩走过来用手指在滚圆的肚皮上轻轻地一点，教师爷应声瘫作一团了。接着是台下哄然的笑声、叫好声、掌声，都是送给教师爷的。萧恩即使请余叔岩出场，也没有法子，只能看身段、步法、干净、"边式"的举手投足，不过寥寥几个动作，自然也没有喝彩声，这一场全给王长林包了。

鲁迅先生晚年，花了许多笔墨与海上"文人"战，虽所向披靡，但也令读者有时光可惜之叹，又先生曾拟编《五讲三嘘集》，后终未成。但使人感到，先生对对手是分别对待的，有的只值一"嘘"，至于"粪帚文人"之流，怕连"嘘"也不值得。围棋赛手要分段，拳击手要以体重分等级，连斗蛐，也得先用特制的小秤约过虫儿的重量，才能下场。都是有道理的。这还都是以客观条件为判断准则的。此外，也许更重要，是道德标准。虽然没有明确的准则，但更为分明，在观众眼中是历历如见，用不着花费许多"闲言语"。

鲁迅先生往矣。他的"有教无类"的批判精神，也绝响已久，追步也万万不能。只能努力领会他笔下的审慎，有理、有利、有节的考虑，庶几可勉类似。萧恩的失算，他就因匆促中将自己置于教师爷对等地位而贸然交手。"虽胜不武",成为一场闹剧,自己也陷于尴尬境地。萧恩的教训值得记取,要紧,要紧!

二〇〇七年五月二日重订于刘庄

茶　馆

　　四川的茶馆，实在是不平凡的地方。普通讲到茶馆，似乎并不觉得怎么稀奇，上海，苏州，北京的中山公园……就都有的。然而这些如果与四川的茶馆相比，总不免有小巫之感。而且茶客的流品也很有区别。坐在北平中山公园的大槐树下吃茶，总非雅人如钱玄同先生不可吧？我们很难想象短装的朋友坐在精致的藤椅子上品茗。苏州的茶馆呢，里边差不多全是手提鸟笼，头戴瓜皮小帽的茶客，在丰子恺先生的漫画中，就曾经出现过这种人物。总之，他们差不多全是有闲阶级，以茶馆为消闲遣日的所在的。四川则不然。在茶馆里可以找到社会上各色的人物。警察与挑夫同座，而隔壁则是西服革履的朋友。大学生借这里做自修室，生意人借这儿做交易所，真是，其为用也，不亦大乎！

　　一路入蜀，在广元开始看见了茶馆，我在郊外等车，一个人泡了一碗茶坐在路边的茶座上，对面是一片远山，真是相看两不厌，令人有些悠然意远。后来入川愈深，茶馆也愈来愈多。到成都，可以说是登峰造极了。成都有那么多街，几乎每条街都有两三家茶楼，楼里的人总是满满的。大些的茶楼如春熙路上玉带桥边的几家，都可以坐上几百人。开水茶壶飞来飞去，总有几十把，热闹可想。这种宏大的规模，恐怕不是别的地方可比的。成都的茶楼除了规模的大而外，更还有别的可喜之处，这是与坐落的所在有关的。像薛涛井畔就有许多茶座，在参天的翠竹之下，夏天去坐一下，应当是不坏的吧。吟诗楼上也有临江的茶座，只可惜楼前的江水，颇不深广,那一棵树也瘦小得可怜,对岸更是些黑色的房子,大概是工厂之类,看了令人起一种局促之感,在这一点上,不及豁蒙楼远矣。然而究竟地方是好的。如果稍稍运用一点怀古的联想,也就颇有意思了。

武侯祠里也有好几处茶座。一进门的森森古柏下面有,进去套院的流水池边的水阁上也有。这些地方还兼营菜饭,品茗之余,又可小酌。实在也是值得流连的地方。

成都城里的少城公园的一家茶座,以用薛涛井水作号召,说是如果有人尝出并非薛涛井水者当奖洋若干元云。这件事可以看出成都人的风雅,真有如那一句话,有些雅得俗起来了。其实薛涛井水以造笺有名,不听见说可以煮得好茶。从这里就又可以悟出中国的世情,只要有名,便无论什么都变成了好的。只要看街上的匾额,并不都是名书家所题,就可以得知此中消息了。

大些的茶楼总还有着清唱或说书,使茶客在品茗之余可以消遣。不过这些地方,我都不曾光顾过。另有一种更为原始的茶馆附属品,则是"讲格言"。这次经过剑阁时,在那一条山间狭狭的古道中,古老的茶楼里看见一个人在讲演,茶客也并不去注意地听。后来知道这算是慈善事业的一种,由当地的善士出钱雇来讲给一班人听,以正风俗的。

这风俗恐怕只在深山僻壤还有留存,繁华的地方大抵是没有了的。那昏昏的灯火,茶客黯黑的脸色,无神的眼睛,讲者迟钝的声音,与那古老的瓦屋,飞出飞入的蝙蝠所酿成的一种古味,使我至今未能忘记。

随了驿运的发达,公路的增修,在某些山崖水角,宜于给旅人休息一下、打打尖的地方,都造起了新的茶馆。在过了剑阁不久,我们停在一个地方吃茶，同座的有司机等几个人。那个老板娘，胖胖的一脸福相，穿得齐齐整整，坐下来和我们攀谈起来。一开头，就关照灶上，说茶钱不用收了。这使我们扰了她一碗茶。后来慢慢地谈到我们的车子是烧酒精的，现在酒精多少钱一加仑，和从此到梓潼还得翻几个大山坡，需要再添燃料了。最后就说到她还藏有几桶酒精，很愿意让给我们，价钱决不会比市价高。司机回复说燃料在后面的车子里还有，暂时等一下再说。那位老板娘见话头不对就转过去指着她新起的房子，还在涂泥上灰的，给我们看了。她很得意地说着地基买得便宜，连工料一起不过用了五万元，而现在就要值得十万元左右了。

到重庆后，定居在扬子江滨，地方荒僻得很，住的地方左近有一家茶馆，榜曰"凤凰楼"，这就颇使我喜欢。这家凤凰楼只有一大间木头搭成的楼，旁边还分出一部分来算是药房。出卖草药，和一些八卦丹万金油之类的"洋药"。因为无处可去，我们整天一大半消磨在那里，就算是我们工作的地方，所以对于里边的情形相当熟习。老板弟兄三人。除老板管理茶馆事务外，老二是郎中，专管给求医者开方，老三则司取药之责。所以这一家人也很可以代表四川茶馆的另一种形式。

我很喜欢这茶馆，无事时泡一杯"菊花"坐上一两个钟头，再要点糖渍核桃仁来嚼嚼，也颇有意思。里边还有一个套阁，小小的，卷起竹帘就可以远望对江的风物，看那长江真像一条带子。尤其是在烟雨迷离的时候，白雾横江，远山也都看不清楚了。雾鬟云鬓，使我想起了古时候的美人。有时深夜我们还在那里，夜风吹来，使如豆的灯光摇摇不定。这时幺师（茶房）就轻轻地吹起了箫，声音极低，有几次使我弄不清楚这声音起自何方，后来才发现了坐在灶后面的幺师,像幽灵一样地玩弄着短短的箫,那悲哀的声音,就从那里飘起来。

有时朋友们也在凤凰楼里打打 Bridge[①],我不会这个,只是看看罢了。不过近来楼里贴起了"敬告来宾,严禁娱乐,如有违反,与主无涉"的告白以后,就没有人再去"娱乐"了,都改为"摆龙门阵"。这座茶楼虽小,可实在是并不寂寞的。

---

① 桥牌。

品　茶

茶是人人都吃的，可是不一定人人都说得出吃茶的道理。茶列为"开门七件事"之一，可见它和人民生活关系之密切。但这七件事中，只有茶曾经有人给它写过一部《茶经》，这也是不平常的。中国有《茶经》，日本却有"茶道"，这正是后来居上了。清雍正中陆廷灿作了一部《续茶经》，是就唐代陆羽的原本重加补辑而成，凡三卷，共分十类，源、具、造、器、煮、饮、事、出、略、图，末附茶法一卷。这是一部内容丰富、编次有法的集大成的撰著。在"九之略"中首先列出了"茶事著述名目"，自唐陆羽《茶经》至清《佩文斋广群芳谱》《茶谱》，共七十二种，当然还有漏略，但即此也可说是洋洋大观了。照例底下还有诗文略，当然不过只是稍加点缀而已。其实是收不胜收的，古今人诗集中谁没有几首品茗的诗呢？如果今天要就陆氏书续加补辑，只此诗文一略，没有几十百万字怕就收容不下。当然这里不过是说说而已，无此必要也少有可能。不过我觉得一节文字应该是例外，那就是曹雪芹写的《贾宝玉品茶栊翠庵》。这是《红楼梦》的第四十一回，作者总共不过花了一千六百字的篇幅，可是品茶的全过程都细细地写到了，不只是写吃茶，同时还用轻盈准确的笔触点染了人物，一颦一笑都活生生地凸现出来。语言中充满了机锋，没有一字是可有可无的。表面看去，不过是闲闲写来，细加琢磨，知道实在是精心结撰的。《红楼梦》中这一类精妙的片段是很多的，它们都可以独立成章，但又是整体的不可分割的有机组成部分，这就有些像戏曲里的折子戏，随便什么时候都可以抽出来独立欣赏的。

栊翠庵的一幕出现在贾母带了刘姥姥游园火炽热闹大段故事的结尾处，于浓墨重彩如火如荼的描绘中忽然插入清幽淡远的一笔，不但增加了文情的跌宕，也协调了全篇的节奏。正如盛筵之后端上来的一碟泡菜，是可以起清口的作用的。

贾母带了刘姥姥与众人到了栊翠庵中，提出要吃茶。这以后妙玉的语言动作，就都从宝玉的眼中写出。妙玉亲自捧了一个海棠花式雕漆填金云龙献寿的小茶盘，里面放一个成窑五彩泥金小盖钟，奉与贾母。贾母道："我不吃六安茶。"妙玉笑说："知道，这是老君眉。"贾母又问是什么水，妙玉笑回，"是旧年蠲的雨水。"

从这简单的回答中，就点出了主客都是品茶的行家，涉及了茶的品种与烹茶用水，这两者在《茶经》中都列入重要的项目，各用专章加以论述。此外就还有"茶之器"，妙玉给贾母专用的成窑五彩盖钟，给众人用的一色官窑脱胎填白盖碗，还有拉了宝钗、黛玉吃体己茶时所用的茶器，都是为茶人所重视的，难怪作者要花力气来细细描写。宋江在浔阳楼称赞说"美食不如美器"，在这里道理也是一样的。

妙玉给贾母和众人所用的茶器是实写，给宝钗、黛玉、宝玉所用的可就有些玄虚了。给宝钗的一只，杯旁有一耳，杯上镌着"瓟斝"三个隶字，后有一行小真字是"晋王恺珍玩"，又有"宋元丰五年四月眉山苏轼见于秘府"一行小字。另一只形似钵而小，也有三个垂珠篆字，镌着"杏犀䀉"，则奉与黛玉。这些随笔点染，不能不使人想起秦可卿卧室里的古董陈设。这当然都出于作者的虚拟，两者用意也并不相同。栊翠庵中品茶与可卿房中午睡，到底写的不是同一类的故事。

《红楼梦》中写妙玉，笔墨不多，可是大都与宝玉有牵连，算来只有宝玉向她乞红梅；宝玉生日，她投了"槛外人妙玉恭叩芳辰"的帖子，都是虚写，妙玉本人并未出场。还有就是凹晶馆联句由她出来收场，那是与黛玉、湘云有关的。从前面两幕虚写中，也已暗点了妙玉对宝玉的感情、态度，这一回栊翠庵品茶，才是正面的妙玉本传。她因刘姥姥吃过一口就嫌脏不要了成窑茶杯，但却用自己常日吃茶的绿玉斗斟茶给宝玉。来吃体己茶的三人中，宝钗、黛玉是客，宝玉的关系又自不同。写得自然，但又刻露。宝玉却不知足，说什么"世法平等"，"他两个就用那样古玩奇珍，我就是个俗器了"。不知道宝玉是不是真的不理会妙玉拿他当作"自己人"，才拿自己日常用的茶斗给他使，因此而引来了妙玉的反驳，"这是俗器？不是我说狂话，只怕你家里未必找得出这么一个俗器来呢！"难道这只是谈论茶具么？

在这一节文字中，妙玉对宝玉时时加以调侃、讥嘲，毫不假借，但口气中又处处露出非比寻常的亲昵，这与对待宝钗、黛玉的态度是有分明的差异的。她笑宝玉要吃一海，说："你虽吃的了，也没这些茶糟蹋。岂不闻一杯为品，二杯即是解渴的蠢物，三杯便是饮驴饮骡了？你吃这一海，便成什么？"这里所说，正是品茶的精髓，宝玉"细细吃了，果觉清淳无比"。轻轻一笔，却将品茶的趣味全然写出了。

妙玉心中的宝玉，在六十三回中曾借邢岫烟之口点了出来，宝玉因接到妙玉"遥叩芳辰"的帖子，想不出怎样回复，正巧遇见并告诉了岫烟，"岫烟听了宝玉这话，且只顾用眼上下细细打量了半日，方笑道：'怪道俗话说的闻名不如见面，又怪不得妙玉竟下这帖子给你，又怪不得上年竟给你那些梅花……'""细细打量"，写得入神而突兀，难道她是初见宝玉么？岫烟是妙玉的旧交知己，从她口中的一番话，可不就说出了妙玉心目中的宝玉么？至于在栊翠庵中妙玉正色对宝玉说，"你这遭吃的茶，是托他两个的福。独你来了，我是不能给你吃的。"实在说得极妙，也正经得好。试想，宝玉又哪能有机会自己一个人闯进栊翠庵来讨茶吃，妙玉又哪里有机会亲手给宝玉烹茶？说来说去，实在只有感谢宝钗和黛玉，当然也就不能不领她俩的情。不只宝玉这样说，妙玉也是赞成的，"这话明白"。文章写到这里，一泻而下，入情入理，但不细读恐怕就很难领略隐含在小儿女口角中的微妙含义。

这一节品茶文字，是以论烹茶用水而结束的。黛玉随口问，"这水也是旧年的雨水？"却引来妙玉的一大段议论：

> 妙玉冷笑道："你这么个人，竟是大俗人，连水也尝不出来。这是五年前我在玄墓蟠香寺住着，收的梅花上的雪，共得了那鬼脸青的花瓮一瓮，总舍不得吃，埋在地下。今年夏天才开了，我只吃过一回，这是第二回了。你怎么尝不出来？隔年蠲的雨水，哪有这样清淳，如何吃得！"

《续茶经》"五之煮"部分几乎都说的是煮茶用水，可见正是茶人极为重视的。中国有那许多名泉，也都是因烹茶而得名的。也间有说到用伏中的雨水，用缸贮西湖水的。谢在杭说，"惟雪水冬月藏之，入夏用乃绝佳。"是仅有的使用雪水的记录。不过只是一句话，远不及《红楼梦》的尽兴一写，来得笔酣墨饱。尤其值得注意的是妙玉对黛玉的批评，竟自如此不留余地。《红楼梦》写黛玉，是连一言半句奚落的话也经不起的，这里却用"黛玉知他天性怪僻，不好多话，亦不好多坐"一句话收束，这和前面妙玉的"冷笑"，都是少见的特笔。难怪有人说妙玉是黛玉的影子，甚至说黛玉本是妙玉，这中间是有消息可寻的。

《红楼梦》是小说，书中保留了大量封建社会晚期风俗习惯的真实记录，其价值不下于正史或野史，也许更加翔实而生动，这品茶的一章就是好例。又因为它是伟大的小说，在事实的铺陈中处处不离人物的刻画，因之也就更为可贵。这就是我觉得续写《茶经》时千万不可遗漏了这一节好文字的理由。

山水有味

江上杂记

一

××：

很久没有写信，原因很多。除了忙以外，没有一个安静的地方也是一个大原因。你恐怕不能想象我们这里过的是怎样的生活，唯一的特点是"乱"，似乎比你们那间客厅还要乱一点。和我同房间的是几个××人。对于××人，老实说，我一向是并无恶感的。可是不知如何，这次似乎又是例外。我无法描写他们的一举一动，因为这几乎都是言语道断的。这几位之中最风雅的一位是被称为诗人的。每天用了湘乡曾文正公的调子念诗，念他祖父和他自己的杰作。过去曾在一本什么书上读过，一位德国老教授在游历中国时住在旅馆里，整日为嘈杂的人声吵得睡不着觉，虽然用了棉絮塞了耳朵可是终于没有用。我现在不敢自夸，修养的功力是远较那位德国老教授为深的。在旅馆里，人声鼎沸的旅馆里，我照样能提笔写东西。然而对于这位诗人的吟诗，和其他几位的高谈阔论却实在没有抵抗的能力。因此可以推知，我自己的房间对我的意义不过是旅馆，这似乎与古人有点相近了。李白说天地是万物之逆旅，这是达人之言，吾辈岂敢妄攀。然而事实总是事实，我现在所采取的，正是达人的行径。这实在是"乏善足陈"中"聊堪告慰"的。

元旦日去南温泉，道经土桥，在那依山带水的一条狭狭的街里，看见一个茶馆，非常喜欢。可惜匆匆未能久坐。今天吃完饭，带了纸笔渡江，想去找寻上次坐过的那个地方。领略一点悠闲，写一封信。然而，多巧呢，我赶上了市集。在这个小镇唯一的一条街上，挤满了人们，手里拿着烟叶子，嘴里衔着长长的木杆烟袋的人们。这烟管是用一根长长的生满了骨突的树枝做成的。上面漆了黑亮的漆，镶了雪白的铜烟嘴。你看我多狼狈，手里拿了两个大大的广柑，另外一包书，手套，没有地方坐。这时候前面一副座头上演了一出小戏，一个年轻些的正和一位生了山羊胡子的老者在"揖让"。——这里我想补说一点关于本地人的礼貌的说明。有一次我独坐一副座头，光临了两位不相识的人物。他们开始用四川话向我围攻了，看姿态又并非寻衅。我是莫名其妙地惴惴然，后来才知道他们两位是想要请我坐在高处的——等他们坐定以后开始叫茶，向一个驼背的小孩子——其实未必年轻了——买纸烟，这个矮小的驼背后生，头上戴了一顶绒线帽子，手里托着箕斗，里边放着花花绿绿各式纸烟和一些葵花子。不知怎样一来，他们忽然争执起来了。大概是那位买纸烟的还了价，歪戴灰线帽的驼子就用了种种的话来讥刺他们。可惜我听不懂他们的话，从驼子不屑的脸上看，大概是非常精彩的。末了那位还价的从腰里掏出一叠票子来，放在桌上，表示并非买不起。驼子也从怀里摸出了一卷，比那位的还要厚一些。这一幕争执延长了十几分钟，茶房走过来，驼子向他诉说了情形的始末，斜眼茶房在他箕斗里抓了几个瓜子扔在嘴里，笑笑推驼子出去了。

　　我的写信的计划，不用说，是完全失败了的。我看了一眼这个可爱的茶馆，现在是埋在一片喧嚣里，只好走出去，我想等我再找到一个安静点的地方时，再给你描写一下这个可爱的茶馆风光。

　　好！现在我是坐在另外一个茶馆里，虽然并不怎么清静，然而写字总还是可以的。

　　这个可爱的茶馆其实可以说是一个茶楼。因为后面即是深深的河流，远远地可以看见一角瀑布，瀑布从远山上悬下来，好像几幅珠帘。悬崖上面是几株黄桷树，河流从远远的地方流来，流过浅浅的沙滩，石板桥下面的石壑，等到经过茶楼下面时，已经是看不出流动痕迹的伏流了。河边有几个洗衣服的女人，跪在那里，在天然的砧石上洗衣服，我不禁想起一句戏词来，"青山绿水难描画"，因为这水实在是绿，长长的水草摇动着，好像如云的鬓发在风里飘拂。茶楼的阑干是弓形的，涂了黑色，有着简单的图案花，对面是一片万字窗格子，上面糊了毛边纸。阑干上面摆了几盆兰花，正开着。也许是新看了故宫画展的马湘兰的画的关系吧，对这几盆兰花特别喜欢，好像是把那几幅"月娇马守真制"的着色兰花搬到这里来了似的。几片雪白的花瓣里边夹杂了几点黄蕊，我摘了一朵夹在书里，过了几天，一翻书就有一股喷鼻的淡香。

　　我在茶馆对过的酒店里吃过一次酒——大曲。大曲是可爱的，我特别喜欢它那爽脆的风味。吃完了饭时就有些晕晕然。从石板路上晃下来，把那朵兰花扣在右襟的扣缝里。记得苏东坡有一首诗："人老簪花不自由，花应羞上老人头。醉扶归去人应笑，十里珠帘半上钩。"苏老先生真有好兴致，现在的年轻人就还缺乏勇气把花插在头上，至于十里珠帘赢得那么许多笑靥的盛况，更是比不上了。

　　四川的水田真是有如一局局的棋盘，这时水面上就都覆着与土色相同的水萍，不露出一点水面来。石板路从水田里伸出来。前边远远的地方是一个庄子，我想起了《水浒》上写的那些庄院。山脚处的宅院，被水田围绕着。斜斜的瓦房，高高的门楼，前面是一排石阶，和一些竹丛。大门里的"福"字有些看不清楚，房后高处旗杆上斜斜地挂了一面旗子，我除了在《水浒全图》以外，就没有看见过这样斜斜的旗子。我似乎可以想象写着"替天行道"的杏黄旗，挂在潦儿洼里的一面可爱的旗子。

  我从茶馆里碰壁出来以后，就挤在人群里赶了一次集。回想最近一次赶集，也已经是十年以前的事了。北平的厂甸，护国寺。我还不能忘记左手拿了糖葫芦，嘴里吹着响玻璃的高兴。这里有另外的一套，墙角站着一个穿着不折不扣的百衲衣的老道，乱乱的头发，卷了一个圈，用一根牛骨簪插着，从脖子后面伸出一根松枝来，拴着一只小鞋，和一个用毛缠起来的布人，布人身上有一个红辣椒。老道手里拿着一个紫色木雕的梭子，右手拿了一块牛角，从里面挖出一些黄色粉末来。嘴里喝了一声："买这药……"十分严肃，然后慢慢说这药的功用。你要在这里时，准会给他吓一跳的。

  茶馆不少。北方南方的都有。外面都挂着"开堂"。粉蒸牛肉，在上海时常吃，是盛在蒸笼里端上来的。这里的粉蒸牛肉是装在月饼大小的小蒸笼里。这种小蒸笼一叠有几十只，高高的竖在锅里，从顶上冒着热气，像是几根烟筒。对这地道的粉蒸牛肉，还没有敢尝试，实在是怕被辣翻的缘故。还有一样东西叫"金钩抄手"，翻成普通话即是"虾米馄饨"，本地人吃的时候，浅浅的碗里倒有半碗是红油，曾在旁边看过一下，有余悸焉。

  鱼在这里是希物，虽然不至于像青海人，在筵席上端上摆样子的木鱼来，也差不多。像样点的饭馆，门口往往摆了一个木盆，里边是三寸左右的小鲫鱼，上边贴着"眼观手不动"的小纸条。香烛店十分兴盛，我颇欣赏那一对对的花烛，上面画了各种美丽的图案的,很想买两对回去,在晚上点起来写文章,应当别有风味。

四川人的爱吃辣,实在也并不在湖南人之下。地摊上最多的是这种货色:大概总有四五样,我所能叫出来者,也仅是辣椒末、胡椒、豆瓣而已。韩康卖药在我想象中应当就是这么一种情形吧?至于前面所说的那个道人,似乎神气太凶了一点儿,韩康必不如是。虽然十竹斋笺谱上的韩公也穿着道士的衣裳。

在一个"洋货摊"上我发现了久违了的"印度帽"。路过周口时,我们曾都买了一顶戴起来,大有印度诗哲泰戈尔的神气。一直到成都,还戴了在街上摆来摆去,现在却没有那种兴致了。

回来时经过一条石板路,下面是突然低下去三四丈的水田。在这水田里边有一所房子,似乎是与人世隔绝的样子。我很喜欢这种办法,如果能置办了相当的食用品,笼居数月,大概颇有意思。纳兰容若词云:"偕隐足风流",我是挺喜欢的。

过去在画上看山市,总不明白是怎么一回事,现在自己从高高的街上,曲曲折折地走下江边去,经过一所所悬空的危楼、茶馆、酒店,在江边回头一望,又好像是在看画了。江边有一艘停在那里的木船,上面摆了几张木方桌,卖茶。不禁想起上海的"水上饭店"来。过江的摆渡上,坐满了人,船夫一手掌舵,一手摇橹,在急流的江水里摇去,江面大约有几十丈宽,船夫一个人摇着筏子,他的那一副古铜色的脸,涂满了风霜的颜色,眯了眼向前望着宽阔的江水。身体不停地做着前后的运动,真不禁使人感到他过的是怎样的一种寂寞的生活。他送了一船船的人回到温暖的家里去,他自己却好像永远在这烟波江上摇,摇。站在船头收渡钱的是他的小儿子,才五六岁吧,已经在帮忙做着种种的事情了。看他那赤着的脚,在船边上跑来跑去,再看看摇了橹的他的父亲,正是明显的两代的对照,一幅生活在水面上的人们的图画。

风大了,把围巾吹到背后去。我站在这长江渡口船的船头,一个人站着,想着种种的事情,觉得生活的多变真是使人料不到。一年前今天夜里,十点钟,从一家戏院门口,坐了一辆银色的车子离开了那个地方。一年后,变得跟水十分亲近了。几乎整日出没在这烟波江上。想想远离了的朋友,温暖的家,我默然,不说一句话。我近来老实得多,不愿意再说什么感伤的话了。

末了我想告诉你一点"剧坛近事",这里又在上演《董小宛》了。在现在重看《董小宛》,应该是颇有意思的,三百年前的江南故事,似乎并不陈旧。吴梅村诗里的董白,《忆语》里边的小宛,飘零的身世,也正是那时的"乱世佳人"吧?

一九四四年一月九日,重庆九龙坡

二

现在我又坐在凤凰楼里写信了。今天是正月初二,往年在家里,正是吃和玩的时候。去年在宝鸡,天下雪,我们几个人跑上山去,在那陡陡的山坡上,差点摔了跤。今年过年,更没有意思。昨天年初一,过江去玩了一下。小小的山市的几家铺面,全关门了,贴了红纸的门联。那家有趣的茶馆也不开。几盆兰花也都憔悴了。从外面看去只见那老掌柜一人巍然坐在那里。后来是在一个"园外茶楼"里坐了半天。这远不及那家的有意思,临街,然而幸亏它,我们才得歇脚。凭栏下望,看见一个七十岁左右的老人,头上留着短短的如银的白发,穿了一身蓝布裤褂,左手拄了拐杖,右手托了一个小盘子，上面竖了小木牌，写着"格言劝善"。还插了几根香。他用蹒跚的步子，慢慢地踱着。用拐杖探着崎岖的石子路，偶尔在什么地方停一下，嘴里不住地念着有韵脚的句子，我听不出他说的什么，好像也并没有什么人来听。几个踢毽子的小孩子让开了路，等他的缓慢的步子移过去以后，就又开始玩起来了。偶尔有几个穿大红大绿的少奶奶们从花布手巾里拿出一张票子来放在盘子上，他微微一点头，算是道谢。我觉得这老人的心情很寂寞，他默默地走他的路，念着只有他自己听得见的话语，好像抱着一种"反正寂寞之上，没有更上的寂寞"的心情。这正是我觉得十分佩服的地方。就像我现在就不能驱遣寂寞，还只能用写信来记录一些无聊的小事情。

在这个全部用竹子搭起来的楼里，目前正充满着麻雀的叫声。有好几个，几乎要在我面前的桌子上踱步了。这"麻雀的天堂"。我今天预备告诉你一点城里面的事。关于 T 的，关于我们在一起的事。这当然是你所喜欢听的。

对于这个山城，明白地说，我是喜欢的。真奇怪，我真不懂一位在成都的朋友，他说无论如何也不会再到这里来。最大的原因，是这里的无休止的台阶。你去过鸡鸣寺吗？走过那孕育了土色的台阶吗？你一定会爱那几步台阶的。然而这里的台阶可完全不是那样。简直可以说是可怕的。如果你要从江岸上坡，那总有几百级吧？走了半天，还有多少级在上面。所以这里有那么许多滑竿，人们坐在上面让抬滑竿的人抬上来，好像是放在台盒里面的鸡鸭，看了真让人不舒服。

在这样的石板路上，如果再一下雨，可就变成了可怕的路，上面敷着一层泥浆。我走路又快而不当心，后裤管上总会弄得一塌糊涂。所以我怕透了这儿的雨天。在这山城里，没有住处该是许多人最大的苦恼。我似乎已经在一封信里告诉过你了。我初来时是住在一家店里的。那时他们还要利用那间房间在白天来办公。所以每天早晨吃完了早点，我就不得不出去。怎样消磨这一天的光阴，这应当是一种艺术。而那时我的唯一的办法是到附近一个看报的地方去坐着。这地方我以前也已经在 MD 君的小说里遇见过的，是作为一对男女约定的见面地方而出现的。果然在那门外的布告牌上，贴了许多小小的纸条，一些约会的便条。可是我则仅是在这里消磨漫漫的长日。那时的重庆在我说是没有什么可爱的，因为我还不能明白支配时间的方法。可是这情形后来渐渐变了。我时常进城看戏，而这里的话剧又是那么长，五幕八景算是很平常的事情。因此我常常要在夜间一点钟左右走回住处去：小旅馆或是朋友的家。在夜半的石板路上走着时，看着穿过街头的老鼠，听着单调的柝声，去敲着打不开的门，这几乎减低了我进城最大的兴致。等 T 自己有了一间房子以后，情形就好多了。

现在我来描写一下这间小房子给你听。

这是在一条窄窄的小巷子里面，当然也还是石板路。下了一个高高的台阶以后，巷子一折，这里边全是古老的宅子。在一个并不太大也不寒伧的门上，有四个字，"长乐旧家"。走进院子，天井里还残存着四个石灰桩子，预备种花的。影壁上的一个圆边的福字，已经残损了一大半了。再进去是深深的充满了黑暗的厅房，从危楼的木梯上走上去，第二层凉台上，半倾斜的屋顶，在这上面你可以看四周的风景了。一片断瓦颓垣。这又往往是在"雨丝风片"的天气里，可没有什么"云霞翠轩"。对面的"南阳别墅"里边长满了盈庭的野草。前面是一座庙，"天宝下院"，小小的。我曾和

T走进去过，不过只有一间大殿，和三尊三世佛而已，和尚没有一个。

T那间房间，是还要从狭狭的楼梯摸下去才可以走到的。这不禁使我想起了阿仑坡小说里面出现过的黑暗的地下室。一扇门上贴着"此路不通"，里面，就是这间小房了。靠窗是一个古老的紫檀台儿，深深的抽屉，白铜的锁匙，还有就是一架宽宽的床。在我看来，已经是非常舒服的睡处，软和得很。

在深夜，电灯光下，是可以做一点事情的。从上面空出的地方，可以看见黑夜天空里面的繁星，和破而黑的墙壁。T说要买点什么来贴在墙壁上。桌子上乱堆了一堆书，其中有一本牛津版的莎翁全集。T没事时就拿起来，仿照约翰巴里穆的舞台词的调子念一两段。书堆上面是那个照片框子，里边是薇小姐的照片。玻璃早碎了，换上了一片玻璃纸。里边又有几片红叶。还有一张 Ingrid Burgman① 的大照片，没有想出法子来挂起。

你知道我们是爱坐咖啡馆的，在家时是DD'S的常客。这里是没有咖啡的，可是像DD'S那样的地方，却还不是没有。有一家在这里顶热闹的街上。人家常说这种茶室是应当暗暗的，可是它却亮得好。有难得的太阳时，可以晒太阳，阴天时电灯亮得使人高兴。你该觉得这话有点可笑吧！然而，真的，我爱亮。在家时我尝试在咖啡馆里写文章，那种吃角子老虎的响声似乎的确有刺激的力量，然而终于不成功。这里只能看看人。这里有着各色的人物标本，在你的面前走过。如果能一一写下来，我相信一定能成为杰作的。我可以说，这里是"上流"或"半上流"社会的集中地。这

---

① 英格丽·褒曼，著名的瑞典戏剧电影女演员。

分类的方法颇不通，我只是以衣着来作标准。穿了白狐外套、丝袜、高跟鞋的 Prostitute[①]，我也算她是"上流人物"。几次，看见一个女人，北京味的，很像这里一家照相馆里的一张彩色人像。她右手支在台子上，手指间夹着烟卷，一吸就喷出来的姿势极动人。好像可以从盈盈的眉眼和嘴唇的动作里想象出一些话语来。这种种动作，我相信一定要经过长久的训练才能熟练，她简直是在表演。

昨天是元旦，就又在这里看到了仕女"倾城而出"的盛况。

父亲带了四个女儿坐在我们前面的一张台子上。几个女孩子吃冰激凌，高兴地说笑，从那还是孩子的脸上娇娇的笑，闭了嘴做怪样子，可以看出她们的高兴。她们都穿了花花绿绿的华服，只有在女性身上，可以看到世界上最奇异的颜色的配合。然而这并不一定全是美丽的，可是她们都穿得很美，这该是妈妈打扮的结果。她们动身了，又换来了两位，我想他们是商人，却拿出了裱好了的扇面册页来鉴赏，不知道他们是否成了交。

吃的东西有牛奶和柠檬茶，奶油也有。因为限价的缘故，只有小小的一片，实在只能引起人们的食欲而已。奶油蛋糕也有，不过那多半是腊味的。

另外还有一家，我也非常喜欢。那只是一个小小的套间，黄色的墙纸，只有三个小桌子，房里暗极。每个小桌子上有一个小蜡烛，烛光闪闪地怪有味的。这儿的东西也比较精致，不过知道的人少，常常是只有两个人占据了整个的小房间。静静地说话，实在是很好的地方。不过我也不常去，因为没有可谈的朋友。如果和男朋友同去，好像是在计划什么惊心动魄的事，似乎也不大好。

---

① 妓女。

还有一个可以消磨长夜的地方即是酒楼。这种酒楼是不卖热炒的，只预备一些咸花生、豆腐干之类的东西。楼下整齐地排列着大大小小的酒缸，最有名的当然是大曲。橘精、葡萄酒也都不错。吃酒论杯，有人已在一个小条桌上面竖起一叠瓷杯子来，还是一口一口慢慢地吃着。这种"酒徒"的姿态最可欣赏。我则很不行，甜甜的葡萄酒固然可以毫不踌躇地一杯杯地吃下去，不过这似乎因为是"洋酒"，所以要用高脚的玻璃杯来盛，无法叠将起来。大曲则吃两杯还可以，再下去就要"三杯不下楼"了。所以只能表演吃花生，往往一杯酒未完，而面前的小碟子已经叠起四五个来了。一次和 T 来吃，他也很不行，一杯未完已经面红耳赤，他说了不少关于人生最重要的一件事的理论。因为他是真正实践过的，所以就很有价值罢！我就静静地听着。他又给我看了写给 J 和你的信。这一次吃得最痛快，两个人摇摇地撞回了宿舍，他马上睡下；我昏昏地上汽车回九龙坡。我是到家才被晃醒；他呢，后来听说是被人叫起来的，差点误了上戏。这虽然是并不十分光荣的历史，然而也还有复述的价值，现在我们都已经颇有进步，离"酒徒"不远了。

　　吃完酒，嘴里辣辣的，干干的。这时最好的恩物则是"广柑"——一种黄颜色的果子，汁水多极了。酸得颇不讨厌，比"绿宝"还好。饱吃广柑，该是我们最大的乐事，这里我想套大苏一句诗：

日食广柑三百颗，不妨长作四川人。

一九四四年二月一日

昆明杂记

一

　　两年中来昆明四次，只第一次住了两个多月。第二三两次只是匆匆过身。这次因为胜利来临，我也随带着光荣地失了业，拿到不算"菲薄"的遣散费，过着"寓公"的生涯，说起来应当是颇为"写意"的了。昆明的确是好地方，如果将来发了财，颇想在这里盖一所房子，一年里来住它几个月。就像现在吧，过了双十节，在北方，已经是相当冷的天气了。这里却整天有好好的太阳，从古老的柏树枝柯里漏下来，照在人的脸上，身上，是那么的舒服。天空是澄蓝的，时或有几缕白云飘过，只是还不曾听见过鸽子的唿哨声耳。

　　能够悠闲地住在昆明，可谓有"福气"矣。可惜，因为最近发生过一点小小的"事件"，意外地在天下太平之中，又听了两夜枪声。有一次到联大去吃东西，刚走进门口，就听见后面的小女孩子尖声地哭起来了。原来是不知道什么地方飞来了两颗流弹，正打中了她的屁股。我之幸而未及于"难"者，其间不过两秒钟，看了母亲抱了血流满身的小女儿的惶急的样子，不禁有些愤懑。不过这愤懑很快也就消失了。因为路上不好通行，就逃到一家茅草小屋的茶馆里去避难，沉寂中忽然想起吴梅村的几句诗：

　　钿盒金钗浑抛却，高家兵马在扬州。乱梳云髻下妆楼，尽室仓皇过渡头。

念家山破定风波，郎按新词妾唱歌。恨杀南朝阮司马，累侬夫婿病愁多。

这是悼董小宛的诗，我既无"姬人"，更没有"钿盒金钗"，可是奇怪地想到了这两首诗，想起了"番山鹞"①之流。也可以看出我当时"惊魂甫定"以后思想的杂乱。

"事件"究竟是小小的，两三天后也就平定了。昆明的太阳还是那么暖和而可爱，只是这太平还只限于城里，听说前两天到重庆去的一批车子，在大板桥外面，就遇到了一批武装的截留者。据说那行动是极为"良善"而"合理"的，除衣物例应交出之外，每人还发给"路费"一万元。想想如果被视为宦囊累累告老还乡的大老倌，而有劳"义士"们的手脚，不免滑稽。而飞机又只有阔人和有办法者才有份，于是就只有暂做"寓公"了。古来有许多不得已而做隐逸的人，我想这大概就是一个例子。

二

莲花池畔水青青，芳草依稀绿未醒。三百年前家国事，一齐都付与沧溟。

住在西站外面，沿铁路走不到一里路就是莲花池，有一个时期每天要经过两三次。近来昆明水涨，莲花池也不像过去的那么

---

① 南明宏光时的"四镇"之一，军阀高傑的诨名。

荒秽了。一潭澄碧,池畔的一行白杨倒影在湖里,莲花已经没有了,田田的荷叶还布满了大半池。更有一片睡莲的小小的紫花,点缀在细碎繁密的叶子中间,池旁间或有几个洗衣服的女孩子,和头上包了花布的卖菜乡妇,把菜篮子在池里浸一下,环境实在寂静得很。

三百年前,一个极有声名的女人就是投在这池子里死去的。这是诗人吴梅村曾经为她写过《圆圆曲》的吴三桂的侍妾,陈沅。

池畔有一块石碑,上面刻了"比丘尼玉庵像",是一个枯瘦的老尼,已经不是为吴君"冲冠一怒"的红颜了。碑上还刻了一段"圆圆事略":

> 圆圆字畹芬,姓邢氏。育于陈,故从姓焉。为吴三桂妻。吴引清入关,封平西王,将正妃位,圆圆辞不受。知吴蓄异志,请为女道士。及吴谋反,圆圆谏不听,遂从玉林禅师于宏觉寺祝发为比丘尼。名寂静,号玉庵。清兵平滇,圆圆投莲花池死,葬商山寺侧。事载李印泉先生《陈圆圆事辑》中,余辑《畹芬录》亦详其事。己卯秋,村人以圆圆身为女子,耻为汉奸妻,是有民族意识之者,为立石像于池畔。余因书其事以告来者。俾知汉奸之不可为而民族意识不可或忘也。
>
> 姚安张根培识。

再上去不远就又有两块石碑。其一是"明永历帝灰骨处",另一块也是陈圆圆的画像,这一幅是古美人图,比起那一幅老尼来,漂亮得多了。上面也有一段小记。"明陈圆圆梳妆台遗址,在铁路左侧,联大校址内。即屹立碉堡之高阜,距此约百步耳。余恐代远年湮，传闻有失，因倩李君树溥仿清初钱舜举①宫装图刊立于此，以存古迹云。"

中国有一句古话，"红颜薄命"，事实虽未必都如此，不过历史上出名的美人却大抵遭遇不大好，那些享福做太太的又未必为人所知道，所以这一句话，好像也是颇有根据的了。同时这里的说法也很对，对她们多少怀有同情之意，不像那些"红颜祸水"之类的话的浑横。潘光旦译霭里斯《性的道德》中有几句话：

> 一个在娼业里卖身的女子和一个在婚姻里卖身的女子，据马饶（Marro）的说法，"不过在价格上和时期的久暂上有些不同罢了。"佛瑞午（Forel）也说过，"婚姻是娼业中一种比较时髦的方式，换言之，就是同是一种以金钱为目的而举行的性货物的贸易，不过要比较通行罢了。"

在旧社会中，女人不过是"性的货物"，如果要说她能有决定什么天下安危的本领实在是过于看得高了。就是把这看作什么的原因的，也都糊涂得可以。陈圆圆本是姑苏的娼女，被大官买进京去，预备献给皇帝，皇帝不肯要，却被吴三桂看见，强娶豪夺了去。"流寇"陷京师，又落入李自成手中，后来又被夺回，东奔西跑，来到云南，居然要正妃位了。后来却做了女道士，跳下莲花池去死了。要找出一个例子给前面的《性的道德》里的论点作注解，还能有比这个更好的吗？陈圆圆在三百年前的女人市场里可以算作

---

① 钱选，字舜举，宋元之际人，画人物有名。此云"清初"，误。

头等的货物了，转了若干道手，终于因为受不了压迫，遁入空门，还是不行，寻死了。对于这样一个女人，我是怀着颇好的感情的。如果能为她写一篇历史剧，该是多么伟大的一个诗剧呀！市场上也出现过《陈圆圆》的话剧，不过那不是我所想看的东西。吴梅村的《圆圆曲》，是很美丽的一篇诗史，尤其值得佩服的，是他不曾把"美人"当作"祸水"。听说吴三桂曾赍重币求去此诗，先生弗许。可见吴是不大喜欢这篇诗的。

写剧本无此本领，只能翻翻野史，在脑子里画些场面。陆次云有一篇《圆圆传》，说前半部的故事颇完整，不过入滇以后的事不大详细。

陈圆圆本来是姓邢的。钮玉樵《觚賸》说：

> 圆圆之养姥曰陈，故幼从陈姓。本出于邢。至是府中皆称邢太太。

钱湘灵说"本常州奔牛镇人"。《鹿樵纪闻》西平乞师一条：

> 初上宠田妃。妃没，上念之不置。戚田畹弛遇欲娱上意，游吴门，出千金市歌姬陈圆，顾寿，将以进御。上知为青楼妇，却之。

田畹进上不要以后，陈即留在田府中。当时吴三桂是平西伯，都指挥司，是握有重兵的军阀。"流寇"大起，田畹想结纳三桂，一日，请他来吃饭，三桂却故意推却，"吴欲之而故却也，强而后可。至则戎服临筵，俨然有不可犯之色。畹陈列益盛，礼益恭。酒甫行吴即欲去,畹屡易席,至邃室。出群姬调丝竹,皆殊秀,一澹妆者,统诸美而先众音。情艳意娇,三桂不觉其神移心荡也。"(陆传)

这是很动人的一幕高潮,是很好的戏剧场面,吴梅村诗:

> 薰天意气连宫掖,明眸皓齿无人惜。夺归永巷闭良家,教就新声倾坐客。坐客飞觞红日暮,一曲哀弦向谁诉。白皙通侯最少年,拣取花枝屡回顾。

这一件交易很圆满,吴三桂答应如果"流寇"犯京师,别的不敢说,田家的安全都包在他的身上。从此陈就归入了吴府。

"流寇"陷京师时,三桂正在宁远奉诏归来,才走到沙河,就听到了坏消息。

陈维崧《妇人集》说:"圆圆字畹芬,……李自成之乱,为贼帅刘宗敏所掠。"《鹿樵纪闻》亦如此说:

> 贼据京师,刘宗敏居弘遇故第。因有誉二姬色之都技之绝者,宗敏于是系襄索圆。

不过也有说是为李自成所得的,如《甲申传信录》。

自成索得圆圆以后,听说曾有这样一桩故事。不过记不起是在哪里看见过的了。

李自成听说圆圆善歌舞,请她表演,陈加意地唱了一曲,李却大呼不好,因为他是陕西米脂人,听不懂吴侬软语的。后来到底改了秦腔,才拍案大乐。这一段如果写入戏中,一定也是非常出色的。①

李自成藉了吴勷一家,还使他作书招降三桂,同时以银四万两犒赏其军。这时三桂本来有受命之意了。后来却终于乞来清兵入关攻李,其原因都认为是为了陈圆圆。只有夏允彝的《幸存录》为吴氏开脱:

> 三桂即大寿甥也。其父吴勷向为大帅。三桂少年勇冠三军,边帅莫之及。闯寇所以诱致之者甚至,三桂终不从。都城已破,以杀寇自矢。包胥复楚,三桂无愧焉。包胥借秦兵而获存楚社,三桂借东夷而东夷遂吞我中华,岂三桂罪哉?所遭之不幸耳。

这是很特别的论法,因为当时一般人和后来的史家都说吴的乞师东夷完全是为了陈沅。关于这事记者颇多,要以《甲申传信录》所记最为生动:

> 三桂妾圆圆,绝世所希,自成知之,索于勷,且藉其家。而命其作书以招子也。勷从命,闯旋以银四万两犒三桂军,三桂大喜,忻然受命,入山海关而纳款焉。行已入关矣,吴勷妾某氏,素通家人某。闯藉其家,家人即挈妾逃,仓皇出郭。行数日。竟不暇计南北也。二人猝遇三桂,计无出。诈曰告变。

---

① 这故事见陆次云《圆圆传》:吴襄"进圆圆,自成惊且喜。遽命歌。奏吴歈。自成蹙颦曰,'何貌甚佳而音殊不可耐也。'即命群姬唱西调,操阮筝,出缶。己拍掌以和之,繁音激楚,热耳酸心。……"(转引况周颐《陈圆圆事辑》)

> 三桂问曰，吾家无恙乎？曰闯藉之矣。吾父无恙乎？曰闯藉之家并拘执矣。三桂沉吟久之。厉声问曰，我那人亦无恙？指圆圆也。曰贼夺之。于是三桂大怒，瞋目而呼曰，大丈夫不能保一女子，有何颜面？勒马出关，决意致死于贼。

这写得极为生动，能传出吴的性格，使人如见当日冲冠一怒的情景。京戏中有《请清兵》，大概是用这一幕作主题的。未曾看过，不知到底如何。

关于三桂的请清师入关，虽然有夏允彝的一种说法，不过一般人都认为不然。这虽然有点传奇化，然而这事实似乎已为当时人们所公认，吴梅村《圆圆曲》有几句"春秋笔法"的诗句：

> 尝闻倾国与倾城，翻使周郎受重名；妻子岂应关大计，英雄无奈是多情；全家白骨成灰土，一代红妆照汗青。

这大概就是使三桂感到厌恶而求去此诗的所在吧！

现在我来介绍编辑"中国内乱外祸历史丛书"的王灵皋先生的一种说法，见该丛书第十一册的序言中：

> 假使吴三桂不投降满洲而死心塌地与李自成合作，一边阻止清军趁火打劫，则李自成的统治可以巩固下去，那末，中国或许可以不久即会走上资本主义的道路和阶段亦可未知。吴三桂之所以投降清军，据史家记载都说他是因为爱姬陈沅被李自成掠了去，遂不惜开门揖盗，为虎作伥，实则他之投降清军，其大前提还是新地主对于农民叛乱之不可调和的对立有以致

之。但西方的革命家说,"惟有一个呆子,一个蠢物,或是一个费边社的人才会认为克伦威尔不过是一个'个人专政者'。"吴三桂固然不能和克伦威尔相比,然而他们所作所为却都不只是个人的关系,可断言也。

据吴梅村《圆圆曲》,圆圆曾随三桂征蜀,这时吴已经做了清兵的先锋,颇立了不少战功。南明也曾对他优与封典,因为这时面子还没有弄破,清兵还算是为明朝消灭"流寇"的。陈洪范与左懋第马绍瑜奉使北行,作《北使纪略》。后来三人南归,走到半路又被追回,左不屈死,洪范独得南归,他当时是把明朝的虚实完全报告了清军的。

他们出发的时候,先带了银十万两,金一千两,缎绢一万匹,算是送给清军的礼物。又封吴三桂为蓟国公。阁议决定是要以"不屈膝,不辱命,尊天朝体"为前提的。"此由阁议时第知吴三桂借名逐寇,不知夷踞都僭号,猖獗如此。谅难受我戎索,使臣惟有不屈其矢矣。"

明朝虽然想封吴三桂为蓟国公,吴则不肯受。大概这时已经志得意满,不屑于南明小朝廷的封号了。

> 私计吴三桂既不出拜诏,则万金可以无与。夷见十万外尚有余鞘,辄起攘夺。告之曰,银一万两,缎二千疋,是赏吴三桂的。既到此地,你们亦收去转付。诸夷抚掌踊跃,负驮而去。

看样子这一万两也未必能到得了吴三桂手中。

圆圆的故事，中间要跳去一大段，一直等到三桂封了王，回到昆明，"建苏台郿坞于滇南，专房之宠，数十年如一日。"（陆传）

三

在昆明西站和莲花池中间，大约有二三里路，沿铁道走约一刻钟的路程。铁路北面是一片荒冢，曾经看到过明进士巡抚山西孙清愍公继鲁的墓。南面则是联大的校舍，一座碉堡矗立在一个大大的土堆子上面，这个土堆子就是所谓陈圆圆的梳妆台。我也只是走过时望望而已，没有到上面去看过。这一片地方现在已经荒秽不堪，涨水以后到处都是小池塘和野草。莲花池侧，高处有一所园子，是英国公使馆的产业，我曾经走进去看过，树木参天，野花满地，到处都是坟墓，时时有大黑蝴蝶飞来飞去。我曾希望在这里发现陈圆圆的墓，结果是失望。石屏袁嘉谷作《滇绎》有"野园"一条：

> 三桂筑野园以娱老，在今北门外，梳妆台其址也。王畤五、朱筱园诸集中有诗咏之。阮赐卿随文达来滇，作后圆圆曲，云圆圆死莲花池，好事者为之耳。

这野园又名安阜园，就是在这一带，不想三百年后，连一点遗迹也没有了。这里袁君说圆圆的死在莲花池，是好事者的捏造。《觚賸》中也不曾说到她的死事过。

> 居久之，延陵潜蓄异谋，邢窥其微，以齿暮请为女道士。霞帔星冠，日以药炉经卷自随。延陵训练之暇，每至其处，清

谈竟晷而还。府中或事有疑难,遇延陵有怒不可解者,邢致一二婉语,立时冰释。常曰,我晨夕焚修,为善是乐。他非所计耳。内外益敬礼焉。今上之癸丑岁,延陵造逆,丁巳病殁。戊午滇南平,藉其家。舞衫歌扇,稺蕙娇莺,联舻接轸,俱入禁掖,邢之名氏,独不见于籍。

我曾经和一位朋友,想去寻圆圆的坟墓。沿莲花池走上去,就是莲花新村。想找商山寺,却已经改为南菁学校了。走进去看看,宫室堂皇,在内地也的确不容易找到这样的中学,除了几棵古槐以外,全是洋灰水泥的建筑。更不用说什么圆圆的遗迹。忆前曾见施蛰存先生题一本传奇的一首诗:

宫草宫花寂寞香,美人何与国存亡!商山寺下飞鸿影,犹为将军舞艳阳。

不禁有点感慨,尚有别人合作的两首,想不起了,只有一句还记得,"寂寂禅堂胜景阳。"

从学校里出来,在街上打听,听一个面馆里的老板的指示说墓是在莲花池畔的一个碉堡左近,并没有碑碣,"主席龙公已经筹拨款项预备给她迁墓,图样也都已经画好了。"

于是就又走到莲花池畔去。坟堆倒是有几个,却全不像是旧塚。又向旁边耕地的一个农夫探询,这次所得的结果更是不佳。他说:

"圆圆的墓么,造大学的时候,早取消了。"

他的手就指在梳妆台的地方。

记得还问过一个人,他说圆圆就葬在梳妆台下面。我想她是无论如何也不会葬在那个大土堆下面的,那个像归绥的青冢一样的土馒头。

四

在昆明想找一点吴三桂的遗迹,十分困难,我想这大概是三藩平后,曾经经过一次大的毁灭的缘故。《滇绎》"吴氏遗事"一条云:

> 三桂不忠不孝,洵非人也。顾镇滇年久,事迹不少,而谈滇掌故者讳之。东华录收其奏报差详,然已删节失真矣。圆通寺胡国柱碑,凡平西国柱等字,今胥凿坏。盖康乾后朝威所慑。刘继庄广阳杂记记三桂宥桂林李棠之纠,且授以官中书舍人,彼哉彼哉!殆伪饰哉。罗次李氏家谱载李主忠洪化教读,吴王赐匾曰木天戴众。洪化乃吴世璠年号,所谓吴王即指世璠。

还有那个翠湖。旧说是九龙池。我觉得它不免太荒秽了。湖面上都是碎叶子和树枝,看起来更显得小得可怜。近来从缅甸运回来一只大象,放在湖中一个地方吃草,来看"异兽"的人都站在马路边上流连不忍即去。看看那庞大的动物更是局促得很。湖畔有承华圃,现在是军校分校。《滇绎》中亦有道及:

> 湖在城内西北隅,旧甚大,吴三桂填其半,见滇云历年

传。殆即讲武校地。地旧名洪化府。相传三桂填湖，即以为世藩府第。官吏恶其名而讳之，改承华圃，今又由圃而校也。

在发生小小"事件"的那两天，这里的形势也非常严重。有一次我从城里回来，沿顺城街走，眼看已经到了大西门，却不能过去，只能原路回去，在城里胡乱混了一夜，真是尴尬极了。

除了这些地方以外，城里似乎找不到别的遗迹。听说圆圆有衣冠冢在东门外的归化寺。金殿也是吴三桂的遗迹。所以决定费一天的时间去看一下。因为此次离开，短时似乎很难得有机会再来也。

一天早晨，和C君先走到东门。那里有马车到昙华寺去。从罗常培先生的一篇文章里老早就已经知道了昙华寺里的昙花和蜡梅，就欣然坐上车去。车子很快，半小时不到已经到了那条种满了尤加利树的长堤。昆明城外有几条长堤都种了这种树，非常秀整。远远望去，一行青翠，衬了红红的土地，和四周的青山，实在美丽得很。这种树树干挺直，叶子颇像夹竹桃。听说是岑毓英抚滇时所植，虽然不过几十年，却已经绿叶成荫，给这滇南名城添了不少美丽。

下了马车以后，问问人，知道昙华寺在左面村子深处，不远就到了。遥遥望去，寺虽不大，也还干净。门口就悬着王继文写的"龙飞凤舞"的"昙华寺"寺额。有几位穿军装的朋友站在门前，心想大概有点靠不住了。果然，这里是航委会的什么机关所驻，不能进去。向那位军官问问可否通融进去看一下，他笑笑说，"没有什么好看"，心里倒也平安下来。再问他归化寺，他说是在右面的山上，现在是什么军法处，里面还有几十个犯人，大可不必去了。我却有些不甘心，坐了半天马车，就这么平白地回去了么？也许，墓是在寺外面的，于是还是走过去。走过金马村，上坡，归化寺隐在一片树林里面。沿了荒芜的小路走去，走到一半光景，听见山里有排枪的声音。C说还是不要去干未便了吧，就折回慢慢走下来。这一个早晨什么都没有看到。

下午到金殿去。这回是从穿心鼓楼上马车。车子不能直达，到了一个村落的地方就不去了。我们下来步行了长长的一段路，慢慢荒僻起来，前面是一片荒山，路边根本没有什么人家。在那一片荒山之中，很特别的有一块林木蓊郁的地方，看看似乎很近，走起来却久久不能到。最后终于到了河边的一座小石桥，桥上有石坊。有一条曲折的小石子路通往山上去。

满山都是松柏树，一片苍翠。先是"一天门"，环折着上去就是"二天门"，"三天门"。地方虽然不大，不过路颇曲折，加上松树杂生，好像颇有点丘壑。石径非常干净，路边的山神土地庙大抵都成了士兵的行营，挂了竹帘子，有人在日光中负暄捉虱子，样子非常悠闲。山上风颇大，已经颇有寒意了。

走到正殿，有道士来招呼请吃茶。客堂里挂了一幅木刻的武当山七十二峰的地图，才明白适才曲曲折折走的那些路原来是仿照了武当山的样子建成的。

小小的院子，地上铺了青石。那座"金殿"，其实是铜造的。虽然不太大，却颇精致，下面的石基甬路，雕得非常细致。道士开了门，走进去，里面供着道教祖师的神像，和吴三桂并没有什么关系。我想吴也不会呆得跑到离城那么远的地方造一座铜的宫殿来住的。

向小道士打听吴三桂的刀剑，不料却引起了他的反感，很不愉快地回答："那是祖师爷的刀剑，不是什么吴三桂的。"我也悟到自己的确有些冒失，就随了他去看祖师爷的刀剑去。这在殿旁的一个碑亭里，一把剑，大约有六七尺长，全用青铜铸成，好像是铸成一块，并不能抽出来用的。那把刀却是木柄，钢刀。两件东西似乎并非同时所造，如果说吴三桂用过那柄刀，倒还可以相信，那把剑是无论如何也使不动的。

一块碑上记了关于这道观的历史。

……又俗名鹦鹉山。前明万历壬寅年道士徐正元叩请云南巡抚军门陈公用宾，会同黔国公木公昌祚右都督沐公叡御史刘公会于此山之巅，仿照湖广武当山七十二峰之中峰修筑紫禁城，冶铜为殿。……

回到客堂里吃了一会茶。殿旁的铜铸刁斗杆旁有一株桂树，虽然已经看不到花，可是还不时随风飘过一阵阵清香。口渴得很，从那铜壶里倒出一碗碗淡得出奇的茶来啜着。山居的生活实在静得非常，从那穿了破棉衲吸着长长烟管的老道的悠闲的神情里，十足地可以领略得到。

五

自从崇祯皇帝在煤山吊死以后，明朝的继承者就发生了问题。太子的下落不明，一些重臣都各自以拥立为从龙的资本。凡是"太祖子孙"就都有资格做皇帝，所以南明的历史虽然很短，小朝廷却换了四五个。福王建都南京，虽然弄得不像样子，究竟还算是拥有可以和北方对立的局面。可惜清兵和金兵的作风不同，不等他们有苏息整顿的机会就南下了。马阮等一哄而逃,结束了这个可怜的局面。郑鸿逵杨龙友逃到福建,拥立唐王。这也没有延长多久,等阮胡子领了清兵从仙霞岭进来以后,也就垮了。与此同时的有鲁王以海监国绍兴,虽然是朝不保夕的局面,可是还斤斤于正统问题和唐王争辩不已,后来在海中漂流了很久,自去监国号,死于海中,没有多大成就。

继隆武一朝,为丁魁楚瞿式耜拥立的是桂王由榔,改元永历。这位皇帝虽然流离颠簸,情形很惨,最后还被吴三桂赶到外国去,又捉回来杀掉,然而却有整整十四年奋斗的历史,由桂林而安龙而昆明。明朝最后反击的力量,西南一角,包括四川在内,充满了可歌可泣的史实。这一个南明结末的局面,是颇值得重视的。

> 永历十年丙申,正月庚辰朔,上在安龙府。孙可望将谋劫驾出降,李定国举兵败之。奉上驻跸云南,改为滇都。(永历纪年)

这是永历帝建都昆明的开始。此后在滇三年,后来因为吴三桂的进逼才逃到缅甸,最后被捉回,死在昆明。云南人对这位末代皇孙的感情很不坏,不过后来在吴三桂的镇压下,似乎已毁尽了当时的遗迹。五华山是当时永历的皇宫,现在的省政府所在地,不能随便去看。那形势就很不错,正好位于这明媚的花之都的中央,翠湖的南侧。在山上看看,整个美丽的昆明,都在脚下了。

现在野史里纪永历入缅事的,可以找到邓凯的《也是录》和《求野录》,还有黄宗羲的《永历纪年》、戴笠的《行在阳秋》。邓凯在永历十二年由江西逃到行在,做"随扈总兵",此后即追随永历帝。

所以这两本书所记相当可靠。《行在阳秋》和《永历纪年》是编年体，前者的作者究竟是吴江戴笠还是吴湘客，也还弄不清楚。

永历十二年十二月，李定国与清师战于炎遮河，败绩。这时滇都震动。当时随驾有蜀王刘文秀之将陈建等举文秀遗表请幸蜀，李定国不赞成说："蕞尔建昌，何当十万人之至，不如南楚，缓出粤西，急入交趾。"也有人提出这一路的不易打通，因为当时清兵已经过了黄草坝，有切断后路的危险，最后黔国公沐天波提出到缅甸去的一条路。因为大理下关还可以有险可据，同时缅边荒远无际，追兵或者可以不致深入。于是在十二月十五日就决意离开滇都向西走了。

这时守大理的是李定国，守下关的是白文选。白文选只有一万多溃兵，抵挡不了吴三桂的攻势，南走入山。李定国渡过了怒江，在高黎贡山预备设伏邀击，不幸又为清兵探得虚实，然而还奋战不已，后来定国先走，遂至不可收拾。这时永历帝还不知兵败的消息，总兵杨武来告定国远逃，追兵将及，就赶紧再走，"时渐昏黑，行数里，失道途大谷中。时距故处仅一望耳。宫人窜失，公私囊橐多为杨武劫夺。"一班扈从又多叛去，于是只剩下入缅的一条路。

现在翻看地图，当时是由腾冲入缅的。渡过大金沙江，到蛮漠。随从的官兵因为舟艘无备，或由陆路，到了井梗，只剩下六百四十六人而已。

二月二十日"缅酋迎大臣议事"。"帝遣马吉翔弟雄飞及邬昌琦往，及至，酋亦不见。令通事传话，所问者皆神宗时事。二人未习中朝典故，竟不能答。缅人哂焉。最后出神宗时敕书相示，其宝文较今微异，以为伪。又以黔国公沐天波征南将军印验之，无异，遂不言。是役也，行人不才，遂开远蛮不恭之渐。"

缅甸人在神宗二十二年因为内乱曾来向中国求救，被却。此后即断绝关系。所以当时问答的还都是神宗时的事。

后来帝驾又被缅人接到"者梗"，在缅都"亚哇城"下。大抵就是现在的瓦城(曼德勒)。"结草为庐，编竹为城"，算是暂时得了安居的地方。逃难之后宫中的宝器已经丧失殆尽。从官穿的都是破旧的衣裳，甚至有好几天不能举火。皇帝竟怒掷宝玺，椎碎了来分饷诸臣。不过也还有人是阔绰的，照旧拥资纵博酣饮，高歌达旦。

从印度回来的时候，经过八莫南坎等地，在那明媚的山川里时常可以看见赤了脚浣衣的少女。人们都叫着去看观音。她们也有的会讲两句中国话，时常挑了东西来卖。在战后新盖起来的草房子里开了一家家的小杂货铺，酒店，欢迎顾客。仿佛可以联想三百年前这一批"远征军"的生活情景：

> 时缅妇自相贸易，杂沓如市。诸臣恬然以为无事，屏去礼貌，皆短衣跣足，阑入缅妇贸易队中，踞地喧笑，呼卢纵酒，虽大僚无不然者。

弄得缅官也看不上了，说："天朝大臣，如此规矩，安得不亡？"

这其间巩昌王白文选、晋王李定国都曾帅师迎跸，都不果。诸臣在此都有"乐不思蜀"之意，对于出险一事，简直根本不发生兴趣了。

冬十一月初八日，吴三桂兵至木邦，后来又进入缅境，加压力于缅人。如果不送出永历帝,就要攻进来。

> 十二月□□朔,吴三桂兵驻旧晚坡。旧晚坡在缅城之东。是日,缅相锡真持贝叶缅文降于三桂,其文有,"愿送驾出城,但祈来兵退扎锡坡。"犹虑三桂之袭其城也。(《行在阳秋》卷下)

这下面就是为缅人出卖的一段故事,读来与徽钦北狩的情景同其凄惨。《行在阳秋》曰:

> 初三日,是日未刻,二三缅官来见曰,"此地不便,请移别所。尔国兵将近我城,我处发兵,必由此过,恐为惊动。"言未毕,数蛮子将上连杌子抬去。太后等悲声震天,行至二百步,乃有轿三乘至,太后等上轿,大小男女毫未收带,步行约五里。渡河到岸,暗黑不识何地。二更到营,始知为吴三桂营矣。

《求野录》记登岸事更使人读之不欢:

> 乘舟渡河,舟大不及陆,三桂使将负帝登岸,帝问曰,卿为谁?对曰,臣平西王前锋章京高得捷也。帝默然。

《行在阳秋》还记有"旧晚坡"事,写当时声势赫赫的平西王吴三桂看见永历帝后的神情,很可看出此公当日心情的变异,不失为研究叛国者心理的好材料:

杂录曰：吴三桂标将有商于吴者，问以旧晚坡之事，据云："十二月初二日，三桂至旧晚坡，檄缅送驾，缅亦遣人相闻。薄暮缅人送人首十七至三桂营，营中讹言驾崩。及三鼓，谨言驾至矣，随众出迎。……上南面坐达旦，三桂标下各官相继入见，或拜或叩首而退。少顷三桂进见，初甚倨傲，见上长揖。上问为谁，三桂喋不敢对。再问之，遂伏地不能起。及问之数至，始称名应诏。上切责良久，三桂缄口伏地若死人。上辛曰，今亦已矣，朕本北京人，欲还见十二陵死，尔能任之乎？对曰臣能任之。上令之去，三桂伏不能起，左右挟之出，则色如死灰，汗浃背，自后不敢复见。

　　关于永历帝还滇以后的死时和死法各书的说法都不同，《也是录》和《求野录》虽然同是邓凯所著，所说亦不一致。《也是录》说，"永历十六年四月初八日上被难。"《求野录》则说"四月二十五日吴三桂以帛进帝所，帝遂崩"。《行在阳秋》后附记东昌李君调曰："而龙驭宾天，皇太子遇害，则辛丑三月十八日也。"《永历纪年》说："蒙尘之后，事秘。不知崩日崩所。或曰北人扈至某驿，夜半闻上怒骂，即徂落之辰也。"钱曾诗笺："辛丑之冬，天兵逼缅，缅人执帝献于师，挟至云南省城外草萍驿，吴三桂夜杀之。"

　　在昆明城内的某一个地方，地名叫作"篦子坡"。据说是"逼死坡"的音转，在五华山之北，我心想大概是在那一带上坡路的地方。有一天，天气好得很，我在暖暖的日光下散步从云南大学出来沿了青云街走，想去找一下这个"逼死坡"，在左手斜坡上找了半天,也没有寻到那块石碑,问巡警,他告诉我说,这就是了。后来又问两个小学生。告诉我就在华山西路,是每天都要走过几次的一条大街,却从来没有看见过什么石碑。后来还是问了一位老先生,他指点我在前面不远的地方就是那块碑。果然,这里也有一块和莲花池畔同型的碑,上面贴满了花柳病广告,而在广告之上,乃更贴有李、杜两位先生的布告焉。只剩下"殉国处"三个字还可以看见,心想大概是不便揭去一观的了。寻碑如此,大概也可以算是"出乎意表之外"了吧,心里有那么点"不薄今人爱古人"的愤懑……什么的。

这地方就是故老相传的缢死处。至于莲花池畔的那一块"灰骨处",在《行在阳秋》上也有记载:

> 是日,天大昏黑,风霾并作,人影不见。上既遇害,三桂使人炙尸扬灰,传赐诸将。

也许是缢死后又运出北门外,焚尸扬灰的吧?

附 记 一

近读胡嘉《滇越游记》,里边谈到陈圆圆的梳妆台,说本是永历帝的陵墓,后来因为忌讳,才改称梳妆台;又录有王畴五(思训)的《野园歌》:"浮云渺忽春城隈,乐游谁拟姑苏台。夷光未去走麋鹿,红墙碧树乌栖哀(滇城破,圆圆犹在)。放萤别苑千山拥,凿一池抛万姓冢,毕穿旧室求琼华,妙选良家唱罗唝。楼阁岧峣海市连(园与城内菜海子相望),凤笙龙笛围红鸾,蛟宫深浅少人致,长鲸醉倒鼾狂澜，排山波涌飞衡崿，窃弄衣冠猿戏谑，云暗潇湘夜雨昏，肠断三声泪空落，澄怀坐啸（两台对峙，高百余丈。飞桥相接，凌空往来。）惟青苔，弥天腥雾今尘埃。亡魂徒结分香恨（吴死衡阳，念圆圆不置），月冷荒台觅燕钗。"

王号永斋，昆明人，康熙进士，著有《山楼集》《滇乘》等。所言"凿一池抛万姓家"即言开莲花池事。

孙髯字髯翁，昆明人，布衣不仕，博闻多识，尤留心明末野史，睠怀胜国，有安阜园诗：

> 日落未落天黄昏，东冢西冢牛羊奔，老狐学人衣拜月，桃花有鬼来招魂。

附 记 二

听仁渊兄告以蒋梦麟先生谈事两则：

在联大的北面，有一所尼庵，现在还有女尼住在里面。蒋先生曾经去看过。庵旁有野冢，土人称为"娘娘坟"，其中之一墓碑题名和陈圆圆的名字相差只一字，又有"奉旨"等字样。碑额雕有双凤，当时疑心可能是圆圆的遗冢。曾想试掘，一窥究竟。后来事忙忘记，现在则已经为人平地另建新房了。吴陈遗迹，在清代三百年中都是秘密着的。现在的梳妆台……都靠不住，商山寺中有陈圆圆墓，在一间房子内，门是上了锁的。也并非陈的真冢。即南菁学校是否是商山寺的原址，也未必可靠。

又在昆明轰炸时，大家多向铁路以北去避空袭。曾在一处发现一条长长的隧道，土人称"一线天"。据说是清初所掘，因为有人发现该处颇有"王气",遂掘以破坏其风水云。

　　按这两处都未曾去过,不免可惜。附志于此,以当补遗。

一九四五年十二月三十日记

森林·雨季·山头人

——雷多杂记

　　三年前的一个初夏的日子，我从印度东北部的一个小城迁居到了雷多。那是一个靠近缅甸边境的小镇。印度的铁路在这儿终止。战争使这个小城的重要性增加了。本来是一个荒凉的地方，这时就成了军事重镇。它只有一条寒伧的长街。其实这只是从车站伸长出去的一条公路。三十哩长，路面是狭窄的，只够两部卡车相并行驶，路边就是深沟。那些黑人车手，半睁着吃饱了杜松子酒以后红红的眼睛，一只手玩弄着方向盘，在这一条路上开快车，每小时五十哩。引擎的声音就像阴郁的云层中响着的闷雷。坐在这种车上，只要一会儿就会感到目眩的。在那旁边的沟里，就有不少部倾斜着的卡车的残骸，是在那一堆日子中积累下来的不幸事件的成果。没有人去拖起来，帆布车篷经过日晒雨淋已经变成土色了。实在，这儿的灰尘也真大。

　　我们住在离车站二十五哩外的一个森林里面。这里的森林是连绵无际的，没有断缺的地方。在这些树木的王国中间，纵横交错地有不少条河流。要找宿营地的话，为了取水方便，随便拣选一个河滨的地方，将森林开平了就是了。在公路边上高高的白杨林中间有一条小径，积雨的泥泞显出了有多少条车轨的痕迹，宽宽窄窄的。

　　一个夜晚，我从隔壁的炮×团听戏回来，落着雨，想摸回自己的帐篷去。只能借助于手中的一只手电筒。匆忙中，脚踏在泥潭里与高低不平的石块上，面前是一些经过斩伐而横倒下来的树干碎枝,这样摸了二十分钟,知道是不对了。我不能忘记当时的那种焦急而夹杂了恐惧,打湿了全身、两脚全是泥水的不愉快的心情。最后小心地照原路摸回去。在路口,一棵大杨树底下,终于等着了一部从车站回来的吉普,带了我回到宿营处。

对于自然地生长起来的森林丛莽,和它所含有的那点恐怖,一种无情的严肃与寂寞,我是第一次领略到。以后,我还有机会看到一些别样的更奇妙的景物。

在我所住的帐篷的前面是一条河。我不知道它是从哪里流来的,也不知道它流到什么地方去。来处去处全都是一片原始的树林子。那些无规律生长着的树木,野生的枝干,叶子,上面笼罩着一层愁云惨雾。在早晨,在傍晚,我总看见有这样愁惨的雾笼罩着。

那条河并不深,——至少在河边是如此。水是黄色的,可是在河身中间,有着一个个旋涡。有人告诉我这旋涡的可怕,即使是会游泳的人陷进去也会拔不出来,给一直漩到底的。再仔细看看那涡儿,的确漩得快而且紧,像一个圆柱体一般地通到不知多少深的河底里去。疾流中漂下来一片片树皮,一两棵零枝碎干,一些叶子,到了旋涡的旁边就一直转下去,再也看不见了。

一个早晨。在帐篷里醒了。看不见门帘处洒进来的太阳光。打开帆布帘子,一看,一个灰暗色的天,又睡了。一会儿听见风声。好像一个管弦乐队用最粗犷沉重的音调奏着一个疯狂的曲子。那个树林子就是演奏者的舞台。一阵阵震动人心的声音从对河送来。

我跳起来,知道雨要来了。

站在帐篷门口看。

平常笼罩在树林上面的浓雾今天更浓了。平常是灰色的今天变了灰白色。十分明朗,好像中国画家用浓重的水墨所画的雨景。从来不相信会有那么一条带子似的"云的环",今天亲眼看到了。这环现在是在远处,同样十分清楚的是那大雨点。只集中在左面的树林里。

我幻想着古时人打仗时箭发如雨的情景。

往常看到画家在画面上用许多直线,断断续续的,象征着急雨,觉得是一种极为拙劣的表现方法。这时我觉得这倒是必要的了。

这是一个雨的柱,圆柱。它的直径是那么小。我眼看着这雨柱慢慢移了过来。那片灰白色的云渐渐变成了乳白色,也在向这里移。我睁大了眼睛看这一幕奇妙而美丽的风景,直等到大雨点落在自己的头上时才发觉雨已经真的来了。

很快的,我的帐篷前面的地潮了,全湿了,泄水沟里有了淙淙的水流。

我回到帐篷里面。又整理了一下帐角的几根木桩,帐顶的积水在移动中泄了下去,激起了响亮的水声。

粗犷的风雨,险恶的森林,郁闷的天气,最无聊的生活,似乎觉得人都要发霉了。

一天下午,我带了面盆肥皂衣服,经过了独木板桥,穿进了树林子,走到更前面的一条更汹涌的河边去洗澡。

这一条河不像我帐篷前面的那条小河。已经不是沉郁,而是狂怒着的了。水也比较清明。似乎可以看到那激流的速度。一个从上流浮下来的大树干,只一霎,已经从眼前划过漂走了。岸边有不少老树,生得弯弯曲曲的,伏在河上。树尖探到水里面去。我脱了衣服,赤了脚踏到河边上的紫色的泥里去,爬到树枝上去,坐在那儿,两只脚在水里荡着。

水流是那么激荡，心里却是那么平静。

一起来的有不少小兵，全脱光了衣服，在河里漂浮。被晒成了古铜色的身体，碰到照到身上的太阳发出黑紫的油光来。这些全都是二十岁左右的年轻人，大声的喊着笑骂的声音，激起了水浪向彼此的身上头上洒去，快乐得很。在他们中间我看见了一个年纪还要轻，泳游得更为灵活，在水里钻出钻进的小兵，不同的是他的身体更为结实，两个眼睛圆而有光，漆黑的，望上去有一种特异的感觉。他看见我在注意他，就慢慢地游近来了。正巧我的一块肥皂滑到水里面去，他就一下钻进水去，找到了还了给我。我们交换了第一句话。

"谢谢你！"

他笑着摇了摇头，说了一句印度话，表示不懂。我才知道他并非小兵。而是一个印度小孩。后来我更知道他其实也不是印度人，而是"山头人"。

我们很快地熟了起来。他会说一两句英语，夹杂了印度话，我们马马虎虎地可以了解彼此的意思。他说了很多话，我能懂得的很少。他指着在泥地上的一个个深深的脚迹，圆圆的，向我说，"豹子！"他的脸上露出生野的笑来，加上两排雪白的精致的牙齿，正和一头小豹子一样。

洗完了澡。我换上了衣服。他也穿起来。简单得很，只一条短裤，戴了一个呢帽，上面插了红布的。还从树上取下一条皮带围在身边，上面挂了一把解腕尖刀，这刀我是很早以前就已经知道了的——缅刀。传说刀子曾经在毒药汁中浸过，刺了人见血便即不救。

我拖了懒散的步子，夹了脸盆，和他一起走回营地去。我让他走进我的帐篷中来。坐下，烧茶给他吃。他很喜欢甜，一杯茶中放了几乎半杯的白糖。自然我们还谈了不少话。然而却并不曾接触到几桩事情。我们在了解彼此的语意中花费了过多的时间，有时还不能不借重手势。我问他住在哪里，他不肯说，只是将手一指，是在森林的那一面。总是什么河边的草篷里吧。他学着那声音，问我是不是害怕这样的东西，是说老虎豹子。他还告诉了我一个防避野兽的方法，燃一团火。他说有一次一个英国兵的营地，在晚上，一头野象经过，将一个用作厕所的帐篷踏平了。第二天哨兵才发现了象的足迹，摸清了这一桩疑案。

太阳已经落山，他又背起他的缅刀，离开了帐篷。我将两个牛肉罐头放进他的一只破碎的帆布袋中，拍拍他的肩头，要他下次来玩。他用右手在帽檐处一挥，"沙龙"（感谢）一声，跳出了帐篷，踏着不平稳的脚步，慢慢地走到桥边，过了河他的身子一会儿就消失在森林里面了。在他走进树丛之前，还回头来望了一下，他的紫红的面庞，闪闪发光，红得像天边的一抹晚霞。

吃过晚饭，和朋友坐在河边谈天。好天气，一轮圆月早已在东面的天空上浮了起来。森林的顶上飘浮着一股青烟。除了我们几个人笑语的声音之外，就只有河里的蛙声，和对河树丛中的虫声。

静谧的月光洗尽了白天的蒸郁，蔚蓝的颜色原是最能显示和平的颜色，那一片险恶的林子也给它增添了神秘，减去了恐怖。在那一片黑色的幕上，闪烁着零碎的萤火的星点，好像一袭贵妇人的镶嵌了宝石的黑绒睡衣。

我们的谈话转到了白天来的小朋友身上。从他的缅刀说到了他们的生活，和另外一些荒唐的故事。这些住在野人山上的民族似乎还不曾脱离原始的生活习惯。离群索居，他们用了惊奇和小心的眼光来看那些"文明社会"的人。这从他们的眼色里可以领略得到。普通的山头人——他们出来时总是一对对的,从来不肯单独行走,——并着肩在路上走着的时候,是从来不肯回答旁人的招呼的。我们常常向他们招招手,喊一声"哈罗,乔!"但是得到的回答总是十分冷漠的眼色,从来没有得到过他们亲切的回答。是什么人在这些不同的种族之间种下了如许仇恨?

在那些荒野的山林中间,偶尔可以发现大英帝国军民的尸首,为缅刀所刺死了的。这些恐怖的故事并非稀有,好像也从来没有什么很好的解决方法。最安全的办法倒是避免走到野外去,或者是全副武装了结队而行。

那么山头人的那种特异的眼光也是可以了解的了吧?

然而这在那个小朋友的身上却不同。也许他还没有长到懂得仇恨的年岁,也许他有着丰富的冒险的兴致,想从这一批"仇人"中发现朋友;也许他看见我们虽然也是穿了同样的卡其军服,却并没有黄色的头发,碧绿的眼珠,而且皮肤也是黄色的缘故吧?

这样地谈着,月亮已经升到了半天,天上的浮云一点儿也没有。蔚蓝的夜空更增添了一点清冷,月光如水,照得一地霜白。不知从什么时候起,露水已经落下来了。旁边的一棵锯断了的大树残留下来的根株上面已经微微地潮润。我的两只手围抱了起来,抱住了裸露出来的两臂。

听故事的心思更为集中,只听见 H 一个人在说话。他说了一段缠绵的故事。

故事里的英雄是他的营里的一个驾驶兵。一个才二十二岁的年轻人。因为过不惯军营中的规律生活,湖南人的勇敢与浪漫气质使他不安于这种紧张与枯燥。当他被派驾车经过史迪威公路返国的时候，他挑选了一个好机会，一个有好月亮的晚上，离开了他的车队。带走了一只行军床和一些给养品。第二天，领队发现有一个人失了踪，当一回事那么要寻找这个小兵。同队的另一个曾经是他的亲密的朋友，报告了这件故事的始末。原来那个小兵是走到附近的山上去了。

他的入赘的信物是一张行军床和一些给养食品。山头人少女只需要这么一点保证，一张床就说明了床主人的迁移与定居。这件事表示了这个民族的少女的痴情与守信。这种纯朴的爱情使那个领队官感动了，不再追究这件私逃案。以后他们来往经过这里还可以听到一些消息，那个驾驶兵做了"驸马"以后的"占山为王"的快乐生活。

当凉露下得更大了的时候，说话人的兴致也尽了，我们都带了一双惺忪的睡眼回到帐篷里去睡了。那晚上我做了一个美丽的梦，去参观了这小兵招驸马的浪漫生活。

接连着是一个星期的雨天。我想，雨季大概已经来了。每天睡在由竹节架了起来的竹板床上，担心着帐篷会漏下水来。拿了小铲子改善四周的下水道，那里的水已经成了小河，经常送到耳边一种淅沥的声音。

那个小朋友自然也不曾再来过。

一个星期以后的一个下午。五六点钟的时候，我看见远天的一角里有一线青白的颜色。慢慢发亮，云彩也慢慢分了开来，像一抹一抹淡灰的水墨画触。我喜欢得跳了起来，到底晴了。

有经验的朋友告诉我说这不能保证天是真正地晴定了。也许晚上就又淅淅沥沥地再下起雨来。这样，我应该更珍惜这一刹那的"晚晴"。我赶忙吃了饭，跑了出去。鞋底上沾了厚厚的一层泥，步子却是异常轻快的。

我从营地后面的一条林中小径跑了出去。我听说从那儿可以跑到一个奇异的地方去。路上积满了落叶,久雨之后,这些落叶铺成又湿又厚的一层,踏上去没有一点声音,软绵绵的好像可以挤出水来的样子。前面有一处山坡,有四十五度的倾斜度。坡上还留着吉普车的轨痕,我想车子要爬上这个坡应该是异常吃力的,要用加力挡。然而我拖了两只泥鞋却一点也不吃力地跑上去了。

眼前真是一片奇异的景色。

这高岗下面是一条深谷,谷里面的流水清得很,因为积雨,水流得极汹涌,白浪花在每一个礁石上激了起来。对面岩上的石隙里有十几处流着暂时出现的小瀑布,岩石上面的绿色的苔被水洗得青青翠翠,颜色鲜嫩极了。

在我面前的左右是两株挺直的白皮松,它的树干上白得不留一点痕迹,松树顶端亭亭如盖,像两把小伞;俯下身来看着它们的根株,那是生在十几丈岩石下面的河岸里。多么美丽壮健的植物呀!

我坐了下来。屁股下面潮潮的,凉凉的,我还是坐了下来。留恋这一霎晚晴,听着水声。我沉默了好一会儿。这些自然的声音是如此的错综,也如此单纯,扰乱不了我的平静的心情。

忽然,有一声呼叫,和由它而引起的回声,打破了这儿的沉寂。我四面看,寻找这声音的来处,在沿河的小径上,我发现了那一顶插了红带子的帽子。红颜色如此鲜明,在一丛绿色中显得格外耀眼。

是那个小山头人,洋溢着一脸像彩霞般的笑向这个岩上飞了来了。陪了他的是一个小女孩子,没有帽子,披着一头秀整的长发。

我们拥抱了。他的喘息未定的胸部,饱满地一张一弛地动着。

他快速地说着一些什么,我听不懂,只能拿笑来回答他。

那个小女孩子,一身清洁半旧的黄布短衫裤,赤了脚。站在他的旁边,像一对小鸟一样地彼此偎依着。她的健康的小脸,精致得就像一个圣母的脸,隐伏着笑,在那一双大大的像水一样的眼睛里。她的头发乱乱的,披拂在肩上。

我十分抱憾,不能跟他们自由地谈话,表示我一点在极端寂寞中的欢欣。然而也好,在这寂静的山谷中,风声,水声,草虫的鸣声,尽够了。更何必再添加什么。从那健康纯洁的脸上,一闪笑靥,一个微颦,都全像是这环境的一部分。像一个梦游者一般,我仔细地享受着这些。原来在年轻时就有过这样的梦想,到辽远的荒野的山林里去,在那儿邂逅了过着奇异生活的人——那时我们称他们为"仙人"——有多少奇诡的遭遇。

有谁想得到在十几年之后,会漂流到这印缅边区的一角来,极容易地实现了当年的梦境。一点点乡愁,使我感到忧郁同时也觉得快乐,时间经过了两年,再想抒写当时的情绪,已经觉得十分困难了。

不久,我就离开了那个地方。乘了卡车经过千山万水,经过缅甸,怒江,高黎贡山,回到昆明来。离开以前我没有机会再看到那一对兄妹,但是在旅途中,我更看到了不少他们的兄弟姊妹,一般熟习,一样的可亲。

一九四七年五月十一日

过灌县·上青城

这是二十多年以前开手写的一篇文章。当时只写了一千多字就因为别的事停下来,几张残稿也早已不见了。这本来应该是一九五六年我在报上发表的《入蜀记》通讯中间的一篇。

前些时几十本旧日记又回到了我的手里,这中间就有一九五六年的一册。当时的日记写得比较细致,原是准备作为写通讯时的参考的。重新翻阅一遍,还是很有趣味。那些蜀中的奇丽山水和可爱的人民的面影简直就宛在目前。我很想能卒成那篇没有写完的文字。但后来发现,这已经是不可能的了。因为即使有旧日记的帮助,当时的印象与激情,究竟追不回,变成有如笼罩在雾里的峰峦那样的事物了。因此我就想还是老老实实地把那些旧日记整理一下发表。除了文字上的修饰以外,也想补充一些依旧残留的记忆。此外,这些旧日记经过"专家"们的"审定",新添了无数朱笔的杠子和"批注",当然全是指出日记中的"反动"之处的。现在看来就又别有趣味,本想照样保存,可惜那将浪费许多铅条、铅字,所以终于还是忍痛放弃了。不过在整理时却并不遵照"专家"的意见加以修改。"反动"的地方就依旧让它"反动"下去,好在经过十年的锻炼,读者的思想觉悟都已有了较大的提高,那么就让他们来加以鉴别。我坚信,他们的意见会比"专家"们高明万倍。

一九五六年十月二十五日

早七时许起床,天又是阴的。整理好东西,看完了报,九点钟还不到,冒雨乘车到成西车站。十一时开车。车子很漂亮,前面的挡泥板上漆着"安全行车十七万里"的字样。一切都很满意。可是出站还不到四百米就抛锚了。司机慢慢地走回去拿工具,又叫了技工来,爬到车子下面慢慢地修。这样修了一小时以后,宣布没有希望了。就由乘客们把这车倒推回车站里去。人民真好,对这一切真是毫无怨言。

下午一时,换来了一部货车,总算开出了。我坐在司机台里,一路上看见红得像鸡血似的荞麦花,美极了。拖拉机在田里耕作,翻起了一大块一大块黑土,那土真是肥得黑亮黑亮的。一时四十分到郫县,这就是老杜所称赞的郫筒酒的出产地。但现在好像不见说起了,绿竹筒仍在,装的则是酱油一类东西。二时,到安德铺,公路在这里分开,一条是到彭县去的。又过了竹瓦铺、崇义乡,这地方五四年曾出土了大批汉砖。再过去,眼前就隐隐地现出了青城山,淡淡的,似有若无,藏在云堆里。山中有一个罅口,车子向前,一直开过去,已经是灌县的城关了。

肚子饿极了,马上到食堂里去吃饭。没有肉,据说前两天割到过一次,每家店只割到一元钱的肉。于是只能吃炒鸡片,又豆腐一碗,好吃极了,吃了两大碗饭。

漫步进城,在城门角看到了水闸,绿波白浪中间漂浮着许多大木料,这是第一次看到了岷江。

走到了县人民委员会的文教科,找到一位女同志,她把我又介绍到文化馆去。

文化馆在公园里。走出县人民委员会时，雨正好大起来，狠狈之至。披上了雨衣，一路问讯，走到了南桥。在这里才真正第一次认识了伟大的岷江。

江水从两山缺口处流下，水势极汹涌，有震耳的涛声。是涛声还是雨声简直分不清楚。雨并不算很大，但给涛声一衬，就俨然成为极大的暴雨。

这是一座相当宏伟的木桥，上面覆盖着瓦顶，桥身是红色的。两侧有绿色的栏杆，凭栏下望，桥下就是三五株大树的根部，碧绿的江水冲击在木桩上，飞溅起五六尺高雪白的浪花，然后散落下去。桥身两侧都是极大的鹅卵石子，用竹篓扎起，巩固了堤身也加固了桥身。有两行巨大的竹排，从江水来处把急流束起来了。从原始森林里采伐的大木料，就一根根从这中间漂下来，随着江水，穿过桥身，冲到成都去。在木排上站着十几个手执长篙的汉子，用篙随时纠正着木料的流向。一排排的电线上面都悬着小电灯，在这里，人们是日夜轮班工作的。

雨里的远山如烟如雾，看不清楚。碧绿的江水，雪白的银涛，在密雨中间，这一切，真使人感到"南桥烟雨"这四个字确不愧是灌县八景之一。平常看到地方志里"十景""八景"这类字样总感到一般化，景色的平庸与题名的风雅多半扯不到一起。然而今天如此狠狈地欣赏了如此美丽壮伟的景物，却不能不感到这题名的恰当无比了。事实上，快感已经远远超过了尴尬的现状。

到了公园里的文化馆，在一间空落落的安放脚踏车的房子里安顿下来。五时许出来，先去看了一下那公园，它也有个美丽的名字——"离堆公园"。有一丛丛的楠木密林，还有几间文物陈列室，里面陈放着一些汉砖。

走到街上，找了个茶馆坐下来吃茶，一面看着街上来来去去的人们。一直到七点钟才走回来。在一家甜食店里吃了一盘八宝饭、一碗醪糟蛋。我数了数，在这个小城的一条大街、一条横街上，就有四五家甜食店。这个城里的人也真爱甜食。

在一家玉器店里买了用本山石料磨成的蟾蜍、鸡蛋、小狗。真好玩。还有一只大笔筒也很不坏，不过因为太重，没有买。

摸黑走回公园，又经过南桥。河里的小电灯都亮了，绿波白浪在灯光下变得更加好看，又站在桥头看了好一会儿每分钟漂过十多根的大木头。

这真是个"水之城"，如果写通讯，准备就用这做题目。

回到文化馆，主人已经为我准备好了房间。桌子上面放着一厚叠铅印的《灌县志》和灌县的《掌故》《文征》，一起有十四本。灯下翻阅，抄下了一点材料，还描下了一张草图。知道都江堰所分溉的有彭县、崇宁、广汉、金堂、新繁、郫县、温江、崇庆、新津、双流和华阳（即成都）等县。在《水经注》和《元和郡县志》里就都已肯定了这是李冰的功绩。斗鸡台的《水则》，就在伏龙观前的潭壁上，是至今还没有湮灭的故迹。凿离堆的是李冰和他的儿子二郎，在嘉靖中阮朝东的《新作蜀守李公祠碑》里还是这样说的，但到了范时儆的《重修灌口二郎祠碑》里就说，"其子二郎以神力佐之也。"

夜卧，颇不宁贴，涛声扰人，梦境迷离。

十月二十六日

早复雨，俄而小止。和文化馆的胡同志谈天。九时，一起出去，又吃了一碗甜食。然后一起去拜访在协商会工作的一位余先生，他对当地的历史、旧迹非常熟悉，谈了一小时后辞出。

一个人信步走去，走上山坡，转过一个题着"西川锁钥"的城楼，旧时的城堞还相当完整。等再度从城门走出时，眼前突然一亮，岷江就正在眼底。四面围绕着山的屏风，日光微露，晓霭迷离。远远可以望见都江堰上的竹索桥，和隐约出现在玉垒山巅的二王庙的殿宇，真是壮观极了。沿着山坡下去，走到竹索桥边，上了桥。这是用巨绳绞竹所成的桥，上铺木板，两旁有绳阑。宽约八尺左右。桥上来往的人极多，那么长的一座大桥，走起来桥身却一直在微微摇动，这实在是一种奇怪而有趣的经验。走到桥当中，停下来看鱼嘴和"低作堰"到底是怎么回事，发现这是完全真实的。这地方有一块用石块叠起的、头部尖尖的石台。现在是枯水季节，水在堰下；如果洪水来了，堰就要没入水下去了。江底睡着"竹龙"，是用竹料编成的几丈长的笼，中间装了大石，用来减弱水势的。差不多每年都要修换。就在前面，人们在搭着枋槎，准备修治岷江。

从桥上走回来，又登上了二王庙。庙门内有几块石刻，一刻"深淘滩，低作堰"六字；其余两块刻的也是古代水利工程经验的总结，写成了歌诀形式的。灵官殿前还有"严武御书"的匾额，是莫名其妙的事物。大殿是楠木结构，一人合抱的殿柱有五六丈高。此外还有许多近人所题的匾额。其中有冯玉祥、也有吴佩孚的。前殿祀二郎神，金像，相当俊伟。两眉之间，又有第三只眼睛。在大像前面还另有一座也是二郎神的小像，穿的则是红袍。后面是李冰夫妇的享殿。我猜想，他们两位是沾了儿子的光才能在这里接受"人间香火"的。在群众中间，知道李冰的人就远远不及知道二郎神的多，因此这庙就又叫"二郎庙"。这和成都的武侯祠本来是昭烈庙的情况有些相似。刘备虽然是蜀汉的"先主"，但终于不能不把前殿让给了诸葛亮。人民的意愿实在是不可抗拒的。小说《封神传》中的杨戬就是"灌口二郎神"，也有三只眼，带着哮天犬，使三尖两刃刀，这些事物在二郎庙里也都有。为什么李冰的儿子又姓杨了呢？问问守庙的道士，也说不清楚。马叙伦先生怀疑李冰父子可能就是鲧禹父子的讹传，禹生石纽，这地方也正在四川。这也并不是没有可能的。

从二王庙出来继续向山上爬去，这样一直爬到山顶的公路上，然后沿了公路一直走进北门，在大街上吃饭。这次吃了椒麻鸡片。饭后，在饭店门口雇定了一部三轮车，折回公园取得包裹然后出城。

从灌县到青城有三十里。公路在田野里穿行，一路上几乎在山麓一带都看到了大片的楠木林，这是一种极为漂亮的珍贵植物，不论是大木或幼树，都毫无例外地挺着笔直的躯干向天空长去，那么秀气，那么挺拔，真是可爱极了。楠木，一直被认为是一种珍贵的木材，但在这里却并不稀罕。前两天在李劼人的"菱窠"里看到他家里的家具几乎都是用楠木做的，不施油彩，有一种特异的素朴的美。

我们在半路的中兴场停下来休息，吃茶。五时，到山脚。乘滑竿上山。刚进山，觉得有些像杭州的九溪十八涧的样子；再深入，林木就越来越茂密，天色也越来越暗了。山路铺着很好的石级，两侧都是冲天而起的古老楠木和松杉。到这里，就能开始深切领会那个"幽"字了。越向上走天色越暗，微雨开始降落，不时还听到鸟声。有一种好像小孩子玩的木制机关枪似的连续的声响，清脆得很，不知道是否就是啄木鸟在工作。"青城"，实在是个非常恰切的名字，简直一望无际，莫非青绿。

到天师洞时，天色全黑了。这是一所很大的道观，门外石刻很多，都是历代名人兼雅人的留题。不过也并无很旧的遗迹。走进去，有道士出来迎客。请我吃了带有一种野香的青城茶。吃晚饭，也不过是野蔬数品而已。不慎，咬了一口辣椒，真是辣极了。

吃完饭雨又下起来了，就和易当家（即观主）吃茶闲话。杂七杂八地谈着有关道观的事情。我对道教一无所知，不过知道道家也有许多派别，小心地不去发表外行的冒昧的意见。谈到八时左右，就被招待到楼上的客房里休息。这是一间阴暗、深邃的楼屋，门，板壁，窗棂……全是木制的。那两扇门就足有半尺厚。不但说明了古朴，也显示了这里木料的丰足。在暗淡的油灯下面，格外感到一种阴森的情调。坐在油灯下面记日记，听着窗外萧萧的雨声，所谓山居的清寂，算是领略尽了。同时发现，过去从古代作品中认识的那种闲适、淡远的山水诗的情趣，都是隔了很远的一层的。像这样的地方，我怕不能安心地住到一天以上。而道士们居然一住就是数十寒暑，仅此一点也实在大可佩服。

写完了日记上床。这床也是极厚实的木料所制，大而古朴。床上铺了两张棕席，又垫了一床棉被。身上盖了两条极厚的棉被，但却像铁一样的硬。不过睡得是很安适的。入睡时听到窗外的雨声又大起来了。

十月二十七日

晨六时许就为晨钟和擂鼓声惊醒，起来洗漱，早餐。依旧是野蔬四品，不过另添了一枚鸡蛋，吃了一碗饭。饭后饮茶一杯，即离院。易当家相陪，遍历诸胜。

首先看了灵官殿侧的那株古银杏。树身周围有一丈六尺，高十余丈，枝干繁密，有些枝条倒垂下来有如石钟乳。据说是张天师手植的。这当然是查无实据，但确是可以算得极古了。有一株旁枝，因为碰到一座小房子的檐角，被砍去了。其实是应该拆房而不应砍树的。接着去看"六时泉"，那是在一座峭壁上，并没有泉水，不过还可以看到水痕。据说从前山中没有时计，看了这泉，可以知道时刻。为看泉而建的一座小阁实在是一个很好的所在。就在这旁边有一座新建的木楼，里面藏着唐雕的三皇石像（伏羲、神农、燧人），像有二尺来高，形制凡近，好像不是唐代的遗物。另外有一通新翻刻的开元御敕碑。更走进去，在石洞里就藏着真的唐碑。碑很小，也很旧，字迹也漫漶了。不过开元正是唐的极盛时代，远在李隆基逃难到四川来之前，"御碑"是不会如此小气的，那么也许是后来的翻刻也说不定。

出了道观的后门，沿石级下去，就落入了万重深山里面。杂树丛生，奇峰叠起，天色又阴沉得很，走在这里，简直要产生一种恐怖可畏的心情。到处都是古木，奇怪的岩石，好像这里是终古无人到过似的。有一片高绝的山顶，中间有一道断崖。这就是所谓掷笔槽。关于这"槽"，又有许多神话。据说张天师和鬼兵立下誓约，用朱笔画山为限，青崖就中断了。那断处的石头远望是朱丹色的。这种传说，在王象之的《碑目》和《五岳真形图》里都有记载。显然是道士们制造出来的鬼话。不过那深涧的险恶，确是久住平原的人不易想象的。

一路上虽然走得很慢，还是不免要气急。那石磴实在是太陡、也太滑了。雨后的石级上，布满了青苔和浅浅的一层黄泥浆。穿了皮鞋走在这上面，实在是一种苦事。

这地方就是上天梯，真是名副其实。杜甫有一句"丹梯近幽意"的诗，就是在这里作的。

满山都是红叶，这实在是青城最美之处。红叶都是野漆树和五倍子树的叶子。有极艳丽的鲜红色，也有带着微黄的丹红色。"四周山色中"，也就是四面的青山屏障之中，点缀了这错落的红色，实在是美极了。

走到了朝阳洞，有一座木亭。这原是看朝日的地方，可是我却为它前面的一株奇古的银杏迷住了。这棵树大约也要七八个人才围得拢。它挺立冲霄，但婆娑地张开了一顶满缀了黄璎珞的宝伞。在这里，红叶是不稀见的，但黄叶则只此一树，而且又黄得如此娇艳。我们从这里又走到壮观台，回头一望，它依然在那里，舍不得不住眼地看了它许久。

在壮观台上望丈人峰，是一大片墨绿。我想，山水画家即使画的是北宗的青绿山水，画到丈人峰也一定要用浓墨涂它一笔的。在这峰上有测量队插上去的一枝标杆。丈人峰下有一片树木的青幛，正好围在它的半腰。峰后，是淡青以至给白云笼罩得似有如无的远山。易当家告诉我说，青城山上的树木一共有二百多个品种，这是学校里植物系的师生们调查后所得的结论。

走到上清宫时正好是十一时。走近上清宫时，先看到了"青城第一峰"五个摩崖大字，总算不虚此行，登临了绝顶。

我们走进去吃茶。这里虽然不及天师洞的崇丽，但却明朗清疏。今天晚上要宿在这里，住起来大概也会舒服一些。据旧记，这是明皇"幸蜀"以后起造的。这一组建筑起造在一片平坦的高台山上,刚才走过的丈人峰就俨然是它的一堵墙垣。前人说,"岷山数百峰悉在栏槛,如翠浪起伏,势皆东倾。"说得是不错的。

在这宫里走了一转,有几块石碑,是据张大千住在这里时所画的画本抚刻的。刻工相当精致。其中有一幅是花蕊夫人像,画得最好;另外两幅则是麻姑和西王母。花蕊夫人据说就是灌县人,也就是徐妃。画上有林山腴题的一首七绝,款属"清寂翁":

青城辇道尽荒烟,环佩归来夜裹然。差胜南唐小周后,宋宫犹得礼张仙。

徐妃是后蜀后主孟昶的贵妃。后蜀亡于宋,她也一起被俘到了宋太祖的后宫。但据说她还忘不了孟昶,画了他的小像私下奉祀。问起时就说这是张仙的画像,张仙则是可以保佑人们"多生贵子"的神仙。这样看来,她的日子比起李后主的小周后来可能过得太平一些。

午饭吃了一样用本山的白果炖鸡,二元五角。约易当家同饮,吃酒半两。饭后又与易当家杂谈道家的源流,知道他是属于北宗的全真教派的,讲究的是清净无为,也没有妻子。至于一般的烧符捉妖之流则是张天师的嫡系正一教,和他原非一系。此外还谈到道家中采补、辟谷、炼丹等种种派别,颇获得了一些常识。

向道士买了一双草鞋,又和易当家一起下山,去看那块唐代以前的摩崖大字。字径三尺,现在只剩下了"山"字和"城"字的左半,"青"字没有了。可能是山上的古树树根逐渐发展,使崖石崩裂了。

我们来到上清宫的山门。在外面的石条凳上小坐。仔细地观赏了山门两侧的两株银杏,也是十分高大的古树。最妙的是从根部又新生出来的小干,也同样从地面上直立起来,和母体平行,也亭亭地有丈许高了。

石凳上极凉,汗透重衣之后坐在这里,的确感到了山气的微寒。山中人之所以多吃辣椒,大约也有辟寒的用意。

易当家告辞回天师洞去了。我就拿了日记本到山门背后的过街楼上写日记。就坐在"上清宫"那块横匾的后面。这里有一套楼厅、长廊。坐在这里可以望见后山的红叶和门外的银杏,一伸手,就能摸到银杏的树冠。

在一起的只有两位火工道人在磨辣椒粉,一位老人在为道士们缝棉衣,清静极了。

傍晚时,我就坐在厨房灶前的小板凳上,看火工道人烧火、煮饭,向火。很有趣,想起了《水浒传》描写鲁智深在瓦官寺里的情景。

吃晚饭时,这里的刘当家回来了。吃豆花饭,我又添叫了一盘腊肉,与他们对酌,又吃了一小杯酒。

七时就睡了。他们为我泡了一壶青城茶来,极美。又送来了一只"虎子",这东西也已经好久没有看见、使用过了。

十月二十八日

昨夜睡得极安适,一直到晨七时才醒。吃完早饭还是到山门后面的楼上去写通讯,写到中午,写完了第一节。这时,日光忽然穿过云隙透出,立即下楼,吃饭,赶到山顶的呼应台上。这时,日光又已隐没在一片茫茫云海里,什么都看不见了。只为丈人峰拍了一张照片，随即下来。

刘当家陪了我从青龙岭下山，走的是一条小山路，极陡，不过很近，二时半就到了五洞天的门口。路上看到黄云鹄所写的摩崖，"天下第五名山"。

有一些少先队员在天师洞里耍。洗完脸后，我又携"贡茶"一壶到白云阁上小坐，续写游记，为对山的六时泉摄一影。翠柏苍松，红叶满山。就在石雕的棋桌上记日记。

在观里散步，遍观题壁诗文，佳作极少。看见刘成禹有几首诗，就写在吴敬恒题字的上面，痛斥吴的荒谬，倒是非常有趣的"笔战"。旧题中只有乾隆中顾光旭的一诗比较有趣。此外就是赵尧生所录的前人诗，字写得还算飘逸而已。

今天的天师洞大不寂寞。除了附近小学来了几十个小学生外，还有男女青年六七人，因此也就不再像前天投宿时那样的清寂。入夜，雨声又大作，檐溜不绝。秋日山中的天气往往就是这样地变幻无常。

夜秉烛续写文章，只写了四五百字，倦极，即睡。

十月二十九日

六时许就起来，天尚昏黑。洗完脸，看那大殿时，依旧是暗黑的。到山门口的亭子里站了一会。破晓时山中的景色，简直阴森得和黄昏时一样。回到观里，易当家刚刚在洗脸。他今天也要进城去开会，本拟等他一起下山，可是后来终于先走了。一路下山，在幽峭的涧谷里独行，不一会儿就出了汗。下山到一大半时，才遇到滑竿，这时已经可以看到一缕朝霞从山口那面升起，想不到今天倒是个好天气。

　　到长生宫后上黄包车。一路进城，晓雾在一片片长林树梢头飘拂，恰似一幅幅宛转的轻绡，想起了"平林漠漠烟如织"的句子。这种白描的句子都是从生活中来的，因此也常常可以从生活中遇见，而这就正是它的生命力所在。这七个字写得也真好，真恰切，想更换一个字都不行。

　　在中兴场吃茶，吃糕。到灌县城里时不过十时。车子十一时开出，车行甚慢，回到成都时已是下午一时半了。

采石·当涂·青山

一

对于唐代的李杜,我一直是佩服杜甫、喜欢李白。这恐怕和接触作家、作品的先后有关。从很小的时候起,就开始接触李白的诗了,什么"床前明月光"啊,"白发三千丈"啊,对小孩来说都是有趣的近于儿歌的诗。意境奇突而不深奥,朗朗上口,很快就能记得、背出,而且至今也不忘记。儿时留下的好感是一辈子都不会消失的。

接触并少少理解、欣赏杜甫,那可是较迟的事情了。像《秋兴》那样的诗,恐怕就不是年轻人所能完全理解的。口里说是怎样的了不起,看来也不免是出于"不识愁滋味"的"少年"的一种"附庸风雅"的习惯。"剑外忽传收蓟北"一诗的神妙,是在内地听到抗日战争胜利时才第一次深切地感受到的。没有"饱经忧患"的经验,恐怕不容易懂得杜甫。

意外的是,正当前些年全国人民"饱经忧患"的时候,出现了一阵引人呕吐的鼓噪。那正是"法家"被挖掘出来、捧上天去的时候。从古代的"帝王将相、才子佳人"群中,精心选拔了一批名人,布出了一个雄壮的"法家"阵营。在这中间也出现了李白。他是作为文学界的代表人物登场的。一位得风气之先,并勇于"改过"的聪明的学者,在一本文学史中,使出了殡仪馆特级化妆师的全套本领,把李白打扮成一个响当当的"法家诗人",同时下死地把杜甫推入了另册,更狠狠地踩上了几脚。

　　卖论取官、卖身投靠,原是我们这个有着悠久封建传统的国度的丰厚遗产的内容之一。对此,我们是熟习的,也能充分理解的。出奇的是使用的那别致的手法。手法的卑劣说明了用心的卑劣。一个被开刀整容、画上了各种油彩的李白,看了也真使人不舒服,简直要引起无名的激愤。"为混蛋所称赞,不如战死在他的手里。"鲁迅先生引用的这句"伤心悟道"之言,送给李白也正合适。可惜他早在一千多年以前就已死去了,连抗议也办不到。

　　为什么扬李就必须抑杜呢?难道他们两位就不能在我们的文学史上并存么?难道他们的声光,是随便谁能加以消灭的么?一个被"钦定"为"法家",另一个就必须打成"儒家"么?学者也明明知道杜甫的名字抹不掉,才别出心裁地另立专章,将他打入另册,难道这么一来就天下太平、文坛万岁了么?"百花齐放、百家争鸣"到底摆到什么地方去了呢?

　　这样,除了旧有的好感之外,对这位大诗人就又增加了新的同情,也就是说更加喜欢了。也因此,这次在南京安排游览日程,朋友要我在栖霞和采石当中选取一处时,就毫不犹疑地放弃了前者。虽然那里有满山迷人的红叶,路上还能看到新修整的六朝陵墓上高大而美丽的石兽。

二

　　一夜西风冷雨并没有彻底结束延续了一个多月的秋晴。到了早晨八九点钟,太阳出来,依旧是一个绝好的清秋天气。车子离开住所,穿过中华门,向西南方向驶去时,时间已经近午了。公路有时和通往芜湖去的铁路并行，时时能看到在高高的路基上缓缓移动着像玩具似的列车。南京也正像一个古董铺子，到处都是遗迹，车行过处，朋友不断地指出了长干、新亭……都是有名的地方。不过也并非所有的遗迹都有同等的吸引力。新亭，那是随同晋元帝过江的豪族名士们经常会饮的所在，他们有名的议论，"风景不殊，举目有河山之异"，今天听来就好像已经颇为遥远，照王国维的说法，有些"隔"了。但在明清之交，它却是诗人念念不忘的好题目。这样想着，又经过了已经成为一个小城镇的九四二四工程基地，经过了西善桥、铜井，一个小时以后就到了著名的马鞍山。

这是一个崭新的城市。几条主要的街道和两侧的建筑都是新的，整齐，大方，一点都没有拥挤局促之感。市区有一个新建的湖区，岸侧种着垂柳，也是疏旷明净的。我们就在"湖滨饭店"用了午膳，领略了淮南菜蔬的风味，还吃了淡淡的"太白梨酒"，应该说，从这时开始，就已经开始感受到李白的流风余韵了。

离开马鞍山，三刻钟以后就到了采石的太白楼下。一带朴素的白粉墙，当中是一座嵌在壁上、金碧错彩、小巧精致的门楼，下面是一块蓝地填金的横额，写着"唐李公青莲祠"。大门两侧安放了一对石狮。这种建筑格局正是典型的明代徽州风气。

李白的祠庙和以他的名字命名的书院，全国有不下二十处，许多他曾经居住或写下过名篇的地方都留下了纪念性的建筑。面前这一所，据旧记是唐代就已存在着的了，它的另一个名字是"谪仙楼"。宋嘉泰中建"采石镇唐贤坊神霄宫，内有太白祠"（《江南通志》），应该就是现在这座还约略保存着旧时面貌的祠宇的前身。从外表看来，那格局也正像一座道观。太白楼是一座相当雄伟的双层两进木结构的飞楼，正面遥遥向着江水的是一排明窗。这时正在重修，全部搭了脚手架。没有发现什么匾额、对联、石刻，只在后进看到题有"青莲居士"四字的一块小小横额，在墙上嵌有一块梅花碑，是光绪中期的东西。

这座外表看来极像明清之际大型戏楼的建筑，应该是历代许多诗人曾经驻足题咏过的地方。较近而为人所熟知的大约是乾隆三十七年壬辰（一七七二）春天，安徽提督学政朱筠河（筠）在这里举行的大会。在这次盛会上年轻诗人黄仲则写下了有名的《筠河先生偕宴太白楼醉中作歌》七古长篇。按照仲则的好友洪亮吉的评价，他的诗是"与青莲最近"的，他的这首长歌也确与李白有几分相似，只是气局更小了多少倍。感慨还是旧感慨，发牢骚的对象却从皇帝降到了提学使。一九二二年郁达夫的小说《采石矶》写的就是黄仲则的故事，其实写的正是作家自己，小说淋漓尽致地反映了大革命前夕一个对旧社会感到失望的知识分子的心。无论是黄仲则还是郁达夫，他们在作品中流露的感情，对今天的读者说来，都已几乎是辽远而不易理解的了。

达夫在《采石矶》里说，"太白楼开了八面高窗，倒影在江心牛渚中间"，这其实是不确的。太白楼坐落在采石矶的背面。长江在这里有一个曲折，在楼上也能望见江面，但其间还有一两里路的距离，无论如何它的倒影也不可能落在江心。

下楼从右侧登山。迎面而来的是溪涧、石桥，参天的古树，一片几乎有些阴森的暗绿。路侧有清初人的诗碑，还有一口赤乌井。直等爬到半山，才在山侧看到一座依崖而建的碑亭，这就是蛾眉亭。为什么取了这样一个美丽的名字呢？因为这里和对岸的和州（今和县）有两座隔江对峙着的梁山，从江中远远望去，"色如横黛，修妩静好，宛宛不异蛾眉。"（《太平府志》）

这蛾眉亭里还保存着宋元以来的五座旧碑，文字还相当完好，没有漫漶。那是宋三山陈垲的诗碑；后至元六年（一三四〇）的"过采石"诗碑；至元四年（一三三八）陈肃书的《观澜亭记》，字写得很漂亮，是典型赵体的元碑；皇庆二年（一三一三）一位"采石书院老儒"的《重修采石蛾眉亭记》和刘淮的诗碑。

离开蛾眉亭更向右折，奇妙的江景在眼前出现了。长江就横在面前，脚下是陡峻的峭壁，一直插到江底。前面江面曲折处连接着另一块峭壁。正像一座蜿蜒曲折的屏风。这些危崖似乎都由整块的巨石削成，完全没有山水画里常见的那种皴擦的痕迹，只是偶然在石隙里有几株横生小树，在江风中顽强地摇曳着。过去看新安派画家的画，如渐江的作品，总觉得那些减笔勾勒的山峦妙极了，比起有些画家重墨皴擦的效果不知道要好多少倍。渐江画的树也都是干干瘦瘦的，却总是有力地挺立在那里。一直觉得他怪，是遗民兼和尚的个性流露，还怀疑他的技法可能是从倪迂那里来的。在采石矶头一站，就发现这些推测并不完全合乎实际。渐江画的正是皖中山水，他的艺术创造到底还是从现实中来的。

这时天色有些阴晦，风也大起来了。风执拗地不停拉扯着身上的衣衫，一阵阵虎虎的江声，是风声还是涛声，也许是两者的交织，听得人心里森然，觉得这里似乎是不能久驻的。

向上走是一块颇大的平台，周围是高耸入云的古树，台的正中是横江馆。这也是与李白有关的遗迹。李白有六首《横江词》，横江浦在对江北岸，是孙策曾经作战过的地方。《横江词》说，"人道横江好，侬道横江恶。一风三日吹倒山，白浪高于瓦官阁。"又说，"郎今欲渡缘何事，如此风波不可行"。在李白的心目中，这地方的一种不可代替的特点是浪和风。当然，像"牛渚西江月，秋天无片云"那样的时候也自然不是没有。

立在峭壁侧边,望着对江的遥峰远树,俯视这要算是附近长江最狭的江面时,觉得这实在是看月的好地方,而且最好是秋月。南宋词人姜尧章,是曾经长久往来于金陵淮上的,他在牛渚写的一首绝句,忽地在记忆中跳出来了。

牛渚矶边渺渺秋,笛声吹月下中流。西风不识张京兆,画得蛾眉如许愁。

秋月,横江,笛声。如果说是谢朓和李白发现了牛渚,那么在他们之后,有了姜夔的这一首绝句,也尽够了。

三

陆游《入蜀记》:"采石,一名牛渚,与和州对岸,江面比瓜州为狭,故隋韩擒虎平陈,及本朝曹彬下江南,皆自此渡。然微风辄浪作,不可行。刘宾客云,'芦苇晚风起,秋江鳞甲生',王文公云,'一风微吹万舟阻',皆谓此矶也。"

自古以来,采石矶就是重要的津梁渡口,也是战略要地。韩擒虎、曹彬以后,又有虞允文。金完颜亮南侵,宋高宗赵构已经做好了逃往海上的准备。幸亏金国内部发生政变,宋中书舍人虞允文采石一战,挫败了金主亮渡江南下的图谋,迫使他不能不移军瓜州,终于被乱箭射死。有一册《采石瓜州毙亮记》的野史,就记载着那次战役的始末。

一三五五,元至正十五年,也就是宋小明王的龙凤元年,当时还只有二十八岁的朱元璋，事实上已经是一支重要农民起义军的统帅了。为了打破元兵的围攻，解决军粮供应，他率军从和州出发，渡江，夺下了采石，进取了太平（今当涂）。从《明实录》里可以看出元璋是有他的战略眼光的。他说服想过峪溪口直取金陵的诸将说，"取金陵必自采石始，采石南北喉襟，得采石，金陵可图也。"占领采石后，饥馁已久的起义军想尽力掠取粮草返回和州，这样就要使渡江战果完全丧失，元璋又对诸军说，"前有州曰太平，子女玉帛，无所不有。若破此一州，从其所取，然后方放汝归。"这些赤裸裸的流氓声口，在《皇明本纪》里记得详详细细，到修《实录》时就已完全不见，明太祖被写成了一个没有任何缺点、只剩下了"英明天纵"的完人。

采石一战，照《实录》所说，"常遇春奋戈先登，诸军鼓勇继之"。这大概是的确的。当我们从左面下山，经过温峤的燃犀亭，和有嘉靖壬子旧额的联璧台，沿着濒江凿出的逼仄的石级走下去时，在一块悬空的石块上看到了半只"大脚印"。据说这就是当年常遇春登上采石矶时一脚踏出来的。按比例，有着这样大小一只脚的常遇春的身材，至少也要和灵隐寺中的四大天王相仿；而且看那气势，常遇春似乎也并不需要什么舟楫，他简直是从对江一步踏了过来的。

这当然是神话，不过却是绝妙的神话。在这里曾经发生过怎样残酷、剧烈的战斗；人民驰骋着怎样的想象，放情歌颂起义军的勇士；对革命对象的元朝统治者又怀着怎样的感情，这一切，都是清清楚楚的。

五年之后的夏天，朱元璋的劲敌陈友谅率水陆军夺取了太平，"列巨舟于采石"，而且自称皇帝，立了汉国。这是一场形势更为严重的恶战。朱元璋在太平的守将是枢密院判花云,被俘不屈,被友谅缚在舟樯上乱箭射死。这就是著名京剧《战太平》的本事。经过保卫金陵的一战,元璋终于消灭了陈友谅的水师,再度收复了太平、采石。

沿着峭壁侧畔的石级,可以一直走到接近江面的地方。江里有几块桌面大的巨石,为湍急的江水所荡激,四面涌起了汹涌的洑流,闷雷似的涛声这时听得更真切了,说话时也不得不提高声音。抬头看时,采石矶的悬崖几乎是倾斜着向江面压来。想想过去的战争,在仰攻、占领这样的要塞时会出现一种怎样的情景呢?

曾有一种传说,李白穿了宫锦袍,夜里在采石泛舟,吃醉了,要去捉水里的月亮,淹死了。他身上的锦袍后来就葬在矶头的衣冠冢里。又有不少文士费力地证明了这不过是一种捏造。我看这正是一种天才的捏造,李白干出这样的事,也并非完全不可能的。

这是个古今多少诗人游览吟咏过的地方,也是曾经发生过多少场恶斗的古战场。一切美好、优雅和丑恶、残忍的事物好像同时一下子全部集中在一起,集中在这个伟丽瑰奇的山水窟宅里。这就是采石矶。

四

离开采石的太白楼,已经三点过了。不知道能否在一两个钟头里赶到当涂的青山,路又不熟,要随时问讯,真是一些把握都没有。公路好极了,路边一色种着柳树,都已合抱。在笔直的"柳巷"中穿行,是别处很难遇到的经验,这正是安徽的特色吧,我想。柳与淮南,总是不可分割的。

我过去没有到过安徽,这种印象完全来自姜白石的作品,也许是不足据的。白石写过描写"青青官柳"的《淡黄柳》,他说,"烟渡口、水亭边,长是心先乱。"在古代的文学作品中,柳与别离总是牵连在一起的。柳,作为行道树,因此也应是最合适的。使我特别不能忘记的是白石的词序,也往往提到了柳,特别是合肥的柳。他说,"客居合肥南城赤阑桥之西,巷陌凄凉,与江左异。唯柳色夹道,依依可怜。"又说,"合肥巷陌皆种柳,秋风夕起骚骚然。"在晚秋的薄暮,在高柳垂荫的路面上行进,不能不想起姜白石说过的这些美丽的浸透了诗意的语言。

不久,就望见了当涂;随后,就又从她的身边擦过了。问讯的结果,有人说青山没有好远了;有人说,还有二三十公里。远处出现了一抹淡淡的远山,也许这就是青山了吧,但其实并不是。

车子终于在过了一座桥后左折,向一处选矿厂驶去。远远可以望见新建的职工宿舍,是很整齐漂亮的红砖建筑。再向左,是与一条管道并行的堤路,长堤过后,路面开始坏起来了,不久,终于看见了一座山村。跳下车,向村口奔去。从在田里收获甘薯的农民口中得到了确实无误的指示,李白的墓就在不远的高处,而那背后小巧精致恰如一座碧绿翡翠屏风的就是谢家的青山。

这是一处小小的山村,疏疏落落总共也不过二三十户人家。村路上有走来走去的鸡群,还有黄狗。到处栽着小树。刚下学的小学生三三五五在路上走着。李白的墓就在村口,圆圆的,新加了石墓圈,上面露出了覆土。墓前嵌了一块小小的石碑,写着"唐名贤李太白之墓",四围有简单的花纹,没有纪年,看来不过是清代的遗物。十几步外还保留了一块宋碑,右上方捶碎了一角。碑首的三行篆书是"口唐翰林李公新墓碑",碑文楷书,系据李集所著原文转录，后面低二格书"附记"，作者是宋淳祐壬寅、暂兼权太平州事的马孟点。"附记"大致说，他重立此碑时，上距元和丁酉墓之更徙已四百二十六年。原墓已遭破坏，只从荒荆蔓草中找到了旧碑一角，碑上镌刻的是极为遒劲的唐隶。"附记"中还有"葺其祠宇"的话，据老农说，这祠宇原在墓前，后来被日本人一把火烧光了。现在准备重修。

再前面还有一块小得可怜的石碣，一九六五年立。说明着此墓是当涂县的保护单位，并说明墓是坐落在"青山南麓谷家村"，还指定了负责维护的大队，保护范围是五百米左右。

清王琦注《李太白全集》卷后附"外纪"，搜罗有关的记载不少，但未收马孟点的碑记，王琦没有到过采石，更没有来过青山。他所引录的宋以来地志、笔记、诗文，十之八九也都不免是一些影响之辞，《一统志》说白墓"在太平府城东青山之北"，显然也是错误的。看来从来就很少有人到这里来过，这地方也实在是太偏僻了。但也许正因为偏僻，才逃掉了被夷为平地的厄运吧。

天色已经向晚，暮色逐渐袭来，正如李白诗所说，"青山日将暝"了，不能再流连下去。其实这里也没有更多使人流连的东西。但那青山却实在好，李白到底是有眼力的。这地方实在安静极了，也寂寞极了。

五

归途中顺便到当涂城里走了一转。出乎意想，这是个规模并不算小的县城。清代安徽全省十个左右州府中间，太平府是最小的一个，但提学使署却设在这里。说明当涂一直是一处淮南的重镇、名城。城里的建筑物也很精整,市面是繁盛的,大街上处处都可以看到品种丰富的农副产品,街上的行人更是拥挤得非常,比马鞍山市还要热闹。

到马鞍山时,已经是黄昏时分,从市外通往南京的公路上穿过,可以看见高大的烟囱中吐出的浓烟,在晚霞里有如一条条蜿蜒的黄龙。不多久,天色完全昏黑下来,路旁的景色变得朦胧、模糊,终于只能从迎面射出的车灯辨识曲折而长的公路。这是一条繁忙的公路,一连串车灯就像一条蠕动行进的火龙,迎面驶来的车辆交替打开或关闭车灯,形成不停的光影变幻,使我记起很久以前看过的一部外国影片,导演在影片里运用这种手法映衬人物心情的细微变化,巧妙得很,他制造的环境、气氛、情调,整个都是诗的。

这时我所想的,也还是有关李白的事情。

李白在诗国里的地位,一千多年以来,一直没有什么争议。人民是非常非常喜爱他的,这从全国有那许多纪念遗址就可以知道。为什么李白受到这样的崇敬呢?皮日休曾经指出过李白的两个特点:"真"与"放",是有道理的。作为一个大诗人,李白没有说假话的习惯,无论什么时候、什么场合,人们总是可以清楚地看见他的内心世界。即使是他在吃酒、耍癫,甚至是暴露着自己的缺点的时候,人们也还是用理解、原谅的微笑看待他的坦直的自我表现。这是不容易的,能做到如此的真实。还有就是他的"放"。把李白的"放"解释为"思想解放"是危险的,因为他也有他的历史局限,而且是很大的局限,他的狂想往往与现实有很大的距离,有时甚至是荒谬可笑的,不过又有哪一个诗人曾经有过他那样的自由天真的想象呢?同时又是那样的认真。

有一件奇怪的事情,过去一直没有得到很好的解释。在唐代的选家编印的许多当代诗歌选本中,都收了李白的作品而常常忘记了杜甫。我想,作为全盛的开元天宝时代的歌手,李白的成就是无敌的。他是那个时代没有争议的代表作者。从安史之乱开始,李白的时代就过去了,他失去了他创作上的凭依;同时现实的鞭子却惊醒了杜甫,使他开始唱出更为忧郁、沉重、愤激的歌声,而在这以前,杜甫在诗国里是不受重视的。

李杜的交替,是唐代诗国中的一次易帜。这种转换,在有唐一代诗人选家的头脑中,不是很明晰的,也只有更后,具备了总结一代诗歌成就的条件时,才能逐渐看清其中的脉络。

记得过去曾经看到过一位也是扬李抑杜的旧文学评论家的非常大胆但不失为尖锐的意见。他说,李白的诗里处处不离妇人与酒,而作为一种"诗料",这两者可实在比杜甫念念不忘的"君"高明多了。他所说的其实也正是同样的意思。

李白常常说大话,但并非虚假的"豪言壮语",因为他天真而且认真。李白用这种态度和唐玄宗以及李林甫、杨国忠之流打交道,难免要处处碰壁;他扬言想当宰相,施展自己的抱负,但他不是阴谋家。李白的思想里,有儒家、道家、神仙家、游侠……种种复杂的因素,只是缺少法家的影子。前些年大量出现的胡言乱语,不论是在李白身上,还是给其他古今中外作家、作品倾倒的大量污水确实已经造成了非常严重的文学污染现象,要花很大的力气才能得到彻底的清洗。这实在是一种非常艰巨的任务。

这样胡乱地想着,不知道什么时候已经进入了南京市区。因为南区停电,车子一直到了新街口附近才又看到了雪亮的灯光。

一九七九年十二月八日

前门箭楼的燕子

已经二十多年没有上北京了,真有说不出的相思。

到北京的那一天,天真够热的,觉得这里的太阳确是不同凡响。不过却热得干脆、痛快,绝不拖泥带水,这是比江南高明的地方。在前门外住下来以后,已经是该吃晚饭的时候了,就慢慢遛出去,在前门大街上闲走,"都一处""一条龙""月盛斋"这些店招看了就使人感到亲切,即使里边卖的食物与过去不大一样了,也不要紧。"都一处"卖的是蟹肉包子,这应该是南京或上海的特色,现在是"南风北渐"了。但小米稀饭却是地道的北京风味,好得很。可惜我想再来一碗的时候,却卖光了。

来到前门箭楼前,早已是黄昏时分。白天几次经过,我已经贪婪地看过好几眼,现在就想细细地、前前后后好好地看看她。箭楼新粉刷过,虽然有金碧辉煌的彩绘,但整体依旧是庄严肃穆的。因为她的主体是用一色深灰城砖砌成的,真是落落大方。楼身比我保留的任何旧印象都干净得多。我曾经看见过在她身上画着日本仁丹的商标、美丽牌香烟的"美女",和其他乱七八糟各式各样的布告招贴,就像浑身贴满了膏药。那可真让人不舒服,简直就像中华民族百多年来苦难的象征。她像一位英雄的母亲,承受着重重苦难、凌辱,骄傲地挺首屹立,默默地护卫着、看着在她身边川流不息地走过的儿女。今天,她是应该开颜一笑了。

一种过去我没有见过的景致在眼前出现了,千百只燕子不住地围绕着箭楼飞,飞去飞来,飞进飞出,就像夏天雷雨前荷塘上穿梭飞舞的蜻蜓，蜂衙前哄聚的蜂群。

过去从来没有看见过这样的景色，使我在箭楼侧边伫立了很久。

忽然想起宋徽宗画过的《瑞鹤图》。那构思是有些相近的，不过比起眼前的这一派喧腾景象，可寂静得多了。

也许应该像故宫那样，在画檐朱栋之间结起铁丝网来吧，我不知道。古代的诗人喜欢用燕雀这样的小动物，点缀在宫廷殿阁之间，制造一种凄寂的气氛。我想，这是由他们所处的时代和诗人的感情决定的。其实同样的事物，用来抒写无论哪一种心情都是可以的。

我兜了个大圈子去看箭楼的侧影。发现她本身就像一只作势将要凌空飞去的燕子，有一对鲜明、凸现的侧翼。古建筑师手下精美的造型不能不使后人惊叹。它是那么端凝，却又那么轻盈；那么沉着，却又那么飞动；那么拙重，却又那么飘举；那么威武，却又那么秀丽。在箭楼后面挺立着正阳门，这才是主帅，箭楼不过是他的先行。论气魄、格局，主帅确实有主帅的分量。漆工加在他身上的金彩无疑也更繁复而多。在晚霞映照下，发出了炫目的光；就是在暗夜里，也会呈现闪闪的荧光，一座七宝楼台。正阳门是端端正正的，气势沉雄的，可是奇怪的是，他给人的印象依旧是玲珑的，没有半点儿拙重的感觉。

很久以来，人们为某些民族形式的新建筑取了一个不大好听的称号——大屋顶。这称号也真不大动听，但也不能不承认它有一定的正确性。那些用大量水泥堆集起来的大帽子，远远望去就会使人产生喘不过气来的压迫感，更不必说在建筑学上负载承重，空间利用各方面的考虑了。正阳门和箭楼，应该说是典型的"大屋顶"，可是谁会产生那样的观感呢?箭楼上那一排排射口,是从实战的考虑出发设计的,但却安排得那么美……我想,在继承、学习民族优秀传统的工作中,我们做得实在很差,同时在学习与运用时,思想也多少是有些僵化的。

走到天安门前,天色已经完全黑下来了。长安街上和广场四周亮起了千万盏华灯。我走过金水桥边的华表,抚摸着莹洁的白石狮子。狮子身上还散发着晒了一天下来的太阳的余热,好像它们并不是石雕。

在观礼台边的栏杆上找到一个空当,坐了下来。这里坐满了乘凉的老人。

年轻人多半在广场里活动,那里似乎有更大的吸引力。没有坐多久,我就跳下了栏杆,穿过长安街,走进了广场。这里的光线是较暗的,这里那里,都能看到斜支着一架架自行车,年轻的一对就倚着车身轻轻地谈话,也许并不在谈话。也有三人一组的,添上了一个刚能爬动的孩子,在带了来铺起的毯子上不住地爬着笑着。年轻的父母不住地交换着谈话,他们的声音高得多了,他们一大半的话都是对孩子说的。

此外,在广场上还看到不少玩"飞碟"的年轻人。这是红红绿绿用塑料做成的像铁饼似的盘子,两个人对掷,可以掷出种种花样来。走着走着,一只"飞碟"向我飞来,正想躲时,它却从耳边飘过去了。

一九八〇年七月十二日

富　春

长久以来就怀着到富春江上去看看的愿望，只是到了今年的春季，才得匆匆去走了一转。现在要动手写一点记游的文字，却又已是秋天了。

我的一直念念不忘于富春，不只因为这条江水有着那样一个非凡美丽的名字，仿佛一提起就会梦见在烟峦云树中隐约出现的一位仪态万方、丰神绝世的美人，也还另有别的原因在。那就是很久以前从《六朝文絜》上读到梁代吴均的《与朱元思书》。吴均的那封信只有短短的一百多字，可确是把富春江上的风光写尽了，这与郦道元的写景文同是出现于六朝时期的名篇。《水经注》写了三峡，吴均写了富春，此外就又有元代著名画家黄子久的《富春山居图》卷。这个仿佛画家坐了小船在江上旅行时拍下的奇异的长镜头画卷，也实在是一件不平凡的作品。最后就是郁达夫的散文《钓台的春昼》。他着意写了桐庐的桐君山和严子陵的钓台，却已不是单纯写景的文字了。此外自然也还接触过有关富春难以数尽的诗文，但曾留下印象来的却没有了。

今年春天多雨，在杭州躲了两天才好不容易盼来了春晴。一清早就赶到九溪，搭上到富阳去的班车。开始时还傍着钱塘江走，没好久，就一头钻进了山窝。公路两侧是一片片三麦还不曾收起的田垄。多雨加上春寒，不只推迟了季节，对早稻也会有影响的。不过太阳出来以后，很快又感到有些潮热了。一个多小时以后，车子就到了富阳。这是一个热闹的小城。走出车站，就能看到并排的两条长街入口，沿江的一条就是春江路了，郁达夫的故居就在这条路上。提了旅行包沿街一直走下去，真是好长的一条街，快走到尽头时已经可以看到开阔的江面和挺立在面前的鹳山。这里出现了一片新建成的楼房，有些还是四五层的建筑，是招待所、办公楼和宿舍，好像完工还没有好久。找来找去也没有看到达夫故居的门牌，原来这已被围在高楼后面的一条深巷里。叩了许久门环也没有人出来应门，于是只能站在围墙外面瞻仰了诗人的旧屋。这是一座两层的旧式楼房，在墙外可以看见那也许就叫作松筠别墅的楼厅，黑漆的一排明窗大约还是老样子，不过推窗南望，现在已经看不到什么江帆、山影，而只是一排新楼。

在鹳山下面兜了一个大圈子，又从正街上走回来。这里充满了江南小县的一切可爱的事物，时兴的百货、古旧的药店、从农民肩上送出了一片叽喳声的鸡笼、照相馆橱窗里的时装少女……在街的正中有一家春江饭店，里面同样挤满了就餐的人群。饭桌上摆满了白地蓝花的大瓷碗，里面盛着一种粉红色的液体，人们大口喝着这种介于汽水与啤酒之间的饮料。我希望能在这里吃到著名的鲥鱼，却不曾如愿，只吃了据说是鲤鱼的炒鱼片，不过似乎又不大像。

下午一时，我又坐在去桐庐的班车里了。这一次，是毫不夸饰地钻进了山国。公路就是劈山过后修成的，在峰峦涧谷中间穿行，处处都是危险的转折、回旋。山上种满了松树，还开了不少茶园。那些山顶的幼松，就像少女额间的短发似的。一路上看到不少新建的小型制茶厂、水泥厂和碎石厂，给这几乎是终古没有人迹的深山平添了不少生趣。碎石厂发出的是一种单调、寂寞的声音，不过却是一种跳跃着活力的音响。在这里，人们会比较容易理解，"靠山吃山"具有怎样一种含义。

一时五十分，车到新登。这里本来是新登县，现在看来只不过是一个大镇。五分钟以后就到了一个叫作窄溪的地方，公路陡然从山边崖角穿出去，一下子就看见了大江。公路很窄，下面就是悬崖，山壁上还有修路、开石方的工人。有的崖壁上渗出水来，砂石被染得深红；有时还可以看到崖间凌空悬着的大石块，只有很小一部分和崖壁联在一起，不知什么时候就会崩裂下坠，石块大得恰好能把公路封锁起来。

富春江就在脚下向前蜿蜒伸展，隔岸的青山这时也开始挺拔、密集起来。崖边、路角不时点缀着一两株蓊郁的古树，在春天的阳光下像一把把张开的绿色的伞。江里有航班的轮船，更多的则是木船，这里的航运也是繁忙的。

不久，就看见前面有一座大桥。对岸桥侧有一片工厂区，过桥就是桐庐了。

这是一个依山滨水的城市。古老的桐庐旧城从清末起就已经是个荒凉破败的地方，它现在似乎只剩下了一条沿江的街，一条经过新建、显得繁荣热闹的长街。从著名的桐君山开始，经过这街，一直可以通往新建的坐落在山腰的新区，县级的领导机关和其他一些单位都在这里。建筑几乎都是新的，环境是优美的。县委机关就在过去是唐代始建的圆通寺的原址。这里四周有不少参天的古树，从那树木分布的格局，很容易看出这里本来是一座寺院。左近的招待所也是在一座山脊上，推窗外望，迎面就是一片山峦，恰如一座翠绿的屏风。这是一个迷人的所在。宋代的范仲淹的一句诗"潇洒桐庐郡"，说得实在不错。范仲淹当年一口气写了六首诗，每首开头都用了这一句，可见他确是认为抓住了这个小城的气氛的。

在长街上的一家桐江饭店里吃面。这里比富阳的春江饭店还要差一些。墙上挂着一块黑板菜牌，只见上面密密麻麻贴满了写着"完"字的小白纸片，好像也已经贴了很久了。看来小城里的居民似乎对吃喝并无太大的兴趣。后来发现斜对门有一家卖小笼包子和云吞的店却是生意兴隆的，价钱也并不便宜，和上海差不多。

在长街上徜徉，一直走到富春江和桐溪汇合的渡口时，已经临近黄昏。隔水遥望，临江耸立的桐君山，这时只是一片暗黑的浓绿，在山巅是一座小巧的白塔。穿过小巷走下了江边，暮霭已经逐渐收拢，宽阔的江面上罩着一层水雾，真有一片烟波浩渺的气势。极目望去，桐江上游被两岸的山峰锁住，一片迷蒙看不真切。这后面不知道还有几许山重水复的转折，和三峡的格局简直没有什么两样。我在这里站立了许久。从前人们在这一带旅行，交通工具只能借助江船，在这样的时分，大抵总要停舟留宿了。如果旅客是一位诗人，面对这样的江山风物，唱出"日暮客愁新"这样的句子，那将是毫不奇怪的。

这个小城还保留着浓郁的农村气息。清晨五时，拉线广播就开始播音了，比这还要更早些的是耳畔山鸟的啁啾。推窗一望，只见满山晴翠，又一个出色的春晨。

县委宣传部门的负责同志来得很早，他不但热心地为我安排、盘算了到钓台去的方案，还介绍给我两位负责钓台重修和全县文物工作的同志。这是非常值得感谢的。隔天晚上，我也曾向街上的老人打听过去钓台的办法。他们告诉我，小船大约很难找到，唯一稳妥的方法是从七里泷富春山的山背翻下去，那就连钓台也在脚下了。这自然不失为一个雄伟的计划，但当我在宣传部的同志面前提出时，他打量了我一下，摇摇头微笑了。也并没有再说什么。我看他是不想打击我的积极性。

想在一天中间完成去钓台的游程,看来是太局促了,何况桐庐的桐君山也是不可不看的。今夜可以考虑住在富春江水电站,顺便看看大坝。主人的好客和周详、细致的考虑,使我只有感谢。

四十八年前郁达夫仔细写过攀涉桐君山的经过,那是直到今天读起来也依旧很有趣味的。这中间,自然是发生了许多重大的变化,不过桐君山还是桐君山,它依旧雄踞在桐江之畔,那么挺秀,那么雄奇,半个世纪在它看来实在也算不了什么。

当年郁达夫是夜访,今天我们却是晨游,当年的义渡今天也变成了机动的摆渡船。一船的乘客大约有二十来人,在船舱里人们随意把米袋、活鸡、油瓶……都放在脚下,年轻的女服务员在卖着票,每位二分。乘客里游山的大约只有我一个。天目溪也实在很窄,轮渡叫了一声后,船尾稍一摆动就到了对岸。

登山的石级年久失修了,攀登时只好跳来跳去,比爬没有路的山坡似乎还要吃力。山路盘曲着,在半山我们遇见了修整山路的石工,他们是从山上向下逐步整修的。再上去就能看到那残破仅存的殿宇,还有一两间禅房。前两年这里也曾是一间工厂,最近决定修复时才迁走的。这两年在不少名胜地方都曾见过工厂的痕迹,这实在是不可思议的。只从运输条件上考虑,也很难理解人们为什么要把车间放在山顶,搬上原料、运下成品看来都是非常吃力的。唯一的理由也许是,这些地方总有几间破房子,可以占了来加以利用吧?当年郁达夫看到的女墙、围墙、朱红漆的大门都不见了,我们一下子就来到了道观的心脏地区。"元始天尊"(?)和他的同僚、随从也一个都不见,只在一大片青石板铺成的地坪上看见几根残破的石桩,还有一个石栏砌起的"莲花池"。

值得庆幸的是满山树木并不曾遭到破坏。就在道观遗址前方,从山腰深处耸起了几株覆天蔽日的古树,我向同伴请教了它们的名字——莲香树和椰树。也许这并不是学名,只是活在人们口头的名称。它们张开了一幅阔大的碧绿帘栊,从枝柯的隙缝里可以看到一片万里晴江,与昨晚所见的薄暮桐江又自不同。阳光实在太艳丽了,江面上铺着的依旧是一片薄纱,一片使眼睛发眩的晴霭。这里的山光水色,就是这样不肯轻易使人遥遥看到她的容貌。是羞涩呢还是矜持,要么就是故意的捉弄。俯视那渡口时,天目溪和桐江汇合的地方,可以看到一条分明的界限。溪水是极清澈的,桐江呢,却早已不像吴均所说的"水皆缥碧,千丈见底;游鱼细石,直视无碍"了。

山顶这座残存的破庙,当然就是所谓"桐君祠"了。自然也有一点相应的神话传说和故实,不过我一点都不知道。那座七级的白塔却实在秀美得很,也不知道始建于何年,但记载中曾有"景定元年(1260)重修"的话,可见这至少也是一座宋塔。使我最感到喜悦的是,山前山后、山上山下布满了的古树。这里有樟、桐、枫、杉,还有许多叫不出名字的古树,有几百年树龄的也不只几十百株。后山还有极好的大片竹林,都是碗口粗细参天的毛竹。林木之间是够得上"荒秽"的了,落叶到处都有半尺来深,踏上去有一种说不出的快感。人们把"席丰履厚"作为豪侈的一种标识,不是没有道理的。这里到处都有浓郁的草木香,自然也有腐烂枝叶的气味,这一切,真的都是喷人欲醉的。

从桐君山上下来,到了文化馆。在这里我看到一部乾隆刻的《桐庐县志》,有乾隆十九年(1754)、二十一年(1756)严州知府、桐庐知县吴士进等序。这书在此时此地,不只是善本,简直可以算得是一部宝贝。关于本地的许多名迹,这里都有详细的记载,因此在整顿、修复许多游览点时都能从中得到帮助。过去这里曾经藏着许多钓台的石刻拓片，前些年都被当作"四旧"一把火烧掉了，现在想重刻一些石刻也没有法子想。据我所知，明代曾经有人刻过一部《钓台集》，那里面收集的碑文、题记是很丰富的。

随便翻翻，这部乾隆志所收的资料还是颇为丰富的，顺手摘抄了一些。使我感到有趣的是有关圆通寺的一节故事：

> 老僧欲植万松于路，乡人虑其蔽田，讼于县。县以符诘之，僧答以诗曰："本不栽松待茯苓，只图山色镇长青。老僧他日不将去，留与桐江作画屏。"事遂已。

这位老僧未必说得出植树的重要意义，也许只是图好看。不过想办点好事并不容易，反对的人是多的。我怀疑这里所说的"乡人"大概是一些地主，他们有大块的田，还动不动上衙门告状，这都不像是普通老百姓的行径。老僧的诗写得不坏，说明他没有自私的动机，只是想绿化一下环境。同时又颇为尖刻，县令和"乡人"读了不免要脸红，只好拉倒了。今天县委大楼附近的许多松树，也许就是这位老和尚留下来的吧？

从桐庐到七里泷，长途汽车只要一个小时。在招待所里住下以后就出去看水电站的大坝。

开阔的桐江，到这里突然束紧了，横跨江面的坝身就像一条束腰的带子。这是一座壮观的工程，坝顶的路面可以并排行驶四部卡车，两侧有人行道。我们在坝上缓缓地走，山风忽忽地从耳边吹过，颇有寒意。向上游望去，正如吴均所说，"夹岸高山，皆生寒树。"这不是普通的山，它给人带来的是一种强烈的萧森之感。江身狭窄，夹峰高耸，即使是晴明的好天气，至少也要留下半江阴影，因此山色经常是墨绿的。山上生满了的"寒树"，有一种注本说这是指"耐寒常绿的树"，我看也不一定。无论是怎样的树，长在这里的山上，就非是"寒树"不可。在这里"寒树"不是特定的种名，倒是恰当地写出了诗人心头的感受。江水从上游蜿蜒曲折地流来，在不远的地方就已有两三叠曲折，柔软得正如美人宛转的腰肢。右侧突起的峰峦上面，矗立着几只银白的电塔，是插在高髻云鬟上的玉簪吧，这是不久以前为她添置的新妆。

电站大坝上面有巨型的吊车、行车，从机房伸出了碗口粗细的钢缆，牵引着一排闸门上庞大的闸板，每扇钢板的表面都留下了层叠的水痕。闸门内外的水位相差在二十米左右，上流的江水依旧是急遽的，但已不再是"急湍甚箭，猛浪若奔"，下游则真的"波平如镜"了。大坝的尽头有一只狭长的槽，里面顺序挤满了几十只满载着木柴、山货的木船，在等待开闸放行。船家这时都在船尾烧火做饭，他们在简单的行灶里塞进短粗的木料引火。这里大概每天上下午各有一次开闸放行，可惜我们没有能看到那百舸争流的动人光景。我想在这样的时刻，摇了一只小船冒着急流从船槽里逆流而上，该是多么艰难而不可思议。看来今天想用这种古老方式去游钓台的人，大概是没有了。

在坝上徘徊时，我又向同伴打听了著名的富春江鲥鱼的近况，得到了这样的知识。鲥鱼是从海水里向上逆流游来的，它喜欢大水、急流，也喜欢适当的水温，每年春天都要到这里来产卵。大坝建成后，当然大大影响了鲥鱼的活动。据说曾经设计了一种巧妙的三层之字形的"鱼梯"，试图解决这个困难，但不知是否有效。过去这里还生产一种只寸把长但体肥味美的子陵鱼，和鲥鱼一样，都是为了向严先生朝拜并为他提供垂钓方便,每年春天在七里濑汇集的。不过近来也大量减少,不见了。看来,子陵先生的"威望",目前确已降低到临近破产的程度。

正式出发去钓台,是在第二天的清晨。离开招待所后,沿了右侧的山边公路,步行了大约半小时光景,就来到一处江边水驿。这里有三四间人家小屋,可以供旅人歇脚。狭狭的路边叠着石块垒起的围栏,杂植了各种草花,一头驯顺的黄狗在人们脚下徘徊,对每一个陌生来客都表示着欢迎。一位老年妇女从内室取出茶水来待客,我们把随身的包袱寄放了,随后登上了一只小小的航船。不是预先提出请求,它本来是不来停靠这里的码头的。同伴还搬了一大沓预制好的门窗木构件下船,这些就是重修严先生祠堂的备料。

小船向上游进发。这里大约可以算作这条江水最为美丽的段落,一路迤逦行来,在两岸高山狭谷中间前进,简直猜不透前面还将出现多少道曲折。石壁是雄峻的,有时甚至是怪异的,但一例青翠,是一片连绵不断重重叠叠的碧玉屏风。山后面还是山,真不知道它将延伸到什么地方。这里的风景不知道曾经使多少诗人为之激动,唐诗人方干说:"一瞬即七里,箭驰犹是难。樯边走岚翠,枕底失风湍。"这是说,过去在这里行船,上水下水、有风无风,是大有区别的,所以才有"有风七里,无风七十里"的俗谚。现在修了水坝,有了机动船,情形大不相同,但"走岚翠"的境界到今天也还依旧存在。诗人写景的手段是值得佩服的,他在面对现实时是用今天手执电影录像机者同样的眼睛、头脑观察、思索的。此外写得好的还可以举出杜牧的《睦州》诗:

州在钓台边,溪山实可怜。

> 有家皆掩映，无处不潺湲。
> 好树鸣幽鸟，晴楼入野烟。
> 残春杜陵客，中酒落花前。

这诗写得客观，写得淡淡的，但确也写出了这一地区的风貌、风格，同时也说出了诗人自己寂寞的无可奈何的心境。

船行了没有好久，同伴就在我耳畔喊道：

"钓台可以看得见了，那不就是！"

我随着他手指处望去，看了许久，依旧辨识不出。眼前好像展开了一卷黄宾虹的焦墨山水，到处是奇峰、翠嶂、古木、枝柯，一下子哪里分辨得出？又过了七八分钟，小船开始向岸边拢近时，这才真的看到了钓台，这是两座突起耸立的山峰，好似两只大石笋。它其实并不是绝顶，在它背后还有着更为高峻的富春山的屏障。

我看见过一幅明刻的《钓台图》，刻工非常简单古朴，是嘉靖甚至更早时期的作品。在我的印象中，钓台似乎就是这个样子，实在是上了很大的当。这张图把钓台画成两座孤立的石笋，背后只有一点远山，登台的路用一条凌空的曲线表示，一些山石林木也没有。这当然不是真实的钓台，只是带有导游性质的示意图。不过它也有忠实可取的所在，它画出了江水的波纹，岸边题了"严先生祠"的石坊，走上去是围墙中间的祠堂，左面则是客星亭。这些，就在今天也还有参考价值，因为这一切，除了一间即将倾倒的破屋以外，是什么都没有了。

那间破屋看来并非当日祠堂的遗物。屋里有一口土灶，两只木床，是修复钓台先遣人员临时的憩息之所。但那墙上还嵌了一块"嘉靖辛酉（1561）都御史滁上后学胡松拜识"的《过严祠书留台壁碑》。在破屋外面，还留下了几块残碑，一块是有名的范仲淹的《严先生祠堂记》，很多人都在《古文观止》里读过的，但也并非原碑，而是明代的复刻，碑面剥落，连年代和衔名都看不清了；此外还有一块正统二年（1437）的《重建祠堂记》，碑上有一段题记倒是很有趣的，"嘉靖元年（1522）五月廿八日，棠陵方豪秉炬登拜。时江风大作，仿佛见先生之神。"这是比郁达夫还要早四百一十年的另一位"怕在这荒山里要遇见一个干枯苍老得同丝瓜筋似的严先生的鬼魂"的游客的自白。

除此以外，还有一块断角的正德旧碑，一块断成两半仆在地上的碑，现在我们只能看见它的背脊。据同伴说，这里本来还有很多旧碑的，但自钓台被"砸烂"以后，在十年动乱中间，这些石材都已跑到人们的门前、檐下，变为建筑材料，发挥另一种作用去了。留在这里的几块，大约因为石材较大，运输不便才得到幸免。

修复的工作正在开始，已经平整了一块地基，储备了一些砖块和门窗木框，准备先在这里造两间房子给工人们住宿。循路登山，新铺的石板山路平整得很好，走起来一些都不感到困难。不过只铺成了四百来级，约占全程的五分之一光景。石料是从别处运来的，铺成每块石板的工本约一元余，要算是很经济的。再上去就是破坏得非常厉害的旧路，看来总有几十年不曾修整了，几乎已经不能再算是路，想站稳都困难，山路四周塞满了杂乱的草木枝柯，我们就这样攀藤附葛地前进。半途坐下来休息时，发现山石上有石刻题记，已经风化得不可辨识。费了很大气力才认出是万历中的题名。以后再经过几度曲折，就来到一处叫作"中亭"的地方。这里恰在山腰正中，前面树立着一棵石笋，左右上方就是东台和西台。我立即恍然大悟，那张明代《钓台图》所画丫字虚线的分叉处就指的是这里。那座石亭还基本完好，不过石柱上的刻字已被凿掉，只知道这是民国七年（1918）一位广东人重建的。不想再停留休息，紧接着急急地奔上了东面的子陵钓台。

在这悬崖百丈的高处，极目望去，江水如一个倒写的"S"字，深深睡在一只翠绿的锦盒里。江流回折处，大约就是鸬鹚矗，却看不见水坝，那是被回峰掩却了。台侧崖边，有一株探身向下窥伺的莲香树，虽然并不怎样高大，但也有了相当的年纪。桐江两侧的群峰叠嶂，俨然是一架巨大厚实的绿丝绒屏风。梁代吴均称赞这里的风景"奇山异水，天下独绝"，不是没有根据的。它雄伟，又幽峭，更秀媚。这许多特色集中在一起，合成了一种终古如斯的静寂。严子陵找到这样一处地方"垂钓"，自然有他的理由，难道他真想从这里钓起两三百丈底下江里的鱼儿么？

东台现在是一无所有了，只剩下几处石柱础的遗痕，说明原是石亭的所在。同伴告诉我，在十年动乱中，是附近工厂里的一些年轻人摧毁了这座亭子。他们还动用了机械工具，当石亭被辘轳拉倒后，人们哈哈大笑了。那真是"史无前例"的十年，这"史"，不能狭义地只理解作中国史，应该更确切地说是人类史。煽起那许多群众陷入疯狂，在全国范围内无孔不入地进行了大破坏，对破坏的"成果"的评价是狂笑，这一切，难道是可以想象，容易忘记的么？

是年轻人还是指导着他们的"理论家"呢？对谢皋羽则比较宽容一些，西台的亭子还照样站在那里。自然，一些石刻、碑文都砸掉了，因为这些都是出于"封建文人"之手的东西。谢先生有着爱国志士的好名声，比起消极退隐的严先生要较为可爱一些，因而区别对待的吧？这只是我的推测，不知道可真确。

西台的风景似乎比东台还要好。上游是通往建德去的，视野更为开阔，正是水远山长，蜿蜒无尽。漫天遍野的绿也没有尽头，只可惜在辽远的江岸侧边出现了一小块黄色，好像整块绿丝绒被剪去了一角，打上了一块黄布补丁。原来在那里新建了一个什么小工厂。不能不说这是一种非常愚蠢的行为，我想，只能在那里尽量多种一些树，加以补救。

在西台遥遥向南岸望去，就是白云村，烟树人家都历历可数。据旧记，这里就是唐方玄英归隐之处，谢皋羽的墓也葬在这里。

谢皋羽是文天祥帐下的咨事参军。南宋景炎二年（1277）别天祥于漳水湄，后二年，文天祥被俘北去，至元二十年（1283）被杀。此后每逢天祥殉国忌日，皋羽都要野祭。至元二十七年（1290）"哭于子陵之台"，作《西台恸哭记》，是极沉痛、洋溢着家国之感的有名文字，清黄梨洲曾为作注。皋羽选取了西台哭祭文天祥，在记事文里不敢明写文天祥的名字，连一起野祭友人的名字也不敢写，只好用"甲乙若丙"的代号。祭毕下台登舟，还为了躲避"逻舟"，"移榜中流"，他对子陵祠旁僧舍的印象是"毁垣枯楘，如入墟墓"，这一切都可以使我们想象那是怎样一个时代。《恸哭记》说：

> 设主于荒亭隅，再拜跪伏。祝毕，号而恸者三，复再拜起。……有云从南来，滃浡漋郁，气薄林木，若相助以悲者。乃以竹如意击石，作楚歌招之曰："魂朝往兮何极，暮来归兮关水黑，化为朱鸟兮有咮焉食。"歌阕，竹石俱碎。

这是一篇煽动性极强的文字，它煽起的是七百年来中国人民的爱国激情,每逢国家民族遇到危难,人们总会记起皋羽。黄梨洲就是一个例子。

同伴告诉我,他曾到对岸去勘察过谢墓,原有的石人、石马都已被敲碎,墓地现在是一个大而深的潭。还曾有一座许剑亭也拆毁了。这一切当然是在"破四旧"的口号声中干下的,此外还有一种流言,说皋羽墓中葬了一颗金头,还有夜明珠……发掘的结果自然是失望。谢皋羽并不是大官,也不曾被元朝捕获斩首,怎么会在遗体上镶一颗金头呢?十年浩劫中这类性质的破坏往往带有某些农村特点。

从钓台下山时,遇见了当地一位大队的支部书记,他正想进城谈判由生产大队承包钓台修复工程的问题,恰好在这里碰上了工程负责人,他们就坐在江边的断碑上热烈地讨论起来。钓台这块地方千百年来一直是严氏家族的私产,新中国成立以后这种情况改变了,但又不像桐君山那样成为国家的公产,钓台分给了两个大队,是集体所有性质,因此在政策掌握上又有所不同。譬如山下的一棵枇杷树,树本身属于风景点,生产队有保护的责任,但每年生产的果实是归大队所有的。

站在江边眺望隔岸的青山,面对汤汤的江水,一面想着严子陵的故事。这时,江面上忽然出现了随波而下的什么东西,一位青年农民拾起身边的碎砖块向江中掷去,逼使它渐渐向岸边漂来,不久就能看出这是一条挺着白肚皮的死鱼。但那青年并不去捞它上来,又任它漂去了。他说,这是给上游的一家什么化工厂的废液毒死的,吃不得。这是我偶然得到的关于富春江的鱼的使人沮丧的消息。

就在这天下午,我在桐庐搭上了返回杭州的江轮。这是一条新的双层中型客轮,非常舒适,坐在临窗的座上可以饱看江景。旅客很多,但并不显得拥挤,大部是短程的农村乘客。一路要停靠许多码头。只是在这一路水程中间,才能细细领会黄子久《富春山居图》的妙处,悟出这是一幅高度写实的作品。平沙远渚,到处都有"白沙翠竹江村"的小景。远山层叠如带,近处的山色是浓绿,远山是蟹青,更远些就变得更淡,简直只是一抹淡墨而已。江中有时也出现狭长的浅滩,上面有成行的幼树,在黄子久笔下,这只是秃笔一抹,但神似极了。除了航班船、运输船,江上还有挖泥船在作业。一路上还看到很多碎石厂,全都在岸侧的山脚放炮炸山取石,就近粉碎,并在不远的临时码头上装船。我不知道这样做会在经济上带来多大的好处,显而易见的是几百里沿江的翠绿屏风被无情地破坏了,到处是七零八落的土黄、赭红的豁口,和尚穿的百衲衣怕也没有如此的破烂、芜杂。这是此次江行使人感到不舒服的又一现象。

  默默地坐在船上,还是忘不掉钓台和听到的关于钓台重修的一些计划和设想。我想,重修后的钓台,理所当然地应该保留旧有的素朴、古拙面貌,宁可简单些而不必追求不谐和的华胧。在东台上,最理想的也还是出现一座倪、黄笔下造型的石亭。无论苏州或杭州园林中的楼阁亭台都不必去刻意仿效,弄不好是会弄巧成拙的。我坦率地说出过自己的这些意见。此外就还有关于严子陵的评价,这可是个复杂得多而且带有一定普遍性的问题,在我们的国家里,这样的历史人物是很多的,有关的遗迹也不少。在建设社会主义祖国、进行爱国主义教育、发展旅游事业的工作中,会经常遇见诸如此类的问题,历史学家理应负责地及时加以解答。

  长久以来,人们对严子陵有着各种各样的议论,很久以前已经搜集编成厚厚两大本《钓台集》，其实没有收入的意见还很多。大体说来，人们对他总是称赞的多，不过出发点并不一致。严子陵是东汉光武帝小时候的同学，光武帝在和群雄角逐中间，他可能也曾参与过谋划，出过力，不过史传里没有说。后来光武帝即位，他却不肯做官，宁肯到富春山中去钓鱼过活。他的这种行径在封建社会里是有些特别的，他的几桩故事也一直被当作佳话来传说。严子陵被光武帝请到京师来以后，也是当年的旧友、此刻做了司徒的侯霸派人送来了一封信，自己却推事忙不来探望。子陵对来人问道：

"君房（侯霸字）素痴，今为三公，宁小差否？"

"位已鼎足，不痴也。"来人回答说。子陵就问他带了什么话来，来人照说了，又求写回信，子陵就箕踞在床上口授回书。来人嫌短，请再添两句，子陵的回答是："买菜乎？求益也。"

这故事见于皇甫谧写的《子陵传略》中，范蔚宗的《后汉书》里就没有，所记非常生动，很可以看出严子陵作风的一斑。"萝卜白菜"这样的话头，最早见于旧书中的可能也就是这一条。他说话不但清厉而且尖刻，可见后来光武帝拉他同榻而眠，他竟将大腿压在皇帝身上的传说不是不可能的。他对皇帝说话也同样不客气，光武帝问他，"你看我比过去有点进步么？"子陵的回答是"比过去多少好一点"。这都说明，他不是封建社会里常见的那种隐逸，和悲叹"不才明主弃"的人物完全不同。

至于严子陵为什么终于不肯留在光武帝身边做大官，许多论者都以通常的隐逸心理来解释，那恐怕是不大说得通的。黄山谷诗："平生久要刘文叔，不肯为渠作三公。能令汉家重九鼎，桐江波上一丝风。"稍稍透露了一点消息。张岱在《史阙》里就说得更为清楚：

> 光武，中兴令主也，而废郭后及太子疆，颇为后世口实。国朝方正学题《严陵图》有云："糟糠之妻尚如此，贫贱之交可知矣。羊裘老子早见几，故向桐江钓秋水。"宛转二十八字，可谓发千古之隐矣。

这可能是比较接近事实的一种分析。方孝孺是明初人，他曾亲见洪武一朝许多残酷的政治迫害事件，他的能够看出或猜到严子陵的心事，不是偶然的。

隐逸，也有种种的，那动机、做法、效果也大不相同。粗略地说，也许可以分为积极、消极两类。而人们对待隐逸的态度，也因时代、因人而异。我想，严子陵的受到重视并博得好名声，大约从东汉末开始。从列于党锢的人物算起，到三国、魏、晋、嵇、阮一辈的清流，大抵都常常要记起严子陵，羡慕他也佩服他。唐代的李泌也是向他学习有得的名人。最有趣的是北宋的范仲淹，他写的那篇《严先生祠堂记》抽象地肯定了严子陵，同时也表扬了汉光武，好像他们之间毫无矛盾，密切合作演出了一出道德正剧。宋太祖是搞"杯酒释兵权"式的中央集权的，范仲淹自然明白，他在做当地的地方官，只能讲这些淡话。但他到底不是糊涂虫，他另外还有一篇《钓台》诗：

> 汉包六合网贤豪，一个冥鸿惜羽毛。
> 世祖功臣三十六，云台争似钓台高。

可见他也并不是完全没有看到问题的实质，不小心漏出真话来了。

　　严子陵是名人，钓台是名迹，这地方当然应该重修、恢复，成为一个旅游胜地。至于严子陵本人，只要我们明白他其实是怎样一个人，生活在怎样的时代，也就足够了。千多年来以他为代表的隐逸起过消极作用，是无疑的，但通过人们抽象的理解，也的确产生过好的、积极影响。那就是一向受到尊重的知识分子的正直与骨气，这正是古今一切形形色色风派人物的对立面。仅此一点，严子陵就可以有充分的理由存在下去，长久得到人民的怀念。

一九八〇年十月一日

钓　台

在一年中间两度来访钓台，这是自己也不曾预想到的。春天来游，回去后写了一篇《富春》，记下了一些零碎的见闻和感想。文章发表，引起了朋友们的游兴，就促成了这次的再访。清早从杭州出发，中午在桐庐吃过中饭，随即到了七里泷，这时已经有一条新汽艇等在渡口了，十分钟后就到了钓台。先后只不过用了半天时间。不用说两千年来叹息着"有风七里，无风七十里"在桐江上航行的旅人，就是半年前初访严陵的我，也花了两天时间，在水电站宿了一晚。比较起来，不能不说是有了很大的进步。

严陵还是老样子。祠堂废址只是草草地清理了一下，还没有起造什么新的屋宇；可是登山的石级已经铺到钓台高处，这在半年以前还只铺了五分之一光景。全部石阶，据说是六百零五块，约略可以折算成五十层大厦的高度。我还是像上次一样，两三个人结伴慢慢走上去，沿路为朋友介绍石壁上看不清楚的明人题名，也贩卖一点关于钓台的知识。永玉他们却早已拔步飞升，先到了绝顶。后来还对我说："你能走上来，可以说是一个奇迹。"这是有点可笑的，我想，这算得了什么奇迹呢？

钓台，只是连绵不断的富春山屏前的一重叠嶂，正像两座竖立着的翠绿圆柱，人们曲折盘旋着攀上去，在葱茏的草木中行进，上下四方，处处是削崖断壁，野草荒榛，山路好像是爬不尽的，完全猜不出前面将会出现怎样的变化。这样一直爬到一个石亭，才发现左右上方都有一块突起的平台，好像动物头上的双角，这就是东西钓台的所在了。

我曾藏有一部明刻的《钓台集》，还是钱遵王的藏书。前面有严子陵的像和钓台图。看纸墨刻工，不过是明万历中的刻本，但那两张图却极古拙，至迟也是嘉靖或更早的旧版。钓台图是刻得很有趣的。严先生祠的石坊和客星亭、祠庙等都是写实的，那滔滔的江水也采用了古地图中通常的刻法。但东西钓台被刻成一双拔地而起的石柱，一棵树一根草都不见，离实际很远了。尤为有趣的是画工用了一条虚线来表示登山的途径，不能说不是大胆的处理。画工原意似乎是想提供一种旅游示意图，想不到却与登山缆车线路有些暗合了。

我又有一册顺治刻的《选刻钓台集》，出版比前书迟了六七十年。书前也有图，是比较接近真实的描写。那条虚线也还在，但已化为登山的石磴。这图的缺点是采用了传统山水画法的格局，因而失去了此间山水的特色。实际的情况是，夹在两侧壁立的峰峦中间的江水蜿蜒而逼仄，两岸的山屏则几乎是接连不断的翠绿屏风，中间绝无空隙，完全没有图中所写的那种平远的气势。从这里也可以看出，公式、概念化的作品到处都是真实的大敌，想化神奇为腐朽，再找不到什么比这更为有力的武器了。

这天的天气很好，在钓台上遥望，桐江上好像罩了一层银白色的薄雾，正好有一串载货的拖轮沿江上驶，缓缓的，像小孩子玩的玩具，耳边忽轻忽重随风飘来了马达的响声。这一切只是更增加了环境的幽寂。在子陵东台的石基上，我发现上次忽略了的两行刻字，"绍兴庚辰徐伯恭游……""乙巳囗四登留言"。前者是南宋高宗绍兴三十年的刻石，比谢翱的登临还要早一百三十年，应该算是钓台现存最古的遗迹了。乙巳大约是淳熙十二年，比前刻要迟二十五年。"四登"前面的题名已经漫漶,不知是谁,在旁边刻了"狗名"二字,刀口也极旧,不是近年所刻。可见"造反"精神,古人也并不缺乏。这些字只是刻在地面的大石块上,不像亭子的易于被毁,不过也应当设法保护一下,因为这毕竟是这里现存最旧的遗迹。

在《富春》那篇纪游的小文里,我提到过黄梨洲的《西台恸哭记注》,这是收在《南雷文案》里的。梨洲在小序里说,他在写此文时,"犹未见张孟兼注也"。张丁是元末明初时人,他的书我只是在周叔弢先生藏书目里见到过,是明人抄本,刻本则未见。就在从钓台回来后的第三天,偶然在旧书店的架上抽得了一本破破烂烂的残册,正是康熙壬子平湖陆大业所刻的谢翱的集子。上半没有了,剩下的是《晞发遗集》《天地间集》和《西台恸哭记注》《冬青引注》。这才有机会读到张丁的原注和明初许多人的题跋。回过头来再看黄梨洲的"注",觉得确是比张丁细密多了。同时还发现了另一有趣的事实。在陆刻本里有一篇《冬青树引重注》,是黄梨洲所作,但第二行撰人题名处却是一条长长的墨钉。文前小引之末也与《南雷文案》本不同,多出了"癸卯中夏蓝水渔人识"九字。这使我们得知梨洲另一别署,也知道此文作于康熙二年。小引最后的几句话是:

> 余与孟兼(张丁)所遇之时不同,孟兼之去皋羽远,而余之去皋羽近。皋羽之言,余固易知也。

这几句话粗看是有些奇怪的。张丁是明初人,梨洲是明末人,为什么时代晚者距离前代反而会更近呢?显然这不是指的时间,而是处境与心情的距离。这是明遗民宛转抒写自己的心的颇为露骨的话。但清朝的鹰犬不曾发觉，竟自漏过了。

今天的西台还留下了一座石亭，虽然亭中的碑碣都已捶碎了。我们在亭子里坐下来休息，觉得很幸运，居然还留下了这块使游人得以驻足的地方。十多年前"造反派"们是携带了铁索、神仙葫芦等器械来拉倒了东台的石亭的，为什么他们不曾一鼓作声把西台的亭子也一并毁掉呢？我猜测不出。难道他们对严子陵有着更大的憎恨，对谢皋羽还多少保留了同情么？我不知道。但历史上的事实是，自从谢皋羽痛哭野祭过文天祥之后，西台的声名就远远超过了东台。如果我们细读那连篇累牍有关钓台的诗文，可以发现一个有趣的事实。时代承平，动乱少歇，人们大抵是咏叹严光的"高节"，表示"归隐"的愿望；可是到了民族危亡、国难严重之际，想起皋羽的人就多起来了。好像并立着的两座钓台，正代表着两种对立的思想与人生观。在严峻的现实面前，是挺身而出，勇敢战斗，至死不悔呢？还是躲进寂寞的天地，紧闭双眼，求取一己的"平安"呢？事实上，这种"平安"是很难得到的。即使幸而躲过了敌人的刀斧，也难以避开自己良心的谴责，如果"隐士"们还不曾丧尽清明的理智的话。

自然，严光这个人物也不是那么简单的。他的言行还值得更仔细地分析，他的"归隐"是包含着某种反抗的色彩的。不过，两千年来经过多少人的涂抹、描画，早已走了原样，成为一种高隐的代表人物了。今天人们提起严子陵，往往想起的就是这样的形象。而这与谢皋羽所代表的正是俨然对立着的两种全然不同的形象。

那本顺治刻的《选刻钓台集》前面有一篇钱谦益的大字序。我刚买到此书时，还以为这是逃过了清初抽毁一切钱谦益诗文序跋的禁令的幸存书，最近取出《有学集》来看，才发现这是一篇未收的逸文。不论是康熙甲辰的第一次刻本还是康熙乙丑金匮山房本都未收此文。钱谦益在《钓台汇集》序中指出了严子陵"避新逃莽"的"初志"，接下去说："世之儒者举不足以知先生。揣度其所以不仕光武之故，言人人殊。独有宋之谢皋羽能深知之。故人开府，何地不可痛哭，而必于西台？以谓子陵之于西京，信国之于南渡，其志其节，有旷世而相感者也。"关于隐逸，钱谦益的意见是：

> 自范蔚宗之论逸民，以骄富贵、轻王公为言，而吾夫子尚论逸民之指意遂隐。自有斯世以来，许由、务光，以迨子陵二龚之伦，皆天地之心，山川之骨，斯世斯民所凭恃也。猥以钓鱼闲处、屏居独善之人目之，其可哉！

钱谦益在这里指出范晔缩小、歪曲了对逸民的理解，是有识见的。以牧斋的为人，发出这样的议论，自然不是没有原因。

《有学集》卷三是《庚寅夏五集》，作于顺治七年。前有小序，略云："岁庚寅之五月，访伏波将军于婺州。……题之曰'夏五集'，春秋书夏五，传疑也，……系诗于夏五，所以成乎其为疑为。……作诗者其有忧患乎？"

这是相当露骨的话。伏波将军姓马，这里指的是当时镇守金华、管辖金、衢、严、处四府的总兵马进宝。牧斋访马进宝的动机，与当时反清复明的谋划有关，这是没有什么疑问的。《庚寅夏五集》中有几首诗是在桐江舟中所作，与写《钓台汇集》序是同时的作品。

纬缅江山气未开,扁舟开地独沿洄。空哀故鬼投湘水,谁伴新魂哭钓台。五日缠丝仍汉缕,三年灼艾有秦灰。吴昌此际痴儿女,竞渡谨呶尽室回。

(《五日钓台舟中》)

　　双台离立钓鱼坛,香火空江五月寒。林木犹传唐恸哭(皋羽记云:"故人唐开府",谵宋为唐也,故从之),溪云常护汉衣冠。苍崖辣阓春山老,白鸟禑襟夏雨残。有约重来荐苹藻,谨将心迹憩鱼竿。

(《归舟过严先生祠下留别》)

牧斋写这几首诗时的心情与写《钓台汇集》序是一致的:

　　上章摄提格(庚寅,顺治七年)之夏五月,扁舟出钓台下,江流萧飒,日薄风紧,为之肃然以恐,悄然以思。敬书是言以复于大可(指《钓台汇集》的编者、严州知府钱广居)。尘容俗状,觍然挂名斯集,贻逸民遗民之羞,亦所不暇计也。吴人蒙叟钱谦益稽首肃拜书于七里濑舟中。

牧斋也知道自己乙酉以后的所作所为,离开严子陵、文天祥、谢皋羽有多么大的距离。朋友请他写这篇序文,看来简直是开着一个绝大的玩笑。不过他并不打算掩盖,坦率地承认了这距离并表示了惭愧,还要算是老实的。

陈寅恪教授的遗著《柳如是别传》中曾论及这段故事,并引牧斋金华归来路过杭州时所撰的《西湖杂感》诗序,序里有几句话:

旧梦依然，新吾安在？况复彼都人士，痛绝黍禾；今此下民，甘忘桑梓。侮食相矜，左言若性。何以谓之，嘻其甚矣！

寅恪先生的评论是，"牧斋用此典（按指'侮食……'）以骂当日降清之老汉奸辈，虽己身亦不免在其中，然尚肯明白言之，是天良犹存，殊可哀矣"。不失为一种平实的看法。

钱牧斋这次想说服马进宝反清复明，最后自然是失败了。黄梨洲说："牧斋意欲有所为，故往访伏波，及观其所为，而废然反棹。"牧斋《东归漫兴》诗有句云："腐儒箧有英雄传，细雨孤舟永夜看"，真是浸透了失望的悲哀。

古往今来有多少人经过钓台，留下了数不清、读不尽的诗文，但像钱牧斋的这些作品，却是很别致的，似乎也颇有助于我们对钓台的理解。

一九八一年四月十三日

钱柳的遗迹

过去我到过两次常熟，都已在二三十年以前。两次都是来去匆匆，没有过夜，只到了必须也应该去的几处地方。破山兴福寺、言子墓、剑门、拂水，还有王四酒家和城里的山景园。其实常熟还有更多有意思的旧迹，如黄子久的墓，吴渔山的"墨井"，毛子晋的汲古阁，翁同龢的故居……这许多，有的已在若存若亡之间，有的已化为民居或阑入机关、工厂，打听起来，人们也往往说不清楚，这是不能不使人惆怅的。

常熟过去是文风极盛的地方。凡是封建文化高度发达的地区，必然有它不可缺少的经济基础。这里是三吴地带有名的鱼米之乡，富庶非常，只要看那地名就可以知道了（《百城烟水》说，"常熟县，其地丰穰，故名。"）。过去人们常说的"苏常"，就是将它和苏州放在一起相提并论的。这样的地方，必然读书人多，也就是大小地主多；又必然产生大量的官僚、豪绅；同时像诗人、文士、画家、藏书家、出版家、艺人……之类的副产品也就多。五六十年前常熟人丁初我编印了《虞山丛刻》《虞阳说苑》（有甲乙编）等书，《说苑》收入了几十种笔记、纪事，详细地记录、反映了晚明清初当地社会的种种形态，繁华腐朽，没落荒淫，真是千奇百怪，匪夷所思。这是非常珍贵的社会史料，虽然不曾着重反映对立面的种种，但劳动者苦难悲惨的生活，是可以推想而知的。在《虞阳说苑》中着重介绍的重要人物，是典型的地主豪绅乡宦钱谦益（牧斋）。钱牧斋在政治上是一个典型的投机分子和丧失了气节的人。他先是东林党的头面人物，后来又投降做了"贰臣"，晚年又搞过一阵子兴复故国的地下活动。同时他又是那个时代一位重要的学者与诗人，在明清之交的学术界和文坛上，是有很高威望与成就的人物。但因在政治上的堕落，他的这种地位也明显跌落了。清朝也不喜欢像他这样的人物，他的著作后来一律成了禁书，连旁人的著作因有他的一篇序也不免要连带遭殃。钱牧斋的大半生住在家乡，他的主要政治活动（幕后的）、著作生活都在这里进行。他所做的许多坏事给同乡带来不少灾难。他在常熟修建了绛云楼、拂水山庄、红豆山庄等园亭别馆，晚年与柳如是同居在这里，一直到死。

河东君柳如是是只能在晚明那个特定时代才能产生的极有特色的人物。她是有名的妓女，又是出色的女诗人；她后来成为钱牧斋的爱妾，但在政治上又给钱牧斋以很大影响；她是一个很勇敢地反抗封建礼教的被侮辱与被损害者，在那样的社会里她力所能及地对封建制度、规条进行了轻蔑的抗拒与斗争，最后战死了。但她直到死也没有屈服。她在这方面的言论与表现比起与她同时的顾横波、董小宛……来无疑要高出许多。

过去两次去常熟，都曾向当地人打听过拂水山庄和红豆山庄的遗址，没有人知道。至于柳如是的墓，就更不必说，没有一个人曾经听到过她的名字。不过在清代，情形可不是这样。她一直是一位为人们关注的新闻人物，她的死曾经引起过很大的轰动，连汇集案卷、传说、流言而成的小册子也出现过好几种。人们对她的兴趣也一直没有减退过。嘉庆二十年，钱塘陈文述到常熟来当县官，访得了她的墓址，重修立石。陈文述是刻意模仿他的同乡先辈袁枚的，自然会做出这样一件"雅事"来。一时诗人文士赋诗纪事，热闹非常。但从旧书里也只能知道"柳夫人墓在拂水岩下"，"受翁之家即在其西偏"(钱泳)这样简单的记录。

陈寅恪先生的遗著《柳如是别传》三巨册出版了,三百年前死去的这个女人好像又受到了注意。她的遗作《戊寅草》和《湖上草》也已影印出版。前不久,在杭州孤山之麓曾见到了那原本;这次来到常熟好像非要访问一下她的墓地不可了。打听下来,说这墓还在,当地热心的朋友还答应陪我一起乘车往访。但看得出来,他们其实是没有什么兴趣的,"只不过是一座土墩墩,没有什么好看。"我自然也明白,并未期望这里会有怎样奇丽的亭台苑囿。但终于还是决定前去,就像三十多年前的到处"访古"一样。一天下午,在一位三轮车工友的帮助下,出了常熟西门,沿虞山山麓走去。沿山的公路两侧集中了许多工厂:水泥厂、砖瓦厂、铸件厂、电池厂……鳞次栉比,公路的路面不好,车身颠簸得厉害,车子只能慢慢地踏,比走路还要慢。路上要经过许多山坡,这时就索性下车步行。雨后初晴,太阳正好,没好久就暴渴起来。这样一直走到三条桥,人烟逐渐稀少了。右面是一排虞山,左侧是一望无际的田垄,尚湖也看不见。我想寻访的"土墩"到底藏在什么地方,只有天知道。这时前面又出现了一家工厂,这可能是最新建成,也就是最末一家工厂,因为沿公路望下去,再没有了别的厂房和烟囱。厂门入口处有几位工人坐在那里休息。心想他们未必知道什么钱柳的故事,不过还是姑且去问一下吧。大大出乎我的意料,他们立即满足了我的要求。一位青年工人,在征询了两位老工人并得到确认以后,指示我说,钱牧斋的坟就在前面不远的地方,他还在路面上画了一张草图,说这墓正对着虞山剑门泉水流下的一条"涧槽"。至于柳如是墓,他们是不知道的,好像就从来不曾听人说起过。

我们高兴起来,按照所指的方向走去,没有好久就找到了钱谦益的墓。

正好贴近公路左侧，在田垄的边上，有两个不显眼的"土墩墩"，上面长满了荒草。钱谦益的墓上有两块石碑。一块是较小的旧碑，上面写着"东涧老人墓"和"集东坡先生书，尚湖渔者题"字样。但可以肯定，这不是陈文述所立的原碑了，碑文是一手工整的楷书，完全没有东坡的气息。较新而高的一块碑上写着"钱牧斋先生墓"五字，背后有"江苏省文物保护单位，三级，第一〇九四号"字样。

三轮车工友好像对这发现也发生了很高的兴趣，他帮助我辨识碑文的字迹，又指给我看，这墓真的正对着从山巅剑门下来的笔直的"涧槽"，一些偏差都没有。他还称赞这地方的"风水"大概确实很好。我想，照过去堪舆家的"理论"，从剑门流下来的山泉，一下子都注到这个"穴"里了。好，大约就好在这里。经过十年动乱，像钱牧斋这样的人，墓地竟自得以保存下来，也的确有点稀奇。不过我想恐怕这并非"风水"的功劳。

工友对这墓的幸而获存的解释是，"大概因为这人有点小名气。"这解释并不能完全使我满意。在江苏省一千多处三级文物保护单位里，有多少能有这样的幸运呢？

翁同龢在《瓶庐诗稿》里有一首《东涧老人墓》诗：

> 秋水堂安在，荒凉有墓田。孤坟我如是（墓与河东君邻），独树古君迁（柿一，尚是旧物）。题碣谁摹宋（碑字集坡书），居人尚姓钱。争来问遗事，欲说转凄然。

翁同龢这诗可能作于光绪戊戌被放归田之后，那么所说应该是八十年前的光景了。大体上也就是今天所看到的状况,不同的只是新添了一条公路,那株柿树也没有了,集东坡书的旧碑他倒还看到过。从这诗我却得到一种启示,住在这里的农民,大约有许多还是钱氏的族裔。这就难怪打听起来,人们都还知道遗址;而在动乱之中,可能也因此而得到了保护的吧?

在钱牧斋墓的右侧,紧挨着的是另一座较小的墓。嘉庆二十四年支族所立的碑上写着"明赠光禄大夫宫保礼部尚书景行钱公之墓",这是钱牧斋的父亲钱世扬的墓。再走过去,穿过两垄种着瓜菜的田畦,就可以看见另一座墓。这墓也紧靠公路边上,方方的,四围有矮石围栏,墓前有两只长方石柱,也很旧。论规模、形制,都比牧斋墓气魄更大,但无一字碑碣。按照旧时记载,河东君墓就在钱墓左边,而近旁除此也更无其他旧冢,那么这应该就是柳蘼芜的埋骨之地了。

陈文述写过一篇《蘼芜冢辞》,前面的小叙说:

> 墓在拂水岩下钱园之内,即耦耕堂故址。孤冢荒没,华君竹楼为余访得,乃葺而新之,且树碣焉。

这就告诉我们,这一带正是钱园的故址,秋水阁、耦耕堂这些建筑物也都在这里。钱氏家族墓葬也附于此间,新修的公路正是穿园而过的。

这时从村子里踱出了一位老人,他指给我们看,公路对面的山脚下,还有另一座古墓,有石人石马,前些年都被破坏了。我就爬上去看,除了几堆白石碎块之外,什么都不见。也许并不是墓葬,却是钱园遗址的残迹也说不定。至于在桂林殉难的瞿稼轩的墓,从书上知道是在拂水后面的山坳里，访寻更是困难了。钱瞿是同乡、师生、亲串，但两人的晚节却天差地远。今天知道瞿式耜的人，恐怕就更少了。

寻访的结果使人满意，我们高高兴兴地踏上了归途。当车子驶过工厂门口时，那位青年工人又从后面追了上来，手里还拿着油漆刷子。他告诉我们，王石谷的墓就在来时路上前面不远、电池厂的侧边。真是值得感谢，又觉得高兴，在常熟遇到了这样的青年人，知道钱牧斋和王石谷的工人。可能他是搞装潢的，因此才对这位同乡的大画家怀着非凡的感情的吧。三轮车工友向我打听王石谷是什么人，我说是个画画的。他不禁叹息说："这些人真伟大，死了多少年，还有人牵记。"

我们把车子停在公路边的草丛里，一直向下走去，在工厂旁边的一块空地上，找到了这墓。这里的"风水"也极好，正对着虞山另一座主峰的中线。墓很完整，四面用石块叠起了圆圆的墓围，上面长着一棵小树。前面的墓碑上写着"清画圣王石谷先生之墓"，是"同里后学翁同龢谨题"的。碑立于光绪二十六年春，是石谷的八世孙重修的。工友是知道翁同龢的名字的，而且知道他是皇帝的老师。这使他对睡在这里的画画的人平添了许多敬意，同时还惋惜至今不曾见过翁同龢的墨迹。

在墓园后面正中嵌着一块乾隆甲戌石谷的孙子邦傒、邦藩等所立的旧碣，极小而寒伧，刻工也很草率，可见王石谷和他的后裔都并不富裕。他实在做梦也不会梦见他的作品今天在市场上的价值。石碣上面罩着一座小小的碑帽，这后面就是田垄，种着一片山芋。

这座墓被完整地保存下来，也是很幸运的。也许因为乌目山人只不过是个画画的，又不曾做过官，才得到宽免的吧。奇怪的是墓前并无"文物保护单位"的石碣。难道王翚连"三级"文化名人都不够格吗?

一九八二年六月二十日追记

瞿凤起云:"柳氏墓在虞山西麓,丁丑夷寇入侵,虞山首当其冲,盗贼乘机横行,柳墓被发。逾时始有好事者饬工畚筑重封。得免风雨之侵蚀,以庇于安。"又引柳如是像跋云,"岁庚寅,柳夫人墓被发。逾数月,鹿门居士西郊祭扫,过而见之,亟饬工畚筑重封。"(《中华文史论丛》二十一辑)丁丑是一九三七,庚寅是一九五〇。这样,柳墓曾先后被盗掘过两次了。

一九八三年一月二十四日记

好水好山

到安庆的第二天，朋友就陪我们去江边的迎江寺，攀上了江轮靠岸前在晓雾中看见过的振风塔，还看了山门外放着的两只大铁锚。据传说，这是用来锁住本地的"文风"的。真是有意思，难道"文风"这种虚无缥缈的东西真能用什么法宝锁得住么？这样的奇思妙想，看来只有读书人才会有，并非朴实农民的原意。我想实际的情形怕是这样，安庆这座狭而长的江城看起来正像一条船，迎江寺则恰是船头所在。那么用两只大铁锚锁住这"船"，使它不被江水冲走，正是一种合理的愿望。隐藏在传说后面的正是对洪水的恐惧，在人力还不能控制自然时出现的一种无可奈何的恐惧。

在安庆，可以数得出的名胜，今天好像也只剩下了这迎江寺，这是不能令人满足的。

我们借住的新落成的状元府宾馆其实就是一处古迹，虽然并没有留下任何当日的遗痕。这地方的旧主人是崇祯元年（1628）的状元刘若宰。他的故居在一八六一年被清军烧光了，但关于这位状元的传说却至今还没有消失。在过去，地方上出了一位状元确是了不起的大事，难怪人们念念不忘。明、清两代，也许这里只出过这么一位状元，这样就可以懂得为什么人们要苦心地把"文风"锁住了。

宾馆后身有一处叫作"天台里"的地方，据说是阮大铖的旧宅。阮胡子是怀宁人，他写剧本用的笔名是"百子山樵"，这百子山就在怀宁。在阮胡子眼里，状元自然有它的分量，忍不住要借刘阮的故事在地名上玩点花样来和状元公拉关系。他实在可以算得是一位地方名人，不过因为名声太坏，似乎已被取消"乡贤"的资格。其实这也不必如此。地方上会出现各种人物，不应只有"好人"才被承认。一出戏也要有正反两种角色，演起来才好看。可惜这样浅显的道理，并不是人人都能同意的。

现在旅游事业发展了，各地都在努力重修或恢复地方上的名胜古迹，随之而来的是两方面的问题。有些历史名城古迹多得很，又没有深入调查，心中无数，整修时不知道怎样下手才好。这样，一方面有些旧迹照旧被破坏下去，同时又有人热心于制造新的"古董"，去抄香港"宋城"的老谱。这是一种畸形的不正常的现象。另一种情形是地方上原有的遗址太少，大有无从落笔之叹。在安庆，我们访问过一位八十开外的老人，向他请教当地的历史情况。老人劈头就说，"你们看过电视片《话说长江》么？当过了武汉，到了九江，心里盼着下面该是安庆了。不料，没有几个镜头就一下子过去了。"老人的意思我是懂得的。安庆，这实在不应该是被一笔带过的地方。《话说长江》是一部优秀的电视片，也许因为表现上的困难，在安庆找不到什么值得上镜头的事物，这才匆匆带过，造成了缺憾。我想这是可以也应该加以补救的，虽然要找出什么出色的风景点来是困难的。

我们是来要求老人带我们去寻找太平天国英王陈玉成府第遗址的。这位太平天国后期的英勇统帅在这里曾经有过一座府第，后来被清军破坏了。至今传说中还有种种不同的说法，不能指实。蒋老先生是做过仔细的考证的，他根据当时人的记述，参照书面文献，肯定这应是在今天国货街三十四号的地方。

我们从图书馆的楼上下来，走在洒满了秋阳的街上。这里是市中心，老人指着远处市府门前的停车场说，"那就是过去巡抚衙门的东辕门，徐锡麟刺死了恩铭，被巡抚的亲兵捉住，就在这地方被杀头，挖心。"现在这里是一片繁忙景象，车辆行人匆匆来去，谁也不会想到这里曾经发生过的往事了。

　　国货街是四牌楼附近一条横街，光绪初这里造了一座清节堂，据《征信录》："清节堂屋地基，系宫保(曾国藩)克复安庆省城，存留伪府，始为行台，继为皖省通志局……改建皖省清节堂。"原书附图还刻有"伪府外垣""伪造房屋甚多，久经归民架造三四牌楼正街市屋"等附注。这里的"伪府""伪造房屋"无疑都指的是英王府和它的附属建筑，说明府址原来的区划要一直延展到四牌楼，这是安庆至今最为繁盛拥挤的一条街道，一些上百年的店铺依旧开设在那里，也仍保持着昔日的繁荣。至于这英王府的大门却实在已经不成样子，当然这不是当年的旧样，也许连边门的规模都够不上。进门后是一条狭的弄，也已经破败、芜秽得可以，地上零乱地铺着碎砖，上面覆盖着潮湿的青苔。这地方现在已经被分割成若干家居民，只在迎面的楼屋上还能看到几楹退了色的红漆窗格，保留着百来年前的风貌。折进去又是一条狭弄，墙角就是一间厕所。一位年老的居民走过来，向我们打听什么时候才来拆除旧屋重建。他自然不知道或不想提起这里曾是英王府，只关心着改善居住环境，这种心情是可以理解也应该给予同情的。像这样状况的遗址，要想恢复原状或保持某些原貌都将是不实际的。那么在将来重修新屋的时候，竖起一块"英王府故址"的石碑也尽够了。

　　有趣的是当年曾国藩在攻破安庆后留下的观感，这都保留在他的日记里。他是在一八六一年(咸丰十一年)九月五日安庆被攻陷的前一天赶了来的，十几天后在日记中记："克城之后，房屋完好，器具足用，亦从来所未有也。开船至南门登岸，移寓公馆，即伪英王陈玉成府也。"曾国藩的幕僚赵烈文在日记中也说："二十五日辛巳，晴。子偲先生昨约进城，遣小舟迎之来。饭后同行到督帅行署，伪英王府也。在城西门，府屋颇多，不华美，亦不甚大，门墙皆彩画而已。"（《能静居士日记》）"子偲"就是莫友芝，当时也在曾幕。他在书籍跋语中常常提到的"皖口行营"，就指的是安庆城外湘军的营地。

曾国藩在太平天国天京陷落之前，就一直驻在安庆指挥战事。他是深深懂得安庆在战略地位上的重要的。失去了安庆，武汉至南京这一段长江水域就会变成一条死蛇，首尾不能呼应，不能控制上下游了。就在清军合围金陵的江南、江北大营危急的时候，他也千方百计地拒绝清政府移兵往救的命令，依旧死死盯住安庆不放。事实上太平天国后期的重点战斗就是安庆的保卫战。陈玉成与湘军、楚军(胡林翼)相持数年，最后终于失败，安庆陷落了。从此天京就失去了最后的重要上游屏障。

围攻安庆的湘军由曾国荃统帅，驻集贤关。这地方正好在出安庆去合肥的公路上。我们有机会去看过一下，公路通过一处狭窄的通道，两侧都是连绵不断的石灰山，山麓现有开凿山石的工厂，今天看来还能想象当年这里的险要形势。这是安庆的最后一道屏障，攻下这座"一夫当关，万夫莫开"的关口，安庆道上就再也无险可据了，当年两军拼死争夺的情景是不难想象的。在归途路上经过一处叫作"红水塘"的地方，就是当日反复争夺过的战场，流的血竟染红了那一片水塘！听说不久前这一带还能看到当日太平军掘成的长长的壕堑，现在已经平整了成为新建工厂的基址。

这是一处典型的古战场。说它"古"也不过才一百多年，但确是值得人们纪念凭吊的地方。保护这样的历史遗迹应该寻找另外的途径，种点花草、修两处亭台的老办法是不起作用的。想拍入镜头，画面也一定不会好看。不过我们一定不能忘记这地方曾经发生过的事情，不能一笔带过。

在安庆保卫战中，三河一役是太平天国赢得的一次大胜利。多少年前读到过有关这一战役的记载，说是战斗结束之后，太平军清扫战场，被打死的湘军军官散落在地上的红蓝顶子多得要用竹筐来盛。这印象至今还清清楚楚。这是非常出色的战场速写，是能抓住现实斗争中本质的东西并具体形象地表达出来的好例。如用清军将领的话来说，那就是胡林翼下面的几句话："三河败溃之后，元气尽伤。四年纠合之精锐覆于一旦，而且敢战之才、明达足智之士亦凋丧殆尽。"曾国藩在给友人信中也说，战后湖南湘乡，几乎"处处招魂"。

三河在合肥附近，被歼灭的是湘军主力李续宾部。一八五八年夏李秀成、陈玉成战前曾在枞阳召开军事会议，参加会议的有太平天国安徽各地将领百余人。会议在枞阳城北金鸡山下的望龙庵举行。会后就被清军焚毁，现在的后殿是后来重修的，至今还保存完好，是省级重点文物保护单位。

从安庆去枞阳，几乎有一半路在江堤上走。沿江种着柳树，矮矮壮壮的，在堤上几乎看不到江面，堤下是一片沙淤，偶尔有几块地方种着水稻，收获全看江水的涨落。堤北沿岸农家都在门前摊晒新棉，有时也看到挑着柴担的人在堤上走。这里的公路不大好，远不如南岸公路路面的平整。在堤上远远可以看到大片的湖泊，枞阳城关几乎就是湖泊中间的一片岛屿。人们一一指给我看，前两年大水都淹没了些什么地方。

胡林翼是懂得枞阳在战略上的重要地位的，他说，"枞阳为安庆之吭首，不得枞阳，不能合围，即再屯兵十年，不能制贼要害。"果然，杨、彭水师和太平天国叛将韦俊攻下枞阳以后，安庆就立即陷于危迫。后来陈玉成率大军解安庆之围，也因韦俊出枞阳断太平军饷道，不能不退兵。

　　望龙庵在枞阳城关北面一公里处，在一座砖厂后身，就坐落在一片高阜上。围墙外有小小的庵门，进入花木扶疏的庭院，正面是一排三间的后殿。这里陈列着不少太平天国的遗物，有照片、复制品，也有当时的原件。在这里我第一次看到太平天国发给当地居民的结婚证书——合挥。在一条狭长的纸条上注着编号、新夫妇的姓名，发放者是"绮天豫队议政司"。另外一张珍贵的展品是英王一八六二年从庐州（合肥）寄给沃王张洛行的信。原件右上方写着"英王陈书致沃王张洛行贤弟阁下"字样，上盖圆印。结尾处写"太平天国壬戌十二年正月十四日自庐州郡发"，其中"十四"两字用朱笔填字。上盖长方大关防，四面套刻双龙戏珠花边，印文一行，"太平天国九门御林忠勇羽林军英王陈玉成"十八字。信的内容是要与张洛行"面议一切军机"，"为此特行书致，祈贤弟点派一二队官兵，并马兵数百骑，下游前来庐郡北乡青龙厂一带屯扎，嘱行文与兄，以使兄出司前来与贤弟面议一切军机，以图大征大剿进取之机。书到依行，幸勿负兄殷殷之望可也。至嘱，切切！"虽然不能断定是否英王的亲笔，但字迹草率，绝不工整，绝非出自有较高文化水平的文士之手，是无疑的。信中反映了太平军与联合作战的捻军之间的关系，用的并非上下属之间的命令口气。信的前半有"叠行书致，密递前来"的话，可见这些信都是突破了清军的封锁寄出的。太平军作战遗物则有礌石和从墙基下面出土的炮弹，一种实心的铁球,大小和运动员使用的铅球一样。

这样三间小小的后殿是无论如何也坐不下一百来位将领和他们的随从的,悬想被毁的前殿和附属建筑一定还要宽大得多。一百多年以前,一群穿着异样服装头饰的农民起义军将领就是在这里商议进军的战略。他们都是年轻人,陈玉成这位使清军闻风丧胆的英勇统帅当时不过二十多岁,忠王李秀成也只少长十岁左右。他们也都不是彪形大汉,也毫不粗鲁,动作轻快、活泼而优美。他们进行会议也必不采取想象中整齐严肃的形式,总之,应与某种影片或电视剧中提供的情景不同。就是这样一群年轻人,以自己的聪明和勇敢彻底消灭了湘军的悍将李续宾和他率领的王牌军,使这个连陷九江、太湖、潜山、石牌、桐城的不可一世的湘军将领不能不在败军中自杀。坐在后殿侧屋里慢慢啜着淡淡的本山茶,头脑里回旋着当年破晓激战,内外冲杀的场景。战斗结束,地面上到处都散落着清军将佐的纬帽,帽上红蓝顶子闪着清冷的光泽,就像窗外盛开的秋菊枝头的花朵。

枞阳北部靠近桐城处,有一座浮山,是一座保留着许多遗迹与古代摩崖石刻的名山。山脚是一处中学,规模不小,是就原有的大华严寺旧址扩建的。车子停在山门外的一片绿荫之中,几株参天古树和嵌在墙垣上的万历二十八年(1600)"圣旨碑"都说明庙宇和树木已有了四百年以上的年纪。据说过去的树木还要多得多,经过"大跃进"那些年的斩伐,现存的只不过是零星幸存的劫遗。

我们沿着山边小径到双瞻阁去。这里过去是浮山中学创办人房秩五的别墅。经过油漆彩绘,远远望去,像是嵌在远山脚下的一枚钻石,当然,色彩不免少嫌艳丽了些。站在阁前瞭望,眼前是一片开阔的农田,据说从这里可以望见秩五先生双亲的葬地,这就是

"双瞻"的由来了。

在午饭桌上讨论游程。时间只有一个下午，主人说，如要游浮山，就来不及到方密之墓上去。我想，远道来到这里，一个重要的目的就是访问晚明四公子之一，后来做了遗民和尚的方以智的埋骨之地，游山却只好放在第二位。在终于取得了游伴们的同意，饱餐了一顿米粉制成的面条以后上路了。

沿着山麓北行，盘旋着渐走渐高，在正午的秋阳下攀涉，踏着山间崎岖的樵径，不一会儿已经满身是汗。这时已经进入重叠的山峦深处，几经登降，跨过了几座山头，远远望见前面遥峰高处有一座三重白石叠成的墓道，这就是方密之墓了。又走了好一会儿才来到墓地脚下。这里也新经过修整，护墓的石础都是新的，也保留了一些原来的石条、碑碣，气局颇为宏伟。因为是傍山筑墓，墓道自然形成阶梯。站在墓前眺望，左右是两座小山，面前应是一片湖水，不过现在已改为稻田，不再如墓前石刻联语所说，"名山胜水共千秋"了。

密之的墓在石坊后面，并排同葬着的是夫人潘氏。后裔所立的墓碣很小，藏在墓后。不书新朝甲子，也不遵从释家规制，据说这是遵从密之遗愿，从中可以窥见遗民心事。

方以智与侯方域、冒襄、陈贞慧被称为明末金陵四公子。他们各有一位好父亲、一份好家业，同住在南京，同样过着诗酒风流、买笑征歌的昏天黑地的日子。和历来的清流一样，也同样喜欢议论朝政、结社会文。攻击阮大铖的《南都防乱公揭》一案，他们四人都是重要的当事人。这是典型明末贵公子的标本，但除上列一些条件之外，还必须有出色的才情、能写一手好诗文才算够格。这是他们区别于同时的"高干子弟"之处。但经过了一番天翻地覆的

"国变",在残酷现实斗争的考验之下,他们的晚节则是不同的。曾辗转西南参加残明的政府,后来终于做了和尚的,四人中也只有他一个。不以文学家自限,还写下了多方面的著作,探究哲学、作考证、讲医学的,在四人中间也只有他一个。他后来虽然出了家,做过浮山华严寺的住持,到许多名山僧寺去主讲,但他始终是一位逃禅的明遗民。这一节就与其他三位大不相同。

密之晚年在一次"粤难"中被捕入狱。此案的始末详情今不可考,但无疑与西南旧事有关涉,以密之的经历、交游、言行(即使是在出家以后),被罗织进去是完全不奇怪的。说不上牵连,更不是什么"冤枉"。辛亥(康熙十年,1671)冬,他被押解由江西去岭南,舟次万安惶恐滩,在风浪颠簸中死去。

从方墓背后翻上去,一路简直就没有路。在荒榛野草中行进,偶然发现残缺不全的石级也不知道是多少年前修筑过的。这时已经可以开始领略浮山的峻削陡峭,处处是下临无地的悬崖,在悬空的石壁上凿出了数不清的窟穴,往往整片山脊都布满了摩崖石刻。年深日久,苔藓丛生,读碑实在不容易,何况时时要照顾脚下,担心滑跌,就更没有了从容审视的余裕。这样在没有路的山脊上爬了许久,终于来到了一处叫作"会圣岩"的地方。这里的石刻多得很,一座座只有几尺进深的窟穴,在外面也都凿着题额、对联,据说过去这都是庙宇。里边还局促地坐着菩萨,有几块木板钉成的栏杆,算是庙门。无意中我在一处崖洞门口发现了一块横额,上面写的是"阮集之读书处"几个碗口大的字,属款"吴中郎书"。这洞道窄得很,简直放不下一案一床,阮胡子当年竟能住在这里读书是不可思议的,大约只不过是一种文字游戏。但这是他在皖桐一带留下的踪迹则无疑,题刻也旧得很,时代当在晚明,总在他出山以前,至少也在身败名裂之前吧。

就在这对面是伽蓝洞,颇大,内设桌凳,进去坐下吃茶。遥望对面山崖上"会圣岩"三个擘窠大字,据说是陆放翁的手笔,可惜来时匆匆走过,没有细看。

这以后又走过枕流岩、天桥,一直是在山坡草丛中攀登,有的地方还是傍着岩壁开出的一尺余宽的盘山小道,提心吊胆地走到一块小小的平台,仰面一看,对面浅灰色崖壁上从山顶垂下了几十条墨线,宛如一幅巨大屏风,好看极了。记得在前人的山水画中曾经见过这样的画法,还有着一个特别的名目叫"荷叶皴",觉得非常奇特,怀疑不过是画家的凭空臆造,现在才真的见到了真实的粉本。猜不出这是怎样形成的,难道真的有仙人画家在这里用大笔挥洒过么?后来绕过去细看,才知道这是从山顶上悬垂下来的水痕。春夏多雨的季节这水痕就一直没有断过,逐渐在两侧滋生出了苔藓。秋晴既久,枯死变黑,就成为劲健有力的许多垂直线条。但这判断是否可靠,也终于不能知道。

经过穿心岩踏上一片极陡的山脊,没有路,只是一片茸茸的野草,没有法子,也只能爬上去。休息时回头一望,千岩万壑,都在眼底了。山中有大量的枫香树,已染上了浅赭朱红,在夕阳中看满山红叶,只觉得幽静得好。没有风声,没有水声,只是一片沉寂。

努力攀上了峰顶,脚下就是紫霞关。凭高远眺,真是好一片山色。这关是经过人工修治过的,关门用石条叠起,小巧、整齐,但有气势。出关下行,开始看见石级,到这时才算有了路。这下面还有金谷岩、滴珠岩,都是有名的岩洞。洞中深处顶部有裂缝,仰视可以看到蓝天一线。许多地方都有"一线天",但都不像这里延伸得那么长。浮山以岩洞著名,许多奇峰怪石也都有自己独特的名色。但这时已没有了仔细鉴赏的兴致。匆匆赶到山脚,爬上车时,天色已经完全昏黑了。

离开安庆,过了长江渡口,就是南岸的贵池。我们下榻的地方是秋江旅社。贵池旧名"秋浦",市中心的大路就取名"秋浦路",不知怎的,看了这些地名,就足以使人沉醉了。

我常想,古代诗文中常常遇到这样的情形,通篇起关键作用的往往是几个地名、人名。好像这样一来,诗人就已指定了一处特定的舞台,制造出某种必然的、不可替代的气氛,使其他活动于诗篇中的感情因子都在规定情景中活动起来,极经济也极有力地取得了抒情的效果。可以举晚唐诗人韦庄的《台城》诗(一题《金陵图》)作例:

江雨霏霏江草齐,六朝如梦鸟空啼。
无情最是台城柳,依旧烟笼十里堤。

这首短诗中出现的客观描写对象是雨、草、鸟、柳,诗人刻画了它们的姿貌、动态,同时使用了两个主观的感叹词语,"无情"与"最是"。仅有这一切充其量也只能组成一首一般或平庸的哀伤的诗。韦庄只因在关键的地方嵌入了"六朝""台城""十里堤",才一下子使短诗的内涵增加了汲引不尽的深度,仿佛一切都顿时活起来了。这是一种奇妙的现象,其中包含着民族感情、文化素养、中国气质……这些看来虚无缥缈但却实实在在的东西。试将这诗译成异国语言,它的感染力还能留下多少呢?即使加上必要的注释,怕也不能有多大帮助。

说了这许多只是为了解释为什么说一看见"秋浦""秋江"字

样就会产生沉醉感觉的原因。

秋浦是李白来往经过许多次的地方，在他的诗集里留下的秋浦诗就有二十首左右，他那有名的"白发三千丈"就是《秋浦歌》之一。李白从天宝三载（744）离开长安，就一直在吴越皖江一带浪游。已经过了五十岁的诗人，在政治上遭到打击，幻想破灭了，在他看来整个天地似乎都是灰色的，他说："秋浦长似秋，萧条使人愁。"他还几乎在每篇秋浦诗中都提到了猿，"君莫向秋浦，猿声碎客心"，"秋浦猿夜愁，黄山堪白头"，"猿声催白发，长短尽成丝"。猿，从古以来也是一种只能给人带来哀愁的动物，"巴东三峡巫峡长，猿鸣三声泪沾裳"，就是《水经注》的作者从渔人口头采辑来的动人歌词。在古代，不只是某些特定地方名字，即使是自然界的动植物，也都饱含着感情的色彩，可以变成触发某种情绪的有效触媒。

不过在今天的贵池，甚至在九华的深山里，我都没有能听到猿啼。晚饭以后，走出秋江旅社，在吹拂着秋风的街头漫步时，也丝毫没有"萧条使人愁"的感觉。华灯初上，街上的汽车、脚踏车、行人是多的。马路两边个体摊贩摆着的水果摊，在电灯光下是一片五色缤纷，淡黄的香蕉、朱红的橘子……旅社对面是一家新建的百货商店，整洁、宽畅，货品丰富，从家用电器到瓶酒、点心，看看也感到心情舒畅。这实在早已不是李白那个"常似秋"的秋浦了。

和池州有关系的有名诗人还有晚唐的杜牧，他在会昌四年（844）到这里来做刺史，整整住了两年。和他有关系的地方名迹是城外三里处的齐山。这是一片矮矮齐齐的小山，从黄山、九华归来的人眼里，甚至简直算不得是一座山。不过它却是很有名的，因为杜牧，还因为岳飞。

据魏泰《临汉隐居诗话》,"池州齐山石壁有刺史杜牧、处士张祜题名。"不过我们登山时却没有找到。洞是有一个,而且还有宋人的题名,但杜牧他们的却不见。张祜就是写出过"一声何满子,双泪落君前"的张承吉。杜牧那首有名的诗的题目是《九日齐山登高》:

> 江涵秋影雁初飞,与客携壶上翠微。
> 尘世难逢开口笑,菊花须插满头归。
> 但将酩酊酬佳节,不用登临恨落晖。
> 古往今来只如此,牛山何必独沾衣。

这首诗的颈联是传世的名句,人们一向只从消极方面加以领会,看作是"知足常乐"思想的一种体现,其实这是一种误会。杜牧这里说的是对同游的张祜的安慰话。张祜是有才华的诗人,但却因元稹在皇帝面前说了坏话,不能得到任用;白居易对他也不加赏识。元、白当日是负一代重名的大人物、大诗人,不知怎的都对张祜怀有偏见,这就引起了杜牧的同情,自然也对这两位文坛巨子有意见,他有另一首寄给张祜的诗说:"谁人得似张公子,千首诗轻万户侯。"显然也是对高高在上却不能识别人才的元、白的微词。两诗结合起来看,"九日"诗是表现了浓重的抗议情绪的,有些话也都是从反面说的。既然承认"古往今来只如此",那么杜牧为什么还写下了《罪言》这样的政论文字呢?

杜牧诗中的"翠微"不过是随笔点染风物,当时未必就已有一座翠微亭,这亭大约是后来为纪念他而兴建的。到了南宋,岳飞有《池州翠微亭》诗,可见此时已经有亭。岳飞写道:"经年尘土满征衣,特特寻芳上翠微。好水好山看不足,马蹄催趁月明归。"

这诗写得好,也不像是伪作。的确写出了一位将军于军旅倥偬中抽闲登临游览的心情、观感。是偷闲访胜,并非流连光景,诗中也自然流露了作者的胸怀。岳飞的诗作留下来的很少,《清河书画舫》还记有一首《题池州翠光亭》五律,虽然同被厉鹗收入了《宋诗纪事》,却大抵是一首伪作,那结句是"予虽江上老,心羡白云闲"。这哪里像是一位三十来岁胸怀壮志的将军的话!

车子从齐山前的公路上驶过时,就能遥遥望见山顶有两座亭子在修建,脚手架还不曾卸下,可见是最近才动工的。后来登上齐山,却发现这是绣春台,真正的翠微亭还在后面的山上,已毁,正在重建。不管这是否翠微亭,岳飞所说的"好水好山"依旧可以饱览的。池州这地方多得是水,整座城池都给湖泊包围着。一片江天秋色,真是旷朗极了。远山像画家随笔点染的丛丛青碧,近处湖面有些已圈作了鱼塘。波平如镜,澄澈明净,隔了一条江,这边的山水田畴便自与北岸不同。

站在齐山顶上,吹着清冷的秋风,应该是作诗的好时机,但我作不出。作不出"好水好山看不足"这样的好句,只能借四个字来作这篇文字的题目。

一九八四年十二月五日

敦　煌

一九八五年五月十六日

　　七时起身，早饭后离开酒泉宾馆，车子先到机场取得迟到的行李就径直折上西行的大道。从现在开始，我们是真的奔驰在"丝绸之路"上了。路面是好的，在满眼沙砾的荒原中一直通向天边处，就像在赤裸荒凉的黄土大地上尽力掷出了一根灰色的长带。偶尔也看见放牧的羊群懒懒地行进，那么，在不远的地方该是有草地的吧。但驶近时却只看见沙丘上星星点点稀疏的芨芨草和骆驼刺，这可怜的"遥看近却无"的绿色斑点，有如多少双干渴的眼睛哀愁地张望着苍白的天空。

　　在长而枯寂的旅途中，一直陪伴着我们的是绵延无尽的祁连山。不像内地的山，它没有一点绿色，只是一色狰狞可怖的单调的暗灰，山头终年披覆着一层浅浅的雪，看来使人生畏的沙漠上的太阳也奈何它不得。驾驶员告诉我们，他本来在一处山上矿区工作，开了二十年的大卡车，每天都要从山口钻进深深的山腹，那里的空气稀薄，开车也是一种艰难的劳动。他是从旅游业开展以后才调离的，在他平静的声音里听不出他对过去穿山越岭的工作是怀念还是厌倦。他是东北人，这地方二十年前迁来过大批的东北移民，支持边疆的工矿建设，因而到处可以听见白山黑水之间亲切的乡音。

　　奇迹终于出现了。遥远的前方跳出了一个小小的绿色圆点，在漫天的风沙中显得格外触目。我紧紧地盯着，唯恐它会一下子在眼前消失。绿点越来越大，终于看清那是一块丛生着参天大树的地方。没有好久，我们就在两行古老的箭杨夹道中穿行了。这里有小桥、流水、人家，有鸡犬，也有妇女和孩子，真是荒漠上出现的仙境，寂灭中腾起的生机。这些大树差不多都已百年以上了，杨树之外还有合抱的古柳，不知道是否当年左宗棠留下的遗迹。《水浒传》里描写过许多大庄院，大约就是这样的所在，可惜的是，一眨眼，这一切都落在后面，消失了。

没有好久，驾驶员警告过的磨难来临了，我们碰上了十公里左右的路面整修地段，车子在高低不平的路基上跌跌撞撞地行驶，好像在进行障碍越野车赛。路面四周有尺把深的浮土，卷起了腾腾的烟雾，连迎面的来车也看不清楚。车子在尘沙中颠簸挣扎，带起的浮土猛擦着车身，简直和大海中航行破浪没有什么两样。关紧车窗以后，暴热起来了，原来太阳已到中天。前面不远就是玉门镇了。

车子在一个小小的院落里停下，走进去是一间长方形的餐厅，照例的卖品部也开在那里，摆满了各式各样的旅游商品。不过客人是很少的，整个大厅里好像只坐着我们两个人。饭菜也很丰盛，是从西安开始在不同地方、不同场合吃到的同样的饭菜。饭后继续登车赶路，穿过小镇时也没有停下来细看。这里附近有著名的两关——玉门关和阳关，是从汉代就有了的重要边塞隘口。从地图上看，有三处地名都写着"玉门"字样，故关的遗址到底不知道在什么地方，研究中外交通史的学者争论了许久也没有结论。仅存的烽墩也不见，只是一片红砖筑起的平房，道路整洁、自然也布满了风沙。居民平静地在小镇上生活，听不见羌笛，也看不见杨柳，但唐代诗人离开这里踏上西征驿路时的心情是可以懂得的，他们觉得似乎连和煦的春风也被留在关内不再吹过去了。

离开玉门镇后,一路上再也看不见偶然出现的民居、成排的杨树和缓缓行进的运输驼队,有的只是满眼戈壁荒原。有山,但并不高,一色土黄,没有草木,一片荒凉寂寞。在车子里凭窗外望,眼前风景的变幻是迅速掠过的公路里程标和远处成行矗立着的电线杆,就连这也是死板单调的,细细数去,大约每十根电线杆之间的距离是一公里,很少例外。风起时,有时从戈壁上卷起旋转的黄土烟柱,它迅速地移动着,回旋飘忽,像是要迎面扑来,猛地又消失了,好像天地间只剩下了这个才是有生气的。

下午二时到了一个叫作桥湾的地方。这里有一座古城的废墟,远远望去,只见一片断垣残壁,板筑的城墙被风沙蚕蚀得厉害,显示着一种悲凉的壮美。公路边上有一座新立的石碑,说明它建于清康熙中,却不曾记下有关的传说。据说康熙是按照自己梦境里出现的城池下令选址建造的。这个荒唐的故事看来并不完全出于虚构,在睡梦里康熙还记挂着西北边陲的防务,这一节至少是的的确确的。

一小时以后,我们赶到了著名的安西。这个一年到头刮着大风的"风口",在一片骄阳下面却显得平平静静。躲在食品店的墙阴下喝汽水,看着街上来往的行人。女孩子的衣饰和内地没有什么两样,她们穿着红拖鞋在路上跑,脚下吹过一阵阵泥沙,吹起了连衫裙的下摆,一直送她们远去。这就是我们领略的"安西一场风"了。

从安西到敦煌还有一百二十二公里。五时半抵达,住在新建的敦煌宾馆。这是一座小巧精致的旅馆,进门处迎面一块大幅瓷砖"敦煌"壁塑,色泽笔触都好。宾馆的整体结构紧凑玲珑,大厅里的红色圆柱和瓷塑壁画庄严而不俗艳,设计是出色的。

黄裳和夫人

晚饭后约了 C 到街上闲走。街很短，也没有什么大建筑，几家饭馆、小店都挂着"敦煌"的招牌。

晚上洗澡后整理日记，翻看带来的几本书，不料已是十时了，但天色依旧亮着，使人误认只不过是薄暮。

五月十七日

敦煌学现在已经成为一种世界性的学问了。平日逛书店，也常常在书架上遇见这类书籍，偶尔买几本来看看，但多半只是看看图画。现在就要以一个"素人"的资格面对这座无双的艺术宝库，心里不免惴惴。

从宾馆到莫高窟，路上大约要花半个小时。在鸣沙山东面远远就能望见成行的高大白杨，荫蔽着三里长峭崖石壁，石窟就开凿在山崖上面。入口处有一片广场，有不少车辆停在那里。莫高窟的正门是一座彩绘的牌坊，道中有一棵老榆树，三五枝丛生的合抱枝干，张着一顶巨大的绿色的伞，绿荫覆盖着一亩大小的地面。在戈壁滩上看到这样的大树，真是说不出的欢喜。

我们得到研究所负责人的指引，上下午一共参观了二十个洞窟。这只占从北凉起开凿的四百九十二座洞窟的二十分之一，但大致轮廓和不同历史时期风格的衍变也可以有个约略的印象了。

我们看了道士王圆箓发现藏经的原洞，看了依山开凿几十丈高的大佛、偃卧着的涅槃佛的巨大躯体，也看到尺寸不同，小到尺把高数不清的菩萨。几乎在每一座窟里都有布满墙壁的壁画，其中有一座五代的曹氏洞，研究人员正在洞里进行临摹。在这座空落落的石壁大厅里四壁像贴了花纸似的画满了密密麻麻、色彩繁复艳丽的彩绘。人们站在脚手架上，借着照明灯的强光，仰着头一笔笔地细心勾勒，这是要有多大耐心的艰难而寂寞的工作。从今天画师临摹的困难，可以想见当年无名画匠更困难多少倍的长年劳动。在山侧至今还留下一些逼窄狭小的石洞，就是当年画工的住处，照明的灯盏还偶有遗存。画壁是他们的终身职业，一辈子就住在这样的小洞里，不分寒暑地画着画着，他们谜似的虔诚专注，是想想也会使人叹息的。

早期的壁画以印度传来的佛的故事为题材，或单幅或连贯多幅，正是挂在墙上的佛教题材的连环画。最常见的是割肉贸鸽和舍身饲虎故事，宣传的是不惜舍弃一身以满足鹰、虎需要的"崇高理想"。血淋淋的画面用粗犷夸张的笔触来加以表现，加上历史久远，色彩变质，呈现出一种阴冷暗淡的色泽，森然可怖。这不是劝善，使人向往学习，只是一种恐吓。它提示人们，佛祖所经历的苦难比人间现实生活还要严酷多少倍，用以昭示应该放弃一切无望的抗拒、挣扎，只有忍耐才是出路，它强调的人生最高境界是吃苦，为吃苦而吃苦，此外不必要有任何现实的功利目的。喂饱了鹰、虎对人类没有丝毫好处，剩下的只是舍身者精神的"崇高"。

这种生野粗犷的画风，从唐代开始就有了显著以至彻底的改变，人物场景也逐步从天上回到人间，画工用全部努力描绘以人间帝王起居为蓝本的佛的生活。华美的楼台，满堂的丝竹，丰腴的女伎，宛转的舞姿，瑶草奇花，飞天翔舞。在许多方面，人间、天上已经很少区别，佛子、人王已是一而二、二而一的了，宣传手段也从恐吓改为诱惑，这是佛教传入后中国化的结果。大体仍旧保持着虚幻的安慰，但发展趋向则是健康的。这种画风的突变，也说明远在西陲的敦煌无例外地也受到了江左画坛的影响，旧有的民间传统的技法风范也为崭新的笔墨取代了。

在初唐的三三五窟里有一组文殊问疾的壁画，宣传的是享尽人间之乐的人也能成正果的主题。这与佛教禅宗的教义是一致的。降低了修持的标准，也增加了善男信女的希冀，这就是从隋到宋五百多年中间莫高窟中留下了那许多描绘《维摩诘经变》壁画的原因。

菩萨下凡的维摩诘是"辩才无碍，游戏神通"的人物。他"资财无量"，妻妾满堂，出入宫廷，结交权贵，来往于酒肆、妓院、赌场之间。他有一整套大乘空宗理论为自己一切违反佛教戒律的行为辩护。这位天竺居士，其实是现世门阀世族地主上层的代表，是朝野僧俗普遍艳羡崇拜的对象。唐太宗曾劝译出过《维摩诘经》的玄奘脱去僧装，穿上维摩诘的素衣，"坐槐庭而论道"，玄奘没有接受；大诗人王维却以摩诘自号，他也正是世俗中摩诘的标本。敦煌现存的《维摩诘经变》有六十八铺之多，正是这一典型形象风靡了一世的最好说明。

晚唐第一五六窟是为了纪念张议潮而开凿的。安史之乱后，吐蕃进入河西，占据了沙洲（敦煌）。数十年后，张议潮乘吐蕃内乱之机起义，收复故地，奉表归唐，受敕封为河西节度使，驻节敦煌。在一五六窟内南北两壁绘制了《张议潮统军出行图》和夫人《宋国河内郡夫人宋氏出行图》。这是两组写实的长卷，人物衣冠、车马服制都是极准确的唐代社会风俗的写真。鼓吹仪卫、杂伎舞乐，场面宏大，如实地表现了蕃汉文化同时并存的状况和张议潮的恢宏的政治风度。红袍革带，戴幞头骑白马的张议潮，和高髻宫装、高履披纱的宋国夫人形体都画得较大，易于辨识。在充塞着佛教故事的壁画中间，纪实的历史画就格外显得突出而可贵。王国维七十年前整理研究《流沙坠简》时曾慨叹于这些仅存文物的价值不为时人所知，他说，"此事关系汉代史事极大……东人不知，乃惜其中少古书，岂知纪史籍所不纪之事，更比古书为可贵乎？"这是极有见地的看法。敦煌现在的许多遗迹，几乎都是"史籍所不纪"的画面与实物，是了解历史真实最可信据的原始资料。不是古书但胜过古书，我们应该足够地认识其文献价值。

　　石窟中的泥塑也以唐代的为最可爱。四十五窟的盛唐观音，并不是神而是真实的人，弛放的肢体，慵倦的神态，像随时都会移步走下基座的美妇人。迦叶微合的双目和如戟的须眉，则完全是一个劳动者的形象。从这些杰作中几乎看不出有什么玄思妙想，有的只是人间的哀乐，世俗生活终于战胜了天国的憧憬，无论是壁画还是雕塑，都沿着同一条道路前进，就这样，敦煌艺术走完了它辉煌的历史道路。

　　今天从莫高窟回来，天色还早，饭后又到有名的月牙泉去一看。这泉在鸣沙山的背后，需要走过一段长长的山麓沙丘。整个的山头都为流沙覆盖了，经常变换但崭齐的轮廓线像用刀细心地修饰过，其实这是风的力量。有人赤了脚向山上爬去，又从高处坐着滑下来，据说机会碰巧可以听见一种奇特的响声。我们没有爬山的勇气，只是在沙丘上跋涉就够困难的了，每一步都深深地陷了下去，从沙坑中拔出来需要花很大的力气。一队骆驼在身边走过，看它迈着稳重的步子行进，觉得这才是在沙漠中走动的最好方法。骆驼粗大的四足底部有突起的足趾，脚掌并不平面地压在沙上，只是留下了一连串花纹脚印，这样就能走得轻松，潇洒。这是人们学不来的。

　　月牙泉只是一湾浅浅的弱水。水边有卖吃食饮料的小店，但没有一棵大树，只剩下稀疏瘦弱的几株杨柳，点缀着寂寞的沙滩。听说过去的月牙泉不是这个样子,有树木,有楼台,水面也比现在浩瀚得多。

匆匆离开了月牙泉,走回停车的地方。在一间挂满了画的休息室里喝了杯茶,回到旅馆已经八点过了,打开窗帘,外面是一片耀眼的夕阳。

诸 暨

一

　　清明前夕，到诸暨去玩了三天。承主人的好意，连日来安排我们看了五泄，访问了陈老莲的故居，游了"小天竺"，还参观了枫桥镇上供奉杨老相公的大庙，边村保存得相当完整的边氏宗祠。只是到了离开诸暨前一天的下午，才带我们去看了西施浣纱的遗址。诸暨是西施的故乡，地方上对她是怀着很好的感情的。城里新建的漂亮的商场大楼就命名为"西施商场"，浦阳江上雄伟的大桥也叫作"浣纱大桥"。没有留心，可能还有别的商店、饭馆也使用着西施的名号，可是为什么他们把访问西施故里的日程安排在最后呢？

　　久雨初晴，我们走出城关，沿了江边缓缓南去，公路上扬起了一阵阵的尘雾，没有多远，就能看见江上的浣纱大桥。再向前，遥遥望见公路边上有一座小小的亭子，那就是西施亭了。走近看时，并没有发现什么匾对，只是一座孤零零被捱挤得局促在江边的亭子。亭下就是临江的崖石，有两条逼窄的石径通往江畔，只容得一个人走过。石壁上有两个填了红的摩崖大字——"浣纱"。再下面的江水里横卧着的青石，自然就是当年西施浣纱的所在了。

　　这个地方小得很，连转身都困难。小亭子里已经有几个游人坐在那里，也挤不进去。好在站在这里也能眺望对江，望得见金鸡山下的村落，一色白墙黑瓦的民居，只是一侧新添了几幢新宿舍楼，却打破了整个布局的完整。从古代留下的地图上可以看出，苎萝山的石脉是一直蜿蜒到江边的,可是不知什么时候,也许比公路修成更早,就被拦腰截断了。今天的苎萝山已经被新建的厂房宿舍包围起来,简直就看不见山。山的前半掘起了一个大水池,开出的石料就用来叠起了山前的石壁。从下面只能望见山巅几棵孤零零的小树。

在山下、江边徘徊着的时候,不禁感到了无端的寂寞。

四十年前买到过一部崇祯十年刻的八卷本《苎萝志》,"梦溪张夬,荆溪路迈纂辑",久已失去了;后来又得到康熙刻"暨阳赵弘基家山汇评"的《苎萝集》残本上卷,现在倒还在手边。赵书只是崇祯本的翻版,不过少少变动了一下次序,多少添加了一点晚明的诗文,但在自序中却夸说如何辛苦搜集,正是过去刻书家常见的伎俩。书前有武宣序,说到苎萝,"山不过一卷石之多,野蔓交加,只堪供樵苏牧竖之往来……",可以知道很久以来这里就一直是一片荒凉萧寂了。

翻看一下这样的地方名胜志,是颇有意思的,但也往往觉得无聊。我曾经说过,人们编这种书,就好像下帖子把古往今来的诗人墨客请来开座谈会。而这种座谈会却往往是乏味的。因为大家说的往往是一个模子倒出来的老话。这本《苎萝集》上卷,虽然收集了整整一册诗词,但还远远说不上完备。不过作为标本,也尽够了。这一大堆诗词的主题,可以借锺嵘的《诗品》序里的两句话来加以说明,"或士有解佩出朝,一去忘返,女有扬蛾入宠,再盼倾国。凡斯种种,感荡心灵。"西施被越王勾践选中,当作礼品献给吴王夫差,不论她是否意识到自己负有怎样的使命,也不论她曾在吴宫怎样"扬蛾入宠",她的心情总是寂寞而凄苦的,她明白自己不过是一宗美好的货物。而越大夫文种所献的破吴九术(或云七术)中,

"遗之好美，以荧其志"，只不过是其中之一。后来人们出于种种动机夸张得过了分，甚至把西施装点成女间谍的鼻祖，就不免是神话或简直是昏话了。能指出这一点来的在整本《苎萝集》中好像只有王安石的一首《嘲吴王》：

> 谋臣本自系安危，贱妾何能作祸基。
> 但愿君王诛宰嚭，不愁宫里有西施。

王荆公到底是有眼光的，寥寥二十八字，就将喷在西施脸上"红颜祸水"的污蔑之词踏得干干净净了。

"沼吴"以后西施的命运，也是聚讼了几千年不能解决的难题。四十年前我在一篇小文中说过：

> 还有一说，也近于情理。那是越王沼吴以后，想了一想，吴国全是这个女人弄糟了的。正是红颜祸水，留她不得，捉来淹死了吧。这一说的根据是《墨子》的"西施之沉，其美也"。

这是见于史籍关于西施的最早记载，比后来东汉人的许多说法都更为可信。不过人们是不满意的，他们同情这个美丽的女人，不愿她落入如此悲惨的结局，这样就创造了她和范大夫泛舟五湖的传说。这是合于传统喜剧结尾的公式的，但也隐隐包含着对勾践的抗议或嘲讽，这才是《浣纱记》的结尾远胜于一切"金榜乐，大团圆"的所在。

二

诸暨和绍兴是邻县。到枫桥去的那天，我们坐的车子就一直朝东向绍兴方向驶去。天色阴阴的，漫天遍野一片绿，远山淡淡的，大地上好像吸满了水雾。时而看到一片白墙黑瓦的房子，那就是一个村落了。浙东的民居都是这种格局，这种颜色。白墙上开了大大小小的窗子，好像一对对盯着公路上来往车辆的眼睛。偶尔可以看见一棵大树，是白果树吧，有时候是一对，那说明这里曾经有过一座庙宇，树照例种在山门前面。庙宇早就没有了，只剩下两棵树寂寞地站在那里。

"就在那面，那个山脚下，是杨铁崖的家。"

听了这样的介绍，我只能"唔唔"地应着，其实我也认不准这是哪个山村。只是想，杨维桢写的字，又手又脚的，一派奇气，可是又那么美。在同时代的书法家里，他好像完全不理会有赵孟頫的存在，这就值得佩服。这是一个怪人，流传着许多狂怪的故事。但也有使人不敢佩服的，他"创造"了"鞋盃"行酒的方法。我想，这可能是从"曲水流觞"得到了启示的吧，那可是雅得有些俗起来了。

元末画梅花有名的王冕也住在这一带。提起王元章，人们总忘不了《儒林外史》里的描写。那个骑在牛背上读书的小孩仿佛真的从烟雨迷蒙的田埂上走过来了。吴敬梓的描写是以宋濂、张辰两篇《王冕传》做蓝本的。宋传中说他"买白牛驾母车，自被古冠服随车后，乡里小儿竞遮道汕笑，冕亦笑"。就是被写入《儒林外史》的故事。又说他在北京对秘书卿泰不花说，"不满十年，此中狐兔游矣",回到越中以后"复大言天下将乱。时海内无事,或斥冕为妄,冕曰,妄人非我,谁当为妄哉"。都说明他已经清楚地感到了动荡时代的即将到来。不过不同的是宋濂说他希望能遇到明主,做一番事业。张辰则只是强调了他的归隐。至于王冕的结末,两传的说法也不相同。宋濂说朱元璋打下了婺州,"将攻越,物色得冕。置幕府,授以谘议参军。一夕,以病死。"张辰则说有一天闯进他家里来的是"外寇",他和贼帅大争辩。"明日,君疾遂不起,数日以卒。"其实两篇传说的是同一件事情,只是宋濂站在官方的立场上,不能不说得好听一些罢了。朱元璋起事以后,在浙江一带罗致了一些人才,成为他的得力助手,但这些人的结局都不大好。朱元璋先后花了几十年,才一个个都收拾了。王冕不过是死得最早的一个。吴敬梓的小说拿他的故事作为楔子,看来也不是没有微意的。

县里的同志告诉我,诸暨这个地方过去出过不少人物。当兵的特别多,其他方面也有不少出色的人才,不过地方上留不住他们。至今诸暨的高考升学率在全省还是最高的,征兵任务的完成也是头等的。这些信息很能帮助我们理解生长在这个地方的人民。文化水平不低,在过去叫作"文风盛";好勇也是越人的传统。两者结合起来形成一种特异的素质,倔强、独特,散发着特异的光彩,表现在文学艺术作品上,就出现了一种不可替代的色泽。就在这枫桥路上,既有元末的王冕,又有明末的陈洪绶。他们都是生活在天翻地覆的大时代里的大画家。

车子从兰亭折回,到了枫桥镇上,穿过一条乡间小路,雨后一片泥泞,车子歪歪扭扭地开进去,停在一块场地上。眼前是一片水塘,有两只白鹅在水面上游动,两旁都是菜畦。场地上满地稻草屑和泥浆。走进一条小巷，踏进边门，是一座空落落的大厅，三开间，五根带石础的柱子，屋角放着一架破旧的打稻机。这是陈家的祠堂，据说是老莲祖父陈性学的光裕堂。除了颜色久已剥落的梁间彩画，已经寻不见任何旧时痕迹。几个木匠借了这地方做家具，在埋头做活。好寂寞的一个地方。

陈老莲的宝纶堂就在前面，走过去看时，就连房子也没有了。墙边有一口井，据说还是当年的旧物。地上留下一些残零的石条，是过去的屋基。房子在很久以前就烧毁了，还是在太平天国以前的一次农民起义中给官军烧掉的。这些"故事"都是从一个五六十岁的老乡那里听来的，他姓陈，这村里的人家都姓陈。不过他好像并不知道陈老莲的名字。

陈老莲也画梅花，可是画法和乡先辈王冕不是一路。他画的是工笔，古拙瘦劲，完全洗净了没骨画法的酣熟；和他笔下的人物、山石一样，都带有浓重的图案意味。无论是《西厢记》里的双文还是《娇红记》里的娇娘，都美艳、典重，古朴类唐画。人物衣饰或花木山石衬景，落笔都极尽繁缛，但笔墨又非常简净，甚至是吝啬，屏除了一切多余的点染。这种风格在老莲的时代是一种创新；在以后，则形成了一种流派。他的画风早在十九岁为来风季作绣像《楚辞》时就已经形成了。这一画稿一直到二十二年后才刻成。其中《屈子行吟》一图已经成为人们心目中典型的屈原造像，一个清瘦的古衣冠人物，有着说不出的忧思迟缓地在泽畔"行吟"，这只能是"三闾大夫"。书前有老莲手书上板的一篇序文，一直是我爱读的文字，序的上半是：

丙辰，洪绶与来风季学骚于榕石居。高梧寒水，积雪霜风,拟李长吉体为长短歌行,烧灯相咏,风季辄取琴作激楚声。每相视,四目莹莹然,耳畔有寥天孤鹤之感。便戏为此图,两日便就。呜呼,时洪绶年十九,风季未四十。以为文章事业,前途方迈。岂知风季羁魂未招,洪绶破壁夜泣,天不可问,对此宁能作顾陆画师之赏哉!

读了这序文,使我们仿佛看见了画家自己,连同他的举止、神态和心境。写这篇序文时,洪绶四十一岁,看样子已经在饱经人世忧患之后进入了他的晚年。在晚明那个时代里,一个艺术家走的是怎样的道路,在这里反映得十分清晰。

他画《九歌》里的"国殇",只画了一个手执弓刀、满怀激楚的寂寞的老兵,在他面前有一把丢弃了的斧,这是战友的遗物。寥寥数笔,就写尽了古战场的凄寂景色,抵得上一篇《吊古战场文》。

提起陈章侯,总是有着说不出的怀念与敬重。他是第一个为《楚辞》作插图的画家,稍后才是萧云从。晚明画家对楚骚的非凡兴趣,这事实本身就是值得思索的。陈老莲的画本由晚明刻工高手制成图像,成为那个时代最好的木刻。这些印本都已流传稀少了,得到郑西谛的介绍,才先后复印行世。我最早见到的就是这些复印本,因此对老莲留下了深刻的印象。见到他的书画真迹,还是后来的事。论影响,他的木刻插图恐怕更大于绘画。这次到诸暨,可以说多半是为老莲而来的。能到他出生的故里来看看,即使没有看到什么值得驻足流连的遗迹,也觉得满意了。

三

到五泄去的那天,很早就起身,七时车子就开动了。原因是半路上有一个草塔镇,今天有集,晚了怕车子开不过去。

天阴阴的,看样子今天有雨。下雨也有集么?

车子逐渐减速,很远就看到了集镇,也听到了喧嚣的市声。本来就不宽绰的街被摊子塞满了,摊上都张着塑料布,有的只是马虎地盖着,既挡不住大雨,也遮不住飘进来的雨脚。摊子上面撑着支架,挂满了时新款式五颜六色的服装,卡其夹克衫,女式的衬衫和牛仔裤,还有各式各样的日用百货,从收录机到打火机气罐,无所不有。照管摊子的多半是年轻的农家妇女,嬉笑忙碌地接待顾客。七点刚过就已经有那许多主顾光临了,他们大半推着脚踏车,簇拥着仔细浏览摊上的货物。跟在他们后面的是几辆板车,车上装着新做成的家具,大橱、短柜,一式本色,不加漆水。我们的车子就跟在板车后面,好不容易穿过了草塔镇。

这个集有很长久的历史了,一年就这么三天,风雨不歇。昨天在小天竺就遇上了成群结队的农村妇女,都上了点年纪,穿得齐齐整整,鬓上插着红花,坐满了茶厅,桌上摆着香烛、食品,在那里品茶。打听下来,才知道她们都是赶着观音生日来上香的。为什么观音的生日正巧是春天呢?这个有来历的古老集市为什么年年安排在这几天呢?

这里有一个水库。

我们从大坝底下往上走,爬了好久才到了坝顶。我们要在这里等到五泄去的渡船。渡船有好几只,都停在坝底的角落里,一只大的,三四只小的。也许时间还早,而且总共也只有我们几个游客,司机还不知躲在哪里。我们就站在坝顶看眼前的风景。天阴阴的,时或飘下点雨花,眼前是一片绿。两岸夹山是绿的,水也是绿的,放眼望去,前面不远处,水路就给迎面而来的山峦切断了。湖水里有山崖的倒影,很清晰地分出好几个层次,浅绿、蟹壳青、墨绿,再仔细看,整个的湖水都是墨绿的。这地方很像桐庐的七里泷,只是布局较小一点,比三峡自然更小。不过风格是相近的,都那么曲折、幽深、森严而肃穆。在我们的祖国,凡是有水库的地方,都能看到这种奇丽的景致。

我们坐了一只小艇,向似乎没有路的山崖水角处驶去。两岸夹山渐向后退。眼前展开的是两排看不到头的碧绿屏障。再过一个月光景,这里将是满山的映山红。远处水边出现了一个小白点,那是一座孤零零的小房子。路转峰回,眼前又是一番景色,水面更加开阔。一路上每个山峰好像都有一个名字,简直来不及听也来不及记,看看有点像,可是到底又不大像。大概这就是"似与不似之间"的意思。听说不久前一座峰头飞来了一只鹤,常在那里踱步。有人看见了,"鹤正站在那里剔翎呢",我尽力望去,到底没有能看见,也许山头的绿色太沉也太厚了。

远处临岸的水色简直就是黑的。没有人说话,留下的是一片静寂的天地。船尾的马达响声,并不曾打破反而更增添了静寂。这时,猛的两三只水鸟从近岸水面上箭也似的掠过,在十来丈外的地方停下,在水面留下了长长的水纹。水鸟不知道是什么名字,大概是凫吧。颜色是深褐色的,不容易分辨。细看才知道栖息着一群,也许是听见艇子的马达声受了惊吧。不一会儿,就又有几只掠过去了。等我们的小艇靠岸时,这一群都已经转移了。

转过山角就能遥遥望见山麓的一片白色屋宇。看样子应该是一座丛林，但又不大像。看看不远，可是也走了好半日，这就是改成林场了的五泄禅寺。

这是一座古寺，志书上说是唐代元和年间灵默禅师始建。不过大殿和山门都早已没有了。门外溪边还残留着一些残断的石梁石础，是当日山门的旧址。几株古树槎枒地分布在一片荒秽的蔓草中间。进门处壁上嵌着一方石额，上面刻着陈洪绶手书的"三摩地"三个大字，是光绪中重镌的，但无疑是老莲的真迹。陈章侯少年时曾读书于浣纱溪上白阳山麓的西竺庵，曾题"三摩地"于主人赵氏之室，见县志。那么这里的石额应该是从西竺庵模刻而来的了。

进门后是一座小院，铺地方砖，杂植花木，一株玉兰正在盛放，花白如雪，缀满枝头，地上则是一片落英。这座禅房静室，可能是古寺仅存的遗迹了。屋内有一块刘石庵写的旧匾，"双龙湫室"四个大字。据说十年动乱中这块匾已经被打落在地，几年以后才从柴房中找出，幸而没有烧掉，不过已经缺了一只角，经过修补重新挂在这里的。这块匾虽然算不得什么了不得的名物，但在五十二年前郁达夫写下的《杭江小历纪程》里已经提到，应该算得上是见于著录的旧迹了。

在林场新建的一排房子里小坐，吃茶。

五泄就是五个瀑布。五泄在浙江的许多著名风景区中虽然算不上最大最著名的，但在很古的时候起就已受到注意。生活在六世纪初期的郦道元在他的名著《水经注》里就已加以详细的著录了：

　　江水之导源乌伤县，又东经诸暨县，与泄溪合。溪广数丈，中道有两高山夹溪，造云壁立，凡有三泄。泄悬三十余

> 丈，广十丈。中二泄不可得至，登山远望，乃得见之。下泄悬百余丈，水势高急，声震水外。上泄悬二百余丈，望若云垂。此是瀑布，土人号为泄也。（王国维《水经注校》卷四十）

可见在郦道元时，人们还只知道有"三泄"，后来在《舆地志》里，才出现了五泄溪的名字。

> 五泄溪，在诸暨县西五十里。山峻而有五级，故以为名。下泄垂三十丈，广十丈。中三泄不可逾度，登他山望始见之。上泄垂百余丈，声如震霆。

离开五泄寺，右折，沿山脚走去。没有好久，就能隐隐听见闷雷似的吼声。一路上林木丛竹，漫山遍野，像张着一堂绝大绿色的舞台幕布，使人略略焦急，猜不透到底掩盖着怎样的奇妙光影。路转峰回，跨过又一条转折的山凹小径，这时大幕一下子拉开了，终于看到了第五泄。

重叠的山岩，嶙峋的石壁，上面生着灌木的短丛，像一位满脸皱纹的老人唇上的短髭，口角张处，一条雪白的水柱悬空而下，喷珠溅玉，是大口吞下一口酒的余沥吧。瀑布落在一片水潭里，变成了一道溪流，中间有一串排列整齐的大青石块，从上面可以走到对岸。那里有一道崭新的金属围栏，蜿蜒着穿山而去，看不到尽头。满山的绿，雨后空气里蕴含着太多的水分，这地方就像一块绿色的大海绵，随便碰一下就能溅出水来。

围了栏杆的小路是沿着山壁开出来的，走起来并不费力。不能不感到我们今天的好运气，从郦道元起，就少有人能完整地看到五泄，尤其是第四泄。他们只能站在另外的山头上遥望。我们缓缓地登山，每一步转折，都能看到崭新的光景，山石、树木、野花，随宜布置，处处都是美的。好像落入了奇妙的万花筒里。

我们走得很慢。走到山腰时看见山脚闪出了一面红旗，是一支小学生春游的队伍，孩子们嬉笑着爬上来，他们哪里是爬，简直是在跑，一霎眼就到了眼前。我们停下来让他们过去，一片喧声过后，又一下子都不见了。

终于爬上了东龙潭顶，看到了难得一见的第四泄。涧水被束缚在仄仄的石槽中间，水花溅起，如雾如烟，在迎面而来的石壁上撞击、溅落，发出了巨大的响声，它是真的被激怒了。

第三泄和二泄其实只在一转折之间。水面铺开了，一个大的转折以后，在一片石涧上曲折泄下，形成了散落的态势，飞舞、推挤、追逐，组成了一片喧笑，快乐地奔泻而下了。

山角一座竹楼的基脚已经竖起，旁边是工人的工棚。这地方选得好，正是喝茶观瀑的好地方。五泄已经存在了多少万万年了，"逝者如斯夫"，从不停歇地流着流着，经过了多少曲折、束缚、弛放、磨炼，最后汇成了水库，给人们带来了光和热。坐在水阁上观瀑，是可以想得很多很多的。

还要爬好久呢？在就要到达顶峰之前，还是不能不闪过这样的念头。一泄到了，这是一条注入深潭的瀑布，从容，轻缓，显示了涧水入山以前的好性情。就在水流下注的地方，有两个水潭，是所谓大小脚桶潭。水深得很，应该就是长年累月的激流凿出来的吧。

又经过一段泥泞的山路，才是刘龙坪。这是万山背后一块小小的平地。我们走进一间小小的房子里吃茶。屋前有两棵树，遥望是一片寂静的山凹。听见了鸟声。

这座房子的原址是刘龙庙。刘龙子是个传说中的神话人物，是个吞了骊龙珠后化龙飞去的仙人。不过每年清明都要回来给母亲扫墓，来时必带来满天风雨。坐在小屋里啜着淡淡的山茶，听着这样荒唐而美丽的故事，不觉坐了许久。

从山背下山，满眼竹林，路边时时可见爆出的新笋。偶然可以从林木空隙处遥望远山。觉得这实在可以算得是一座伟大的盆景，又遥遥看到了郦道元所说的"登山远望、乃得见之"的"不可得至"的"二泄"，不能不佩服古地理学家认真踏勘然后下笔的求实精神。

回到五泄禅院午饭，饱吃了极鲜嫩的新笋和豆皮，喝了两瓶西施啤酒以后就又去游西龙潭。东西龙潭之间夹着的就是那座峻削的山脊，山那面是五级悬崖飞瀑，这面则是曲折幽深的溪涧。山路依崖开辟，曲曲折折，路上有无数石板桥，随时可以过渡踏上对面的山缘小径。悬崖上有时可以看到怪柏中间盛放的白色山桃，还有南方少见的楠木林，挺拔的树干上下错杂散布在一片山坡上。涧底淙淙的水声并不喧闹，有时还是只能听到水声的伏流。迎面而来的处处峰峦，奇削、幽峭，几乎都有一个美丽的名字。在五泄寺里曾看到过一块新雕的徐渭"七十二峰深处"小小石碣，说的就是这一路上奇幻无尽的峰峦。这地方的格局有点像杭州的九溪，但曲折幽深的气势却要好得远。夹山的逼窄更增添了几许森肃，我们没有走到一线天，看见燕尾瀑就折回了。从主人的介绍中可以想见，那应该是和四川的剑门有些相近的地方。虽然五泄更突出的是江南山水的秀特而非蜀山蜀水的雄奇。

我们提前赶到了渡口。小艇刚在靠岸下客，驾驶员拿拖把冲洗完坐垫就跑开了，大概是等候随后赶来的游客。这时天上的细雨密起来了。张了伞坐在舱里，就这样一直等到艇子向一片迷濛的雨网中驶去。湖面上笼罩着一片冷雾，山峦的色调变得更暗，好像画家的墨笔在水盂里狠狠地蘸了一下就大胆地抹过去，很快变成了一片氤氲。

张了伞也遮不住横飘过来的雨脚，有点狼狈，可是我喜欢这雨，不怕它打湿了衣衫，这时，又有几只被惊起的水凫从面前划过，像箭似的一下子就钻入迷蒙的雨障里去了。

一九八六年四月二十一日

雨　湖

国庆长假的第二天，我们到杭州去。

火车票不好买，我们走的是沪杭高速。天阴阴的，唯恐下雨。车过嘉兴。忽然发现天边出现了难得一见的一弯彩虹，这是放晴的预兆，非常高兴。可是到杭州时，雨又下起来了。

我们住进了新落成的一家酒店，就在湖滨。要了一间临湖的房间，忙不迭地推窗外望，只见眼前是一座水泥的大屋顶，湖面只能看到左右一角。这也好，西湖只是一片烟雨迷濛，好像"元四家"哪位画师，用蘸饱了水墨的画笔，狠狠地横扫过去，就成了眼前的光景。湖上飘浮着一两只艇子，六公园路上有稀稀落落的撑着伞的行人，寂寞得很。

饭后稍稍休息，就想先去张苍水墓看看。说不准地点，下到大厅向服务台讨来一本导游小册子，印制十分精美，但找不到张苍水的名字；向服务台打听，也不知道张是何许人。究竟是星级酒店，几经问讯，得到一纸传真，说张墓在南山路2—1号，还附有苍水的传略。这是值得满意的。

不料问题却出在出租车驾驶员身上，知道了确切地址，还是说找不到。又说杭州不许空车在路边停放，下客后必须离去，再想叫车可就难了。没有法子，只好请他在湖边随意转圈。过去的印象，南山路是车辆无多，幽静得很的路段，今天不同了，不但堵车，交通也杂乱得可惊，雨天如此，晴天可知。可见市政交通管理有多少难度。不许空车停驻，实在是不得已但必要的手段。杭州的道路，两侧多有参天的大树,扩展路面,更是不可思议的事。于是走走停停,我们只能看到西湖边上的游人,也偶尔幸运地看到新建的雷峰塔塔顶,和忽然从地下钻出来的苏小小坟。想想胡乔木咏西湖的名句,"土偶欺山,妖骸祸水",曾几何时,又得请这些"土偶""妖骸"来点缀湖山了。这样胡乱想着,车子转到里西湖。雨下得更大了。只好下车,躲进了"大宅门"酒家。

这是一家新建的酒家,是在古刹招贤寺的遗构上改建的。听说有一副对联,"居临(疑或当作邻)葛岭招贤寺,门对孤山放鹤亭",就更引起了我的兴趣。五十多年前我曾在这地方附近住过两个月。为盖叫天老先生编写他的舞台艺术纪录片。那时从住处推窗远望,就正是放鹤亭。

在"大宅门"吃了一席美食,丰腴而精致,尤其可喜的是重遇了多年旧友。二十世纪七十年代困难中到杭州,陪我遍览湖山胜迹的垂髫少女,今天已是女主人。我向她说了访张苍水墓不得的事,她答应明天借一部车子给我,保证我一偿夙愿。

第二天早晨我们乘车重过南山路,很容易就找到了张苍水墓,是和章太炎纪念馆在一起的,不收门票,但进门时又发生了新的麻烦,车子不许停放在院内,人进门后,车子只能在外面兜圈子,用手机联系,参观过后好来接。这样就不但增添了道路上的拥挤也浪费了汽油,碍于功令,也只好如此。

太炎先生的头衔是"国学泰斗",但鲁迅却说他是有学问的革命家。太炎先生和夫人的墓并葬在左右,黯黑地局促在屋子里,离苍水墓的局面差得远了。

为什么我念念不忘苍水墓呢?环境好,游人少是一个原因,过去来杭州,和内人总要到这里徘徊一会儿。二十世纪八十年代重修过的墓址极好,清洁,素朴,三座坟并列在石台上,二十多年前来游时是只有一块光光的水泥平板。现在墓顶已长满青青的芳草,好看多了,过去那些东倒西歪,缺头断腿的石像生也重新竖立起来了。

张苍水墓居中,左右是两座同死随从的墓。苍水的墓碑是新立的,上有乾隆五十七年陈仲鱼(鳣)和咸丰八年重立的两题。碑面大书"皇清赐谥忠烈明兵部尚书张公之墓"。前面六个字只起保护色的作用。张煌言别有南明赠谥,这里所题他应是不愿领受的。

清朝皇帝在这里做了一件聪明事,给抗清死难的明遗臣以崇高的荣誉,而将洪承畴、钱谦益之流降清者列入《贰臣传》,视为不齿于人类的狗屎堆。既表现了恢宏的气度,也安抚了遗民群的心,并宣示只有忠顺于我大清者才是值得肯定并效法的好人,是一箭双雕绝顶高明的好主意。

张煌言(苍水)是力战不屈被俘不降,终于就义的南明重臣。他写过一首诗,《忆西湖》,有句云,"高坟武穆连忠肃,参得新坟一座无?"武穆是岳飞,忠肃是于谦,他的遗愿终于得偿,岳坟、于坟、张墓,正好成为一个等边三角,而苏堤则正好成为一股。

张苍水临刑前望着南屏山说了一句"好山色!"简短的三个字既是对美好湖山的赞美、告别,也是对土地人民沦于异族铁蹄之下的悲愤与忧思,寥寥三个字,包容了多少深情。

杭州自南宋以来,历元明清三代,只有这个"三角形"是它的脊梁,杭州人而不知道张苍水,实在是应感到惭愧的。

中华人民共和国是个多民族组成的国家。历史上多有征伐争战之事。可以借一句俗话来解释,"不打不相识"。汉族与少数民族之间的战争,无论杀得怎样死去活来,成败如何,总是文化较低的部族，向往、喜爱，逐渐同化于较高的汉文化，逐渐融合、认同，最终成为一个团结的共同体。回顾历史，绝少例外。今天我们大可不必只着眼于今天的现实，而对历史上争战产生的民族英雄用怀疑的目光另眼相看。曹雪芹、纳兰性德都是清代的天才作家，没有谁会因他们是旗下人而区别对待。慈禧太后喜欢京戏，《探母》中的公主、太后、国舅、小番都一律以清装出现，她毫无意见照看不误。连《南北和》这样的宫廷戏也出现在晚清的舞台上。慈禧平生功过自当别论，她偶尔露出的这种宽容气度也不容忽视，因为这是造成和谐社会的重要条件。

在苍水墓前默坐久久，看墓后参天丛树，郁郁苍苍，笼罩在一片浓绿之中，想想这真是一处"佳城"，细雨如尘，别无访客。这是寂寞么？恐怕是永久的寂寞了。

此后即到满觉垅，今年气候异常，不但没有闻到些微桂花香气，一路有许多拦车请喝茶的人，也没有引起勾留之意，只匆匆绕场一周而过。偶忆故友唐弢有诗云，"春雨凄迷满觉垅"，时令虽不同，却有同感。又不远，就是虎跑了。

这也是旧游之地，数十年来，不知曾到过几次。旧时印象，此山并不算高，没几步就到泉口，可以坐下喝茶了。这回却不同，山路遥遥，休息了几次才爬到一处。以为到了，走上一看却是李叔同纪念堂，不免有些失望，鼓勇再登，终于到了可以坐下吃茶的"揽翠□"（？）想想奇怪，何以记忆有如此差异。一路上游人如织，摩肩擦背，多半是青少年男女，才悟出其实是自己上了几岁年纪的缘故。想当年游虎跑，何尝不是背了背包，健步而登。这并非受了记忆的骗，而是岁月蹉跎，人生易老的缘故。但自己终于爬到了高处，也不免高兴。

坐在雕漆的椅子上，随即送上用盖碗泡的茶来，是虎跑泉水泡的龙井新茗，每碗二十五元。这哪能说贵，胜地秋游，饮啄例不应廉。茶的确好，不是坐在家里能够喝得到的。我不是茶客，不能细说品茶妙处，只是不至空赞一声"热得好！"聊以免俗而已。

茶室内有表演台，有古琴编钟等乐器，有演奏者五六人，登台奏乐，而听者只我等数人，不免奢侈。茶博士来谈话，并不宣传虎跑神话（其实这个传说也是很美丽的），却告诉我们许多有关虎跑水的常识。她还说起某大人物来此品茗的故事，说此间别有一条山路，小车可以直达茶室，可以不必辛苦爬山。我却觉得挤在游客群中登山，别有佳趣，比冠盖游山要好得多。

在茶座中偶然想起，近来荧屏、报刊上连续刊出"抗日英雄谱"，影响甚巨。联想所及，杭州也有一位郁达夫，曾留学日本，却毕生对日本持批判态度，晚岁流寓南洋，一直坚持抗日宣传，最后死于日寇之手。他无疑是一位"国殇"，而且是文化界中死于寇难的代表性人物，是应列入"英雄谱"而无愧的。何况他于杭州有颇深厚的情谊，他的故居"风雨茅庐"仍在，是应该重整恢复为纪念馆的。不知杭州当局以为如何。

离开杭州之前，到名店奎元馆吃了一碗虾爆鳝面，店面装修得堂皇富丽，远胜当年，但虾爆鳝却已不是昔时味道了。

二〇〇五年十月四日

附记

胡乔木的"沁园春"词，词题是"杭州感事"。写于一九六四年十月。收入他的诗集《人比月光更美丽》，人民文学出版社出版。

书前附手稿影印二页。此词经毛泽东修改，并作批语，"杭州及别处，行近郊原，处处与鬼为邻，几百年犹难扫尽。今日仅、口了几堆朽骨，便以为问题解决，太轻易了，且与事实不合，故不宜加上那个说明。至于庙，连一个也未动。"毛批写于"文化大革命"发动两年之前，而"破四旧"之意早已预示无遗。是为研究"文革"史重要文献。

常熟之秋

——关于柳如是

二十年不到常熟了。其实上海离常熟挺近的，早晨出门，八点过后已经坐在破山兴福寺的庭院里喝茶了。寺院整修得很好。庭院空阔，虽然已经坐满了茶客，但一些都不显得拥挤。这在国庆长假中尤为难得。到底二十年不到了，不免牵记当地的许多胜迹，就向隔座吃茶的一位老先生打听，柳如是的墓，有名的王四酒家……是否还在？老先生让我安心，这些名所不但全然无恙，而且新加维护、重建，面貌全新了。这就使我安心、放心，从容喝茶了。茶座侧边正好有一株挺拔的高树，日光从树冠泻下，散落在茶桌上，不禁想起唐代诗人常建的诗句，"清晨入古寺，初日照高林"，诗人多少年前所见的景色，竟与今日无异，真是奇迹。

破山兴福寺的得名，多半也靠了常建这首诗。诗收在《又玄集》中，仅次于杜、李、王维之后，原题在《题破山寺后院》。这首诗太有名了，且已大字写成标语样式树立寺内，这里就不必重抄了。顺便想起了"唐人选唐诗"。汲古阁刻有九种，而《又玄集》不在内。唐代是诗的朝代，很有点"人人都作诗"的气势，在文学史上诗的成就也最高，从官方考场，到旗亭画壁，无处没有诗的踪迹和歌咏声。在这种"举国若狂"的形势下，社会上对诗的选本的需要是迫切的大量的。我看，"唐人选唐诗"简直就是唐代的《唐诗三百首》，《又玄集》的编者韦庄就在序文中说道，"总其记得者，才子一百五十人；诵得者，名诗三百首"。此外，在明代书坊翻宋刻《河岳英灵集》前留有数行宋刻坊本的"广告",可证这些唐人旧选到宋代依旧是畅销读物。在唐代,这些选本是陆续出现的,入选的作者和诗篇也各个不同。这就说明在不同时期,当红的诗人和名篇都有很大的变化。早期选本没有杜甫的名字,因为他还没有出现,后来李杜并选,而李在杜前,到了《又玄集》,成书已在晚唐光化三年(900),是唐代最后的选本了。排名已是"杜、李"。这就说明了诗坛的易帜。像这样作家、作品的消长变换中可以清晰地看出读者对诗人评价变化的痕迹,自然也分明地显示出"初盛中晚"的划分,不同时期诗风的变化。是最可靠的诗史研究原始资料。可惜文学史家都忽略了未加注意。是一种遗憾。选本尽管有许多缺点,但自有其本身的价值,不应忽视。

最近偶然读到台湾《清华大学学报》谢正光先生的一篇论文,知道钱牧斋家族曾是兴福寺四代的大檀越。就像《红楼梦》中贾府与铁槛寺的关系一般。在牧斋晚年发生了与钱氏同宗别支钱朝鼎争夺寺产的一场激烈斗争,在《有学集》中收有牧斋两通争产的信件,措辞激烈哀切,显然处于下风无奈状态,争产的结果不可知,两年后牧斋死去,钱氏家难继起,而挑起事端、终至逼死河东君的对手方正是钱朝鼎和他的马仔钱曾(遵王)。陈寅恪先生在《柳如是别传》一书中记钱氏家难甚详。不料事前争兴福寺一事早露端倪了。一为待死之降清贰臣,一为新朝之显贵,又同为地方上的豪族乡宦,其沥血厮拼初战之处即为清净禅林之兴福寺,又哪里是今日游人想象得到的。

离开兴福寺后就到王四酒家午饭。寺前空地上有上百部小轿车停放着,可见游人之盛。更出意料的是,王四酒家早非当年一角小楼,几副座头,壁间悬着翁叔平木刻嵌绿小联的原样,已化为金碧辉煌、海上风格的酒店,门首高悬着阳澄湖大闸蟹上市的通天招贴,提醒我们此际正是持螯赏菊的时节。不过时间迫促,只点了旧有印象的叫花鸡、血糯等几样小菜,草草杯盘,随即登车离去了。值得一记的是酒家收费不高,与上海同级饭店较,仅三之一而已。

还是按照二十年前的老经验,车出西门,沿了虞山山麓向下驶去。买了一张地图,公路上的著名景点,都一一标出,可惜路边没有显著的标记,只能在疑似的部位来往寻觅,最后是在一处临时搭建、出售蒲桃的摊位前停下打听,女主人不屑置答,只将嘴角一努,原来河东君墓正在摊位后面。她仿佛经历得多了,竟有不少游客,频频打听这个三百年前女人的遗冢,回答得厌烦了。赶忙下车,转往摊后,只见二十年前光秃秃的一堆土馒头,已被茂密的丛莽包围,连举步都难,河东君的遗冢在杂乱的杂树包围下,只能约略窥见新树的墓碑,想走近去更是困难。在一侧的钱牧斋墓情状略同,新添的是各有一座碑亭,亭柱各有一副嵌绿对联,词句新雅,但含义迷离,不易索解。也不能走上去细看,不知可有碑记。钱柳下世迄今三百余年,遗著多已重刊,更有陈寅恪为撰《柳如是别传》,于钱柳生平出处也已有一定的共识,我想是应该有一座简明的碑志,给游人以理解的帮助。照目前的情形,虽已努力绿化,但似乎缺少修整,落得眼下荒芜不治的状态,未免可惜。

二十年前初访柳墓时,觉得奇怪的是钱柳两墓何以均逼近公路侧边,却不想到这里原来即是拂水山庄的遗址,后来修公路,即穿园而过,钱柳两墓幸得保存,未被平毁。当时公路对过山麓还堆存了许多废弃的建筑石料,曾跑过去看过,不知是否是钱园的余物。今天自然是荡然无存了。

四十年前于吴下书坊偶得康熙刻《小方壶存稿》十八卷,《文钞》六卷。休阳汪森晋贤著。刻于康熙五十六年，是作者手订的全集。文钞卷一有《自桐川抵虞山记》一篇，记朱竹垞推荐虞山钱氏藏书甚富，劝其往观。遂于康熙丙寅（二十五年）由王石谷作介于钱遵王，前往观书。此文记游踪极详。碧巢也是著名的藏书家，有裘杼楼。富而好事，喜刻书，朱竹垞的《词综》即晋贤所刻。其藏书路数与虞山派不同，自然不为钱遵王重视，其记云：

> 至三里桥，过遵王别业，竹树萧然，池水萦带，堂中所列悉宋元版本，余无他籍。语次，索其藏书目录，云寄宛平公矣。次日，招饮。出宋钞国语及陶诗示余。纸色书法知其非近时物。饮散，复出香奁诗及舆地图，装制颇精。

看情形钱遵王是看不起浙派藏书家的，认为他们不识版本，对藏书精品不能赏识，书目也托词不拿出来。难怪汪碧巢在文末说："若钱氏之藏书不能尽观，未免有遗憾焉。竹垞其谓我何！"竹垞是想搜集宋元人秘籍，为《词综》补遗，更希望能多见未见书，无奈把任务委托给一位外行的藏书家，计划不能不落空了。朱竹垞艳羡也是园的藏书，以致书林中流传着关于《读书敏求记》的故事，是不奇怪的。

汪晋贤在常熟还游览了拂水山庄遗迹，他说：

> 至拂水岩，……至山麓，舍舆而西，经花信楼，楼为乡先辈程孟阳旅居：孟阳与牧斋交甚笃，牧斋筑耦耕堂于拂水山庄，与孟阳读书其中，亦足以见两翁之志矣，循楼而南，为石径，多古柏老榆，下皆芰田，田之上即拂水山庄。皆乔木深

竹，门以内为秋水阁，娄子柔所书额也。阁下有石桥，桥北为明发堂。堂东西多曲房邃宇，涧壑树石，人迹所罕至。其东北书室尤僻寂，风从虚牖入，作窣窣声。其中则牧斋及河东君二殡在焉。余与诸子凄然感之。

钱柳死于康熙三年，至丙寅已二十余年，尚未葬。这是世未前知的佚事。晋贤写书室双殡，阴森可怖。可见钱氏家难后后裔凄凉惨戚情状，二十年后仍未葬，不能葬或不敢葬，其中情事，悬想可知。至拂水山庄未圮前之情状，所记极详，绝非后人悬揣以意为之的图画所能及矣。

昔年为重刊山阴祁氏《远山堂曲品剧品》曾通读祁彪佳日记，此书钞稿本今在国家图书馆，我所见的是活字排印本。读来深感趣味。他是淡生堂主人祁承㸁的儿子，与诸兄世守藏书，但他自己并不热心收书，却是一位典型的"戏迷"。偶过书肆，所买的大都是政治方面的新书，兴趣所在却是坊间俗文学，特别是流行的曲本。远山堂所藏曲本极为丰富，见于其子祁理孙《奕庆藏书楼书目》。又极喜观剧，到处观场，都一一记在日记里，我曾将他所观剧目一一辑出，大致可以看出晚明剧场流行上演的是哪些戏文，有如一篇晚明流行的大戏单。看戏之余，他还将剧场、家乐中演出的传奇杂剧一一著录，加以品评，写成曲品、剧品，开戏剧评论风气之先，并为我们留下了一部珍贵的戏曲史料。对俗文学他也有浓厚的兴趣，他出任苏松巡按时，与冯梦龙有深厚的交谊，趣味相投，全在通俗文学方面。

祁彪佳的兴趣是多方面的，他在崇祯十二年己卯日记前有小序，他说："予自乙亥乞归，至此已五载，不为不久。杜门不预户外事，不为不暇……乃碌碌土木，迄无已时。"乃命此卷日记为《弃录》，这又是他的别一种兴趣所在。他与当时著名的造园叠石名家张南垣关系密切，花了许多精力营造他的"寓园"。他的亲家张宗子(岱)也是讲究享受的贵公子，来往密切。同赋《寓山仕女春游曲》。他的师友有刘念臺、倪鸿宝、杨龙友、谢三宾、钱牧斋、毛子晋、汪然明等。牧斋曾向他借淡生堂书，"予以先人之命，不令借人，但可录以相赠，因托德公兄简出诸书"（崇祯十二年二月十八日）。"作书致钱牧斋，以抄书十种应其所索。又作书致毛子晋，索其所携《余苑》。"（同年五月初九日）这一两年中，与汪然明过往尤密，书札不断。如崇祯十一年三月二十日日记："与汪然明魏行之放舟南塘，抵城。共访张燕客。……余送汪然明抵梅市田坵方别。舟次然明剧谈王修微女侠状，可下酒一斗。"汪然明是徽人而客杭的富商，平生喜与侠妓名姝往还，常为她们排忧解难。世所共知他俨然是柳如是的保护人与经纪人。柳如是其时正寄居湖上汪家别墅，选婿待嫁，汪则为她寻觅合适的对象，供其选择。祁幼文是在苏松巡按任上卸职闲居的贵官，不可能不在汪氏的目光之内。果然，在祁氏崇祯十二年日记《弃录》三月二十九日，就出现了下面一条，时彪佳在湖上。

> 张介子、汪彦文过访，晤汪然明及柴式縠之郎君。归寓。介子操舟，邀予小酌。至吴弘文寓，访柳如是，获晤。又与吴弘文访张深之。……

如是时年二十二岁。以名妓身份居杭。声价甚高，常人不易得见。以前苏松一带地方最高长官往见一位名女人，祁幼文下"获晤"一语，可见"嘉会"之难得。汪然明只在背后操持，当时并不在场。此次晤面经过，幼文并未详记，但可证如是己卯春确在杭州，同时知道她周围的一些人物。她在己卯春的诗集《湖上草》最后一题是《题祁幼文寓山草堂》，也是题赠彪佳的。

> 悬圃凉风物外姿，石楼丹栋总相宜。
> 家通洛浦琪云接，人倚湘君放鹤迟。
> 花满晓临珠盖拂，莺啼春入玉衣吹。
> 伊余亦有怀园引，笛里青霞渺桂旗。

此诗列于《别汪然明》诗后，为《湖上草》压卷之作。看来似是题画卷诗，河东君未必亲至寓山。诗是写景，但处处不离对祁氏家风的钦慕，尾联更别有深意。总起来看，如是对彪佳是留下美好的感情的。赏画题诗，初晤以后必有更多接触，可惜日记中别无记录，只留惊鸿一瞥而已。

此后有一阵子彪佳日记中记与汪然明书简往还甚密，他们能商量些什么呢？彪佳正当盛年，论门第、文采、习性、官阶都不下于陈子龙，更无论谢三宾辈。汪然明的眼力是不错的。后事如何，记载缺然，不能详知。而祁、陈后来都殉身国难，归宿如一。都能令牧斋愧死。

祁彪佳为官从政却另有一番风度。他是否东林或复社的成员，查吴扶九《复社姓氏录》，无彪佳名，而豸佳、鸿孙、骏佳俱在录中。总之，他是属于"清流"的、深知民生疾苦，任苏松巡按，撰《按吴政略》，深悉民隐，尽调查研究之能事，他常携书手数人自随，所有公私文牍必抄存副本，因此保存文献最多。他和吴昌时是朋友，却能在崇祯一朝最后一场政治大斗争中挺身而出，揭发参奏，使周（延儒）吴俱被诛死（周玉绳是赐自尽）。南都弘光一局，他是拥立之一人。后辞官家居，清军南下，破杭州。清帅必欲彪佳赴杭相见。乡人亲属多劝他一见，便辞官归，亦不丧失名节，而可保一方平安、家族无恙。彪佳没有接受此种"人文主义"的"第三条道路"，写好遗书，深夜自沉于他辛苦修治的寓山园池中。被家人发现时，遗体端坐池中，水仅没顶而已。

以上两事，陈先生《别传》都未说及，写此聊当补遗。

二〇〇七年四月二日

天津在回忆里

天津，对我来说实在是应该算作第二故乡那样的地方。

我出生在河北井陉，小时候为了避难，曾被送到天津暂住。后来父亲调了工作，搬了家来。这次住得时间比较长久。几年后又搬了家，但我却被留在天津读书，一住五年，直到抗战开始才离开。这样，前前后后我在天津住了大约十年左右，度过了最美好的少年期的时光。

在我的记忆里，天津这个城市是温暖的，是一个非常值得留恋的地方。记得前些年在干校，人们让我住在"小房间"里，交代自己的问题。有什么可交代的呢？只能手里拿一张纸，做出愁眉苦脸的样子，算是在苦苦思索。房间小得很，连凳子也没有一张，只能盘腿坐在自己的床上，但不许睡倒。大约这就是古人的所谓趺坐吧，可实在是困难得很。从这时起我才悟出和尚们坐禅是不容易的，须得有非凡的本领才行。整天枯坐也不是事，索性从头来回忆自己的平生经历，从有记忆的时候开始，想起一件就在纸上写下一两个字。这样想来想去出了神，忘记了应该装出的苦脸子，竟自笑出来了。后来回忆，纸片上记下的多半正是天津生活的回忆。

刚过了中秋，鼻子里似乎有时忽然会飘来糖炒栗子的香味，同时也记起了天津梨栈附近摆满了苹果、鸭梨的店里支着的大铁锅，一个壮汉赤了膊用铁铲翻动卷在黑色的糖沙中的栗子，身上流着汗。这情景，这香气，都是只有天津才有的，是四十多年前的经验了，但至今不能忘记。

冬天劝业场大门口的冷风是可怕的，但一走进去就是另外一个天地了。在这一带前后左右有三个商场，似乎代表了三个不同的时代。最古老的是有小梨园的泰康商场，我也只有在听刘宝全的大鼓时才去。天祥商场也不免陈旧了，只有劝业场是"新"的、"先进"的，我也最喜欢走进去。比起另外两家，这里是更为"洋化"了的，连旧书摊也不例外，"五四"以后出版的新文学著作，只有这里多。在这里的书摊上，我曾出了三块钱买过一套《四印斋所刻词》，非常喜欢。这是我平生第一次买线装书。后来发现这只是残本，但书前有小珠玉词人的题记，说是"幼遐侍御持赠"的本子，到底还是难得的。就在这前后，由同学介绍，我还跑到新学书院去买过英文原版《通往文学之路》，里面选了莎翁等名作家的作品，还有漂亮的插图。这些，就是我当时收集到的中外"善本"的代表。

在梨栈十字路口的转角，有一家天津书局，小小的只有一间门面，但橱窗的布置却很有特色。一个冬天的傍晚，天上飘着雪花了，正是华灯初上的时候，我在这橱窗里看到了用棉花铺成的雪地，红丝带捆好的贺年片、小纸房子、"故宫日历"……错落地安排在"雪地"上，还有几本新书。行人匆匆地从背后走过，没有谁停下来欣赏这美丽的风景。我想，这大概就是给我带来了温暖回忆的一个特定场景。

我家租来的房子是墙子河畔的一座小楼，听说是小德张的产业，他自己的住宅就造在这后面，从我家后楼窗口可以看到他的院子。院子很大，阴森森的，好像整天也没有人走动。我曾几次爬到窗口去看，不过始终没有看到过这个有名的大太监。墙子河就在前面，河畔栽了一排柳树。夏天我有时走下去坐在柳下看书。有一次从《小说月报》上读到郑振铎写的《北宋词人》和《南宋词人》，引起极大兴趣，整整看了一个下午。这是我第一次接触宋词。

在新居住定以后，父亲送我到离家不远的天津公学去读小学（现在的十六中），这是一所设备不错的小学。学校对面还有一大块空地，到了冬天就搭起了席棚，地上浇上水，成了冰场，棚里七横八竖挂着五颜六色的小电灯。我只是从墙缝里张望过，好像里面快活地溜着冰的都是年轻的外国人，当然也有"高等华人"在内。这天津公学也是颇为"洋化"的，课室、礼堂、教具都很讲究，只是一样特别，虽然是小学，却是男女分开的，界限严得很。进门以后，右面另有一扇门，一位上了年纪的老校工坐在门口凳子上，他不停地把一群群小女孩子赶进门去。男生是不许入内的，连看都不许看一眼。

有一天我走进校门，老校工把我喊住，轻声对我说，有个女学生忘了带语文课本，要借我的用一下，下课就归还。他不等我表态就从我的书包里把书拿去，"你就甭管了，下课来拿书。"说着就推我上了楼。我倒是足足担了一小时的心，幸好下课后及时从老校工手里收回了课本，重新上楼坐在教室里了。老师说"打开课本，翻到第×页"，这时我才奇怪地发现书里夹着一个巧妙地叠起来的花纸方胜。盼到下课才悄悄打开来看，纸条上是铅笔写的一行小字："我爱你，你爱我吗?"这真使我大吃一惊。我没有把这件事告诉过任何人，也没有向老校工打听。后来上学时虽曾多次留心，但终于无法发现写条子的到底是谁。

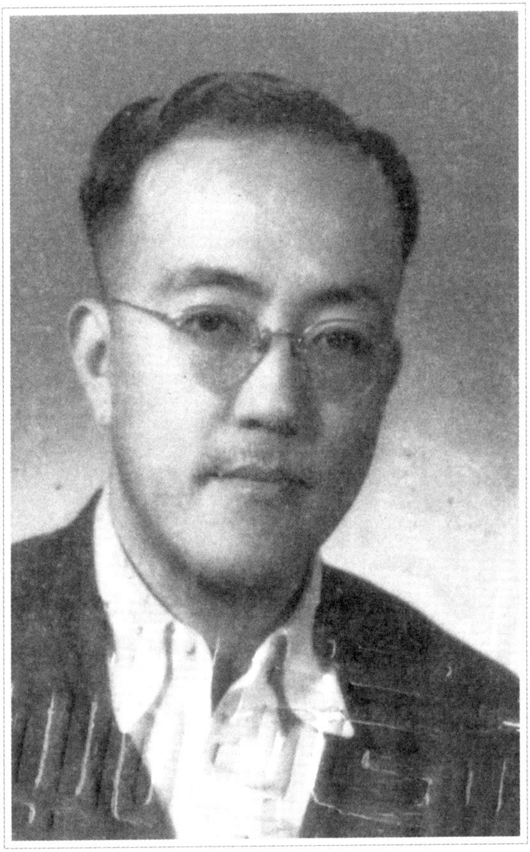

美国兵与女人

我预备写《关于美国兵》，在一张纸上排列了几个题目，预备按照顺序慢慢地写。这一个题目本来是写在前面的。后来却不曾先写它。以免一开口就是女人，有趋于下流的危险。然而想想，这件事的重要性是不下于其他的，说来说去还是那句圣人的老话，"饮食男女，人生之大欲存焉。"实在是很重要的一件事，虽然听说有"文妖""文妓"之流也援引了这句话大写其文章，不过那是别一件事，与此无涉。

美国人是比较在性方面有较大解放的民族，他们看两性的事件比较单纯，并不像我们那样的神秘，所以在一般地应付这种事时，也特别的平淡而坦白。几乎认为是极普通的一件"例行公事"。所以现在我们来看这个问题也应当觉得平平常常，不要大惊小怪才好。记得有一次在桂林，一个美国中尉问我，"你结婚了没有？"我回答说"还不曾"，他就大为惊奇地说："我在两岁时就结婚了。"这当然是夸张的话，他们大约是在廿岁左右就结过婚的了，退一步讲，也都各有一个女朋友。和他们相处，很容易有机会欣赏他们的心上人的芳姿。只要稍微谈上两句话，就会谈到女人，接着就马上拿出照片来给你欣赏了。这时你一定要加意观摩，无论她美丽如电影明星，或是难看得像一个女巫，总要称赞上两句，于是就功德圆满皆大欢喜。这种照片大都放在皮夹子里，随身携带，有时还有一张硬纸片，上面是她的红红的两片吻痕，也夹在里面。算是随身的法宝，须臾不离的。

去国远戍，往往一别就是两三年，这时候怎么办呢？有的人一天到晚盼家信，有的一天准能得到一封。他们也在无事时就写信回去，几乎成了每天唯一的大事。有些人彼此誓守贞操，约定在别离的期间彼此都守身如玉；也有的发生了小问题。有一次听他们彼此说笑话，一个小兵向另一位开玩笑说，"你的太太怎么样，大概有别人为你代劳吧？"更有一次一位上士拿到一封信，颇气愤地走来向我说："他妈的，我太太说他又添了一位少爷了！"这时他是已经离家第三年了。这种题材也被画在漫画上过，大可以解释最近他们要求回家游行的一个重要的理由。

军队的生活是最无聊的，酒与女人几乎成了战争的台柱子。这种"守身如玉"的人究竟不大多，无事时找找女人成为很普遍的事。军队中的长官对于这事是非常注意的。在印度兰伽，就有一个官办的妓院，那是很干净的一排小白房子，里边的女人是由英国政府负责选来的，很舒服地住在里面，有专人司管理之责，每星期两次用汽车接到医院里去检查。每天服务的时间分为上下午和晚上，白天是士兵的时间，晚上则是官长的时间。每次收费十五卢比，约合五个美金。然而到这里去的人究竟还不多，他们觉得这是太贵了。所以还不曾杜绝了向外发展的机会。这里我想提一下另外的一件事。中国军队入印之初，英国政府也曾照会我们，说是同样地要给我们预备这样一批人，以免军中性欲问题不能解决而弄出别的问题。不过这件事在我们礼仪之邦的中国简直成为一桩笑话，岂有此理，当然"无此需要，着毋庸议"！不过后来的结果是野外的河滨、森林变成了交易场所，在印度村落的门口都钉上了"此系民家，不准擅入"的牌子，医院里患性病的士兵也多起来了。

战争带来了贫穷和失业，也带来了大批的无家可归的难民。在这里女性们可以走的唯一的路只有卖淫，如果她还不太老的话。美国兵在这些人的眼中自然是很可羡慕的猎物。在印度时就有不少小兵向我问中国的女孩子是不是漂亮，好像久已神往了的样子，无怪他们一来中国就有乐不思蜀之感。这一批女人分起来也很有几类，最"上等"的是一批社会上的名媛，如在蒋梦麟夫人领导之下，昆明的西南联大和云南大学的女生们都起而慰劳盟军参与伴舞，那初意倒是并不为错的，不过后来竟弄得计时论钱，如每小时四元美金，则大为失策，与普通的舞女没有什么分别了。其次的即是从香港上海来的舞女之流，她们会说英文而且是"行家"，自然得心应手，不过这种人才也不多。降至末流即是一批专做洋人生意的女人，她们并不懂英文，不过也多少会说两句洋泾浜，讨价还价的本领是有的。头发烫得奇形怪状，而且都穿了"洋服"，不过那"洋服"是用最蹩脚的印花布制成，剪裁得也十分奇异，穿在身上令人有一种特异的感觉。当她们被揽在洋人的手里在街上走的时候，搔首弄姿大有不可一世之势。在昆明的晓东街上的南屏戏院门口，咖啡室内，几乎全是她们的世界，那样子多半是像京戏中的《蝴蝶梦》里的二百五，满面涂得雪白，两道红唇，冷然可畏，眼睛是无神的，好像已经疲弱得不堪，狂吸着美国香烟大口地喷着。这种风景让人看了总是惨然不欢。给我印象尤其深刻的是一次在保山，看见在那个战后繁荣起来的小城的夜市里一个美国军官手里揽了一个小女人，看她的样子不过才十六七岁，并不曾涂了脂粉，可是也穿了"洋服"，和她那个异国的男朋友比起来，真是瘦小得可怜。想想中国是真要靠了她们去"敦睦邦交"吗？这又岂是那批豪门贵妇和大人先生之专门以招待外宾为荣的人们所曾想过的问题？

  写到这里，我又想起去年(或者已是前年了)《大公晚报》的副刊上曾经刊载过几首涉江近词，是《成都秋词》和《成渝纪闻》。照我看来，其中关涉到美国兵的地方很不少，先抄两首减字木兰花：

> 弦歌未了，忍信狂风摧蔓草，小队戎装，更逐啼莺过粉墙。罗衣染遍，双脸燕脂输血艳，碧海冤深，伤尽人间父母心。

> 秋灯罢读，伴舞嘉宾人似玉，一曲霓裳，领队谁家窈窕娘。红楼遥指，路上行人知姓氏，细数清流，夫婿还应在上头。

这两首都是《成渝纪闻》，大概都有典故可寻，可惜作者不曾把它写将下来，然而细绎词意，则嘉宾的骄横与豪门的无耻，已经明明白白不必研究了。其余的几首，还有不少妙句，稍摘如下：

> 酒楼歌榭消长夜，休日还多暇；文书针线尽休攻，只恨鲜卑学语未能工！

> 休夸妙手，憎命文章供覆瓿；细步纤纤，一夕蹁跹值万钱！

这是词人的吟咏，我觉得很有意义，至少留下了这么一段事实，再过多少年就会是可珍贵的历史。至于那些站在南屏门口，专门招揽外国人，而为一般国人所看不起的"下流"女人们的嘴里，是也有一首歌的。英文原稿是一位朋友所告诉，颇为珍贵，我设法译它一下，不过只能成为四不像的东西了。

干净被单，没毛病，
门户严紧，少宪兵，
你给多少呢？
小洋兵！

那原文是这样的，

Clean Sheets,
No Disease,
Secret door, No M. P.'s
you say, how much Joe?

原词不知出于何人之手，但一定不是妓女所作，因为她们大约还没有如此精通，那么究竟是什么"才子"的作品呢？悬想晓东街上，红裙翠袖，都用了滇南音韵唱着这首名歌；那风流高致，大概不下于唐朝王之涣的旗亭画壁吧？

中国是礼仪之邦，他们自然不好意思像在印度时一般向英国政府要求供给女人（其实英政府供给的还是该死的印度人），只能任其自然发展，好在操这种"寄饮食于男女之中"的"招待外宾"职业的妇女很不少，中国政府也眼开眼闭，所以很不成问题。在贵阳的一家旅社里就有这么一位专接洋人的小姐，如果中国人想要，即使出上几倍的价钱也办不到，那原因我不知道。还有一种 G. I. Girl，平时等在贵阳的一家百乐门饭店里，也专做洋人生意的。据说如果有中国人和她们发生了关系，则将被捉进官里去关个几年，这法律是否公布，我不知道，不过我相信这是极可能的。至于她们的夜度资，我不曾调查过，不过我想大抵是异常悲惨的。一般人认为美国兵都是阔少，不过有许多地方，他们也是颇为吝啬的。这里我将叙说一件很可珍贵的经验。那是在保山，一天晚上，我在城里搭一部美国军车回营房去，那时我们所穿的是驻印军的制服，与小兵无异，一部卡车中只有我们两个中国人，其余全是美国小兵，他们是到保山城里去过周末去的。时间是晚上十点，当他们爬上车来的时候，一个个酒气喷人，脚步蹒跚，已经失去清醒的头脑了。因此我有机会听他们彼此述说彼此认为十分满足的夜生活。他们对于这个小城真是满意极了，也难怪，在滇缅路上，处处全是穷山恶水，往往数十百里以内没有人烟，偶然有这么一个地方，不管它是多么破烂，多么污秽，然而多的是为美国人预备好了的美金兑换处、洋酒店、酒吧间和最重要的，女人们。难怪他们要叹为"奇异的地方"了。平常如果想知道一点这方面的情形很不容易，现在居然从他们的对话里得到了充分的知识，真是难得。然而作为一个中国人，默默地坐在旁边听他们说那些话，感情上是很不容易平静的。我不想多写，总之，那是很使人不欢的。他们在街上找到了女人就带到离城一二里外的野地里去，据说那代价有的只是一包美国香烟。这当然也是他们认为是"奇异的地方"的一个原因，在他们花了不过是六分美金，中国的小姐们就欢欢喜喜地跟了去了。这究竟是"奇迹"呢还是什么，我不想多说。只想补叙一点，在那个小城里，到处都是木头做成的小房子，里面卖的全是美国军用品，香烟最多，价钱是两千五百元一包。享用的人们则是商人，和有发财机会的官吏军官和驾驶兵们。

美国军官里除了偶尔去猎一下艳之外，有许多是更有别的方法的。在贵阳时每天早晨坐了车子去办公，路上总会遇到一个坐在包车上的女人，样子非常华贵，朋友告诉这就是贵阳美军最高指挥官某准将的外室。关于这位将军，在桂林时也是一起的，那时不过是上校，等我出去走了一转回来以后他却升为准将了。那位华贵的夫人也是在桂林时的旧识，本来是一位中国将军的太太，不幸那位将军却因为擅弃名城被枪毙了，未亡人就跟了"沙吒利"。在昆明的华特斯准将的艳史，知道的人恐怕也很不少，因为某种原因我暂时不去说他。有这种机会的人很少，大半要高级的将领才办得到。如某夫人家里的汽车坏了就开到准将的地方去修理，加油；家里的电冰箱坏了，着派某军曹去修之类。算是友谊的交换条件。官微职小的自然就不能得到她们的青睐，只能相与街头上的小姐们了。也还有"一见钟情"的人物，写了长长的英文情书送给她们的，这种"痴情"自然是值得同情的。也有人问我为什么他们找到的全是不大好的，那些非常漂亮高贵的小姐们总是不睬他们，因为这个道理我也没有研究，所以没有答复他。

至于他们自己军队中，也有许多女军人，其中有一种"外克"（Waac），是"军中妇女辅助队"（Women's Army Auxiliary Corps）的缩写。她们工作的范围很广，各部门都有，详细情形不大知道。医院里的护士小姐则大抵都是少尉或中尉，煌煌地挂了金色银色的官阶，据说那用意是使被看护的小兵们不得无礼。听小兵们的话，知道这些护士小姐们是专门陪了军官去玩的，小兵没有资格，这使他们很生气。

为了使远戍海外的征人可以减轻乡思起见，他们更有一种歌舞团的组织。人选大约是好莱坞的电影明星和百老汇的歌舞女郎。她们由美国出发,到全世界各地的美军营地里去表演。到中国来过的也很有几位有名的人物,如那位出名的滑稽角色包卜郝伯(Bob Hope),他还做了一本书叫《我从不离开过家》(*I Never Left Home*)。此公的面孔一看就要使人笑出来。当他站在台上的扩音器前面时,或者独白,或者和一位女角搭档,表演对口相声,几乎每一句话都能使下面的人们哄堂大笑。自然,有许多话是非常猥亵的。自然,只有这种东西,才能使神经麻木了的兵大爷们刺激一下,他的那本书的名字就是说到处都受欢迎,都是家乡风味,好像在美国一样。女人们当然是台柱,大腿戏是最受欢迎的节目。曾叨光看过几场,那热烈,香艳,真是不差,难怪小兵们一个个都兴高采烈赞叹不置。桂林、湖南前线都去过不少名人,如宝莲高黛、安秀丽丹,我看她们全都是四十岁左右的老妖精了,可是还肉麻地表演着,全不是银幕上的那两个人。不过小兵们的欢迎情绪是并不低落的。

郁达夫有一句话很有名,"乱世男女离合,本属寻常。"这在大后方跑过的人们大抵都能够有此感觉。如果到前线去过,在战壕里躺着,听枪子炮弹嘶嘶地从头上飞过,或是听着敌机隆隆的响声,那时就很能体会一种心情,真是"不知命尽何时",一旦有了休息的机会,自然就会有一种心理,"今朝有酒今朝醉",浪漫的情绪,就是如此养成的。关于女人,更要觉得平时那些写情书,求爱……的方式不免太迂远了,这很可以解释为什么战后男女的关系会变成那么乱,在美国,这问题非常严重。《读者文摘》上有一篇文章,《墙角落里的烦恼事件》,就谈到这个问题,据云现在美国的女孩子有的只有十五六岁就已经和士兵交朋友了,美其名曰慰劳军人。那原因是父亲出征在外,母亲在工厂里工作,没有人去照顾她们。性病的指数急遽地上升,使老先生们大为叹气,急求所以防止之道。这真是一个"亘古常新"的问题,在现社会制度之下恐怕还没有什么方法可以解决,这或者要成为永远的一个人类的悲剧也说不定的。

读书静思

《锦帆集》后记

从小就喜欢李商隐的诗，记得还是从《石头记》上看到那句"留得残荷听雨声"，才开始找了他的集子来看的。诗人笔下的像闪烁在夕阳里海滩上的贝壳的光彩使我迷惑了。如梦如烟，我并不曾完全了解他的用典，遣词，和隐藏在篇章后面的意思，后来也曾找到朱鹤龄钱谦益的笺本来看，也零碎地看了不少考证的文章，关于"锦瑟"……的，可是后来全丢开了。一九四二年冬天，离开上海的时候，还用荣宝斋的笺纸抄了他一首"年少因何有旅愁……"送给 W，以后我们就到四川来了。

到重庆以后，写了几篇小文章，给 W 看了，他说很喜欢，来信说，"黄裳可以有集矣。"想想应当取一个什么名字呢？就又想起李商隐的"锦帆应是到天涯"，他是说的隋朝那个浪漫皇帝的故事。"春风举国裁宫锦，半作幛泥半作帆。"我的这次流浪又哪能比得上，然而，终于用了。

那时我住在离重庆十几公里长江上游的一个小镇上。乡居寂寞得很。到时是初春，常常和朋友到江边渡口的小竹棚里，喝着用小小玻璃瓶装的橘精酒，吃豆腐干，喝苦苦的沱茶。看看鼓吹过江的上坟船，听听充满了寂寞哀愁的船夫的歌声，同时心里也总想着忘不了的一些人和事。写好的几篇东西送出去竟是那么困难，又不禁有些轻微的愤懑。(这在现在想来也真是幼稚得很的事。)后来雨季来了，一连两月没有晴天，就只好待在房子里，偶尔也到凤凰楼里去喝茶，在摇摇的灯光里听着幺师呜呜的箫声，写文章的心思淡下去了。给一个人写了几封信，诉说的也还是一些无聊的小事情。这时我正知道了关于 Y 的一些事，一些想不到的事。在水市巷的一所轰炸后的楼房下面，看到了几封信，信里有几句话，我抄了下来，在日记里：

> 我珍惜我小小的力量、生命和爱，我要把它们给我爱的人们。我不愿意作什么大事业，想替你们作极小的事。我读书，我弹琴，努力的求知识，学许多的事情，都是为要做你们最好的伴侣。

在一九四四年的春天，我已飞到了充满了阳光的昆明。又写了一封信，就是"江湖后记"。那时 Y 又从北平回上海去了。C 来信说："××重入江湖，不知仍带着她那本 Bible① 否？"

后来又到湘北去，不满一月回到桂林，生活十分不安，写东西的心情自然是没有了。W 寄来一本小戏，开头是一个女孩子唱《游龙戏凤》里的"自幼儿生长在梅龙镇，兄妹卖酒度光阴。我哥哥……"，又好像从纸上飘出了柔弱的声音，我听见过的稔熟的声音。那点"江湖"的引诱，使我计划写一个戏，刚完成了第一幕，我不得不离开桂林了。

回到昆明十天后，就飞到了印度。在一个角落里过了八个月平静的生活。好像是真正到了异域，很少得到朋友的信，也很难看见国内的书报，更不必说迢迢从海上寄来的信了。带了一份在荒岛上的心情，极单调无聊地过日子。一天，忽然得到 W 从孟买来的厚

---

① 《圣经》。

厚的一封信，说他就要到米亚米去了，当一个水兵。那封信是要转给国内的一些朋友们的，一封连环地寄给许多人述说他在旅行中感想的信，我真佩服他的好兴致。信里说临走时曾经整理了一下箱子里我们的那些零碎的"遗稿"，如果我要时可以寄给我，这就又让我想起了《锦帆集》，碰巧有机会可以结集，也就不管它是如何零乱芜杂，决定交出去。

在雷多又住了一个月，住在森林里的帐篷中。对河是漫天的原始森林，晚上常常可以听见野兽的啸声，我也分辨不出它们是虎还是狼。白天穿过森林，下河洗澡，听一个小兵指示泥里豹子的足迹。在滚滚的急流里漂浮着，心里只剩下了茫然的平静。

现在我是又坐在一个昆明的茶楼上了。看着窗外的斜风细雨，打了伞在青石道上走着的女孩子。松子、桃片、黄黄的竹子的水烟筒，如此亲切又如此辽远，我能说些什么呢？我甚至怀疑是否还存留着旧日的情感，当我重翻那些文章的时候。

离开家，离开亲爱的人们已经两年半了。久久无消息，不知道她们现在生活得怎样。无已的怀念。衷心希望回家，到Y的"绣楼"上听雨，念着"红楼隔雨相望冷，珠箔飘灯独自归"的诗句。如果时间不太久的话，让这本小书作一个小桥，使我不致太困难回到那个境界和那种情怀。

一九四五年七月九日，昆明

读书生活杂忆

现在已经很难记起自己最早读的是些什么书了。"读书"似乎也有种种不同,有被动的,有的则出于自愿。无论是私塾或学校,在那里读的都是老师指定的课本,没有自己挑选的余地。我是由大伯父(他是清朝最后一科举人)开蒙的,用的课本是上海出版的澄衷学堂《字课图说》,这是"看图识字"一类的识字课本,每半页三个字,左图右文,编辑得很不错,图画得也好,恐怕比识字卡片的历史还要早得多。识得若干字以后就开始读"四书"。如此说来我最早读的应该是朱熹编辑的孔孟的教条。

父亲是学采矿的。第一次世界大战结束,他从德国回来时,带回了两大箱德文书,不过这与我没有关系。此外家里的中国书好像就只有《红楼梦》《封神演义》《儿女英雄传》和一部《聊斋志异》,都是清末上海点石斋的本子,前面附有精致的插图的。不过除了《聊斋》以外,一律被父亲宣布为"禁书",不许小孩接触。但禁令收效甚微,我总是有办法一一取出翻看。这总是在父亲上班的时候,坐在面向花园的楼下回廊里,可以放心地阅读。中午父亲回来吃饭,远远就能望见,这时只要随手把书向卷起的竹帘里一塞,就平安无事,不露马脚,没有出过一次纰漏。

这样说来,我自觉自愿读的第一部书是《红楼梦》。不过除了插图以外,正文却毫无兴趣。第一次记得读到"贾雨村风尘怀闺秀"就废然而止了。但《封神》就不同,那可有意思得多。土行孙真是值得羡慕的人物,他能一顿脚就从地面钻到地下,而且通行无阻，可以到想去的任何地方去。但即使是土行孙也会碰上指地成钢法，真是值得遗憾的事。我对《封神》发生兴趣，还因为当时正热心地收集着一种《封神》人物香烟画片。家里用的是"大联珠"香烟，每包附有一张彩色画片，一起大约有一百张。但收来收去只缺一张女娲。画片总是收不齐，小说也就反复地读下去了。

《聊斋志异》虽然不是"禁书"，但开始读它却在许久以后了。我觉得这是第一部使我获得阅读古文本领的最好的课本。我没有读过《古书疑义举例》《助字辨略》……更不必说高邮王氏的著作。古文的语法、句法，差不多都是从《聊斋》里猜出来的，而且以后读更古些的书困难也不多。当然，再古上去就不行了，还是得请教训诂学家。

在南开中学，英文老师李林先生给我们读一种"直接法"的课本，而不采用流行的"纳氏文法"之类。在教学思想上恐怕就持着同样的意见。学生不必死死记住一条条文法，只要直接接触作品从而"猜"出语法的规律来。我始终认为这方法是好的，和小儿学语一样，是从观察、实践中摸索出经验来。比先学教条，后付实践的方法好得多。但这也有缺点，如果请你走上讲台去做语法分析，就会束手无策，甚至连各种"词"的名称也说不出来，陷入一种"知其然而不知其所以然"的困境。这就是我对语文学家一直抱着敬而远之态度的原因。但只要不做语文教师，有这缺点也没有多大害处。

这种习惯的养成，对此后读书生活的影响是大的。没有系统的、扎实的基础训练，只是碰到什么就读什么，随宜吸取营养（当然其中也不免有毒素），这是走向"杂家"而不是培养专家的道路。

抗战开始，我在第一次全国统一招考中考进了交通大学。为什么要考交大，动机自然是从父亲那里接受下来的工业救国的思想。交大是重点大学，按我的数理成绩本是考不取的，但意外地沾了熟读《聊斋》的光，国文试卷中有一段无头无尾、无标点像"天书"一样的古文，给我读通、点断了。而当时唐文治先生正是交大有很高威望的领导人，他主张语文一科不及格的不得录取；相反，其他各科差一点却可以原谅。入学以后在大课堂中听过唐老先生讲授过半年古文，看他由人扶着走上讲坛的情景使我肃然，因为那时他不但已是高龄，而且失明已久了。但他讲的古文却一句也听不进，记不住，至今想起还感到负疚。当时交大借了震旦大学上课，学校有一座漂亮的图书馆。我常常从这里借书来看，"四部丛刊"差不多大半都借来看过，当然并未每部仔细阅读，有的只是摩挲一下就归还了。但就这样我第一次接触了大量版本书的样本，懂得了什么是黄跋、何校。记得还曾借阅过《王国维先生遗书》，当然读不懂，但有些是可以懂并喜欢的，就大段地抄了下来。现在手边还保留着当年抄下的一篇《清真先生遗事》。当然，对周美成发生兴趣，还是先读了俞平伯先生《清真词释》的关系。

南开中学附近开着三家书店，供应着最新出版的各种新文学书。父亲每月寄来的生活费大部分都被我买了书。鲁迅、冰心、周作人、朱自清、郁达夫……的文集是每种必买的。各种文学杂志也都收有全份。宿舍床头的小书架上总是满满地插着新书，后来还引起了舍监的注意，被暗中检查并在校务会议上提出。买来的书不一定本本看过，即使看也不是从头到尾地通读。这毛病至今也依旧改不掉。我曾看到过吴翌凤的一方藏书印"枚庵流览所及"，觉得很满意，后来请王福厂照样刻了一方。我想我的买书大致也就是这种情形,不过是买了来,翻一过,读读序跋,知道大致是怎样一本书,讲了些什么事情,就放回书架上了,真是名副其实的"流览"。至于自己喜欢的,不只通读,有些篇多少次地反复诵读过的,也不是没有。鲁迅的《朝花夕拾》和《且介亭杂文》,就读过不知道多少遍,不知怎的总是读不厌。

"七·七"以后不久,陆续收集的整整两箱书都毁于日本侵略军的炮火。但我并不灰心,逃回上海后又继续买书,而且升了级搜罗起"古本"来,如鲁迅的著作就一一访求初版的毛边本。《小说月报》也搜齐了从沈雁冰接手改版直至终刊的全份。在三十年代后期,注意收集新文学史料的风气还没有兴起,只有阿英是例外。他的影响是大的,他的《夜航集》和《小说闲谈》……都不只是我的爱读书,还是收书的指南。

投稿活动也从这时开始。对象是"孤岛"上《文汇报》的副刊"世纪风",习作是小小的散文和"掌篇小说",也就是目前流行的"微型小说"那样的东西。创作的最初动机是模仿,我想这和小孩子的喜欢学大人说话行事很相近。当时十分佩服、喜欢的散文作者是何其芳和他的《画梦录》,觉得这是一种新的流派与新的风格,和朱自清、周作人都不同,于是就努力模仿,不过终于学不像。还学过鲁迅先生的《马上日记》,结果当然是画虎不成。学识、眼光如此浅薄而幼稚,是学不成那样的风格与写法的。在外国作家中,则最佩服夏目漱石,特别是他的杰作《哥儿》。反复读了以后真是爱不释手,忍不住要来模仿一下。素材取自来上海后的一年中学生活。不知怎的,"红衬衫"那样的人物好像就在身边活动,闭起眼睛就在面前出现了。稍稍加以剪裁编织写成一篇中篇小说。离沪之前托朋友卖给了一家书店,后来不知道被怎样处理了。

来到重庆以后生活环境一直变迁无定，买书、藏书的条件都几乎丧失净尽，接触古书的机会也更少了。但书还是读的，至今还留下了颇深刻印象的是下面两种书。

在扬子江畔的九龙坡上，学校图书馆里竟藏有一部"四库珍本"，这是我过去不知道的。这书从不出借，但因遭到水湿，曾摊开在操场上晾晒。随手拾起一本，正是方回的《桐江续集》。方虚谷的《瀛奎律髓》在上海时曾得到过半部康熙刻的残本，读过一遍，很不喜欢，也并不清楚他的身世和言行。偶然遇到他的诗集，很有兴趣。觉得他的诗写得实在不坏。读着"每重九日例凄苦，垂七十年更乱离"这样的句子，面对着长江岸边烟雨凄迷中隐现的黄桷树，确实受到了很大的震撼。

接着就是一连串漂泊不定的日子。得书极为困难，但积习难忘，只要一册到手，不论是怎样无聊的东西，也总要翻一下。一个偶然的机会，在昆明市上买到了几册《中国内乱外祸历史丛书》的零本，其中收的大半是晚明野史，中间就有纪南明永历在云南、缅甸流亡与结末的故事。三百年后在新的民族危难严重关头，重新走过这些地方，真使人感慨无端。这时写下的几篇"杂记"，如在昆明、贵阳所写，就有点近于历史笔记。尽力收罗可以到手的资料（当然收获是很可怜的），并有意识地模仿着鲁迅先生在《病后杂谈》《题未定草》中用过的方法，这样就逐渐疏远了一向遵循的那条"梦中道路"，逐步接近了现实。虽然在形式上却表现为抄古书。

离开学校走入社会，给读书生活带来很大的变化。过去只是读几本小书，现在是开始翻看一本更丰富多彩、无边无岸的大书了；过去的读书是漫无目标的，现在懂得为了工作、学习、写作而确定搜求与阅读的方向了。

这时我开始成为一名记者。

对新闻记者的要求是一个杂家而不是专家。这恐怕要算作一条规律。记者中间可以有专业的分工，但不论分工如何细致，他首先必须是一个政治活动家，其次还要求有广泛的知识。记者要接触社会上九流三教各色人物，没有够用的知识是不行的。过去我曾和一位老同行说笑话，判断一个记者是否合格，要看他与被访问者的谈话在一小时内是否露出了"马脚"。举例说，无论遇到国学大师、书画名宿、佛教居士、历史学者……都能谈得入港，使对方觉得你是个水平线上的"通人"。这样才能引起对手的兴趣，打开他的心扉。不要一落座就掏出笔记本来，最好是始终不用任何记录工具。谈话以闲谈的方式为好，需要了解的问题也最好不是异峰突起似的提出，却融会在漫谈之中，让对手在自由的谈话中生动、深刻地阐发自己的意见。

要达到这样的境界，不是容易的事。工作会迫使你抓紧补充所缺乏的常识，就要读书；工作会不断扩展你的视野，如果你是热爱生活的，你的兴趣、爱好也必然随之而扩大。在这基础上的学习、读书，就不再是被迫的而是自愿的，效果也必然完全两样。

记者需要同时担负采访与写作两种职能。除了新闻报道、通讯特写之外，还要写时评、短论，并学会出题作文，组织最合宜的作者心情舒畅地写出出色的文字来。

《红楼梦》写薛宝钗挖苦宝玉说，"宝兄弟整日价杂学旁收的"，就是在阐明"杂家"的含义。这和"四库"分类里的"杂家"并不是一回事。

杂家和专家之间并不隔着一条不可逾越的鸿沟。杂家不仅可能化为专家，有时还会有所创新有所发展，在学术领域中开辟出一种新的流派，在文字上创立一种新的风格。这是更为困难、更不易达到的境界。不过"江山代有才人出，各领风骚数十年"，杰出的人物总是会出现的。鲁迅先生就是一个光辉的例子，而他的影响也不只数十年而已。他不只读的书多，知识广阔，尤重要的他有一双晶明澄澈的眼睛，能透过社会上、书本中纷纭复杂的事物，看出那底细来。他不是"书簏"，更不是"世故老人"。他的本领是从勤奋的学习和勇敢不懈的探索中逐步获得的。

只强调博与杂而忽略了深入的思索，那就只能走向反面，变成浅尝辄止的"半瓶醋"，和思想上的庸人。像《一捧雪》中的汤裱褙，贾府上的单聘仁、山子野，琴棋书画，吹拉弹唱，样样都来得一手，到头来只能是做"清客"的好材料，也即鲁迅所说的"帮闲"，对人民大众没有丝毫好处。这是一条危险的路。年纪一天天大起来，也日益感到这危险的严重。近来常常想，自己到底懂得些什么呢？真能有把握地自信头脑一直是保持着清醒的么？恐怕两种答案都是否定的或可疑的。

喜欢买书，但并不本本细看。就像一个人有不少老朋友，但多半素昧平生，事实上就将和没有朋友一样。因而又时时有"悔之晚矣"之感。这当然是大可不必的。朋友总是越多越好，重要的是要努力去熟悉、了解，弄清其长处与缺点，并采取相应的态度。"知己知彼，百战不殆。"孙子的这句话，看来在读书上也是适用的。

一九八四年二月二日

寒柳堂诗

在报纸上看到钱仲联评陈寅恪诗及因此引起的争论，觉得这是值得注意的一桩"诗案"。钱仲联的评论见于他为饶宗颐《选堂诗词集》的序文中，略云：

> 寒柳亦能诗，而功力不能与其兄衡恪、隆恪敌，亦非如其季方恪诗之风华绝代也。其名篇即挽观堂之长庆体长诗，身处共和而情类殷顽。其余短章，时屡酬应牵率，且有猥托贞元朝士之感者，皆张茂先我所不解也。

钱仲联的批评是在得见寅恪前后期诗作的总体估价，包括早期名篇和晚期感时伤世之作在内。批评重点是政治标准第一，也不放过诗艺的评骘。陈氏兄弟诗篇，我只见过衡恪的遗诗，两者确非一路。师曾的诗纯属画家诗，时见清词丽句，近于瓯香馆，且逝世早，不如寅恪之多历世变，其诗更多家国身世之感，两者实不宜并论。至于说寒柳诗多类殷顽和猥托贞元朝士之感，说的其实是同一意思，就是说陈寅恪似乎是两代"遗民"，既是前清、又是蒋家王朝的"遗民"。这正是寒柳诗一直不为人理解的重点所在。寅恪在《王观堂先生挽词》序中指出："其所殉之道与所成之仁，均为抽象理想之通性，而非具体之一人一事。"所论虽是王国维，其实也可作为寅恪毕生行止的解释，所以"流俗恩怨荣辱委琐龌龊之说，皆不足置辩也"。

寅恪平生言论行事，颇有"遗少气"。这是胡适的话，较"殷顽"说尚少近真。看起来不大有人会把他当作前清的"遗老"了。至于是否将他列入蒋家王朝的"贞元朝士"，就难说得很。钱仲联所说也正如此。可是求之寅恪遗诗，对蒋介石和国民党，就有一九四〇年写的"看花愁近最高楼"，据吴宓说就是为蒋介石而发的。同样还有"九鼎铭辞争颂德"（一九四三），"青骨成神二十秋"（一九四六）诸句，诗意显然。更不必说《哀金圆》长诗，痛斥王云五，已是戟指痛骂了。若说这都出之"贞元朝士"岂非梦呓。又据陆键东记黄秋耘回忆，康生指摘陈诗之反对社会主义者五首，其中三首乃是新中国成立前所作，就更是刀笔吏的无理取闹了。凡此，都是陈寅恪所说的委琐龌龊之说，都是不足置辩的。

我辈喜爱陈诗，可说由来已久。五十年代偶得传抄陈诗，都珍重录存，也不过寥寥数首而已。其中就有《昆明翠湖书所见》"照影桥边驻小车"一律。翠湖是旧游之地，此诗写战时昆明风景，而以燕都比照，感慨无端。诗写得风华旖旎，读之铭感至深。陈诗受义山、东坡、梅村的影响是分明的，也偶有酷似龚自珍之作，如《别蒙自》诗："我昔来时春水荒，我今去时秋草长，来去匆匆数月耳，湖山一角已沧桑。"

陈诗与吴梅村诗关系密切，正如余英时指出的，其《癸巳七夕》诗（一九五三年八月）：

离合佳期又玉京，灵仙幽怨总难明。赤城绛阙秋闱梦，碧海青天月夜情。云外自应思往事，人间犹说誓来生。笑他欲挽银河水，不洗红妆洗甲兵。

这与吴梅村的《七夕感事》诗风格如一，用韵前半亦相同，对比可见：

> 天上人间总玉京，今年牛女倍分明。画图红粉深宫恨，砧杵金闺瘴海情。南国绿珠辞故主，北邙黄鸟送倾城。凭君试问雕陵鹊，一种银河风浪生。

两诗同有低回宛转之妙，这是梅村诗的特色，而寅恪效之。也许这正是晚清以来风靡一世的江西派诗人所不喜，并认为诗格不高的缘故吧。关于吴梅村诗，龚自珍有"三别好"之说，也正是说明此意。虽然明知不够高标准的诗格，但因是"慈母帐下灯前"所授，所以到老不能忘情。也许这就是我辈酷爱寅恪诗的因由吧。

如果选取陈诗的一些断句，可以看出他的诗风并不囿于一隅，如"万里乾坤孤注尽，百年身世短炊醒"，"简斋作客三春过，裴淑知诗一笑温"，"万里西风吹节换，夕阳东市索琴迟"，就已近于宋调，可见他的诗的多种面目。

寅恪诗多咏史、感事之作。余英时曾有释证，大体可信。余释《丁酉五日客广州作》诗为咏反右之作：

> 照影湘波又换妆，今年新样费裁量。声声梅雨鸣筝诉，阵阵荷风整鬓忙。好扮艾人牵傀儡，苦教蒲剑断锒铛。天涯节物鲥鱼美，莫负榴花醉一场。

丁酉端午正是鸣放高潮之际，寅恪先生不发一言，只咏诗一首，史家卓识，具见此中。少后《丁酉七夕》诗，则是反右运动高潮之际所作，恰可与前作合观，并为诗史。"原与汉皇聊戏约，那堪唐殿便要盟"，貌似咏史，而历史并无此事，此其所以沉痛也。

寅恪诗多凄苦之音，这与家国兴亡、个人身世都有密切关系，但也偶有欢愉之词，一九六二年作《忆燕山浸水河旧居赋此诗时为晓莹生日即以是篇为寿可也》：

> 庭院清阴四柳垂，凤城西角访幽姿。新妆病起浑忘倦，沧海人来稍恨迟。感世春山舒叠翠，倾心秋水记流漪。岭南偕隐今回首，换却长安几局棋。

这是回忆初访晓莹夫人之作。少后更有题结婚时曾农髯写赠红梅图一律，中有句云"红烛高烧光并照，绿云低覆悄无言"，写新婚洞房情事极肖似，可见寅恪心中有此不忘之记忆，遂数数记之以诗，亦其垂老仅有之欢愉矣。

诠释陈诗，确是艰难的工作，余英时的释证虽不无牵强之处，然大致是可信的。但也有未尽合理的推测，如《偶观十三妹戏作》二绝之一云：

> 涂脂抹粉厚几许，欲改衰翁成姹女。满堂观众笑且怜，黄花一枝秋带雨。

余英时释云："'衰翁'自是指先生本人。"此诗紧接《男旦》一诗后，都作于一九五二年初，自是讥讽赶时髦的老知识分子之作，绝非自况。寅恪的旧友陈垣，曾发表致胡适的公开信，划清界限，是旧知识分子改造的先进典型。这两位老朋友过去关系密切通信甚多,新中国成立后遂断知闻。又一九五三年一月二日寅恪有致杨树达信,略云:"援老所言,殆以丰沛耆老南阳近亲目公,其意甚厚。弟生于长沙通泰街周达武故宅,其地风水亦不恶,惜励耘主人未之知耳,一笑。"也是为陈垣而发的。此信与两诗为同一时期所作,则"衰翁"极有可能是指陈援庵也。

综观寅恪先生诗篇,其对现实的批判,绝大部分是从独立精神自由意志出发的文化批判。他不是什么"殷顽"也不是所谓"贞元朝士",所以他的诗处处散发着诗史的光辉。

多年前曾见到钱仲联先生的诗集,记得是编年本,中有断缺,未能细读,不能领会他的诗风家法。一九六二年顷,曾以记者身份访晤于黄浦江畔,快谈移晷,也着实争论了一通。话题是对钱牧斋的评价。他对牧斋是五体投地的,赞不容口。对牧斋的降清也多恕词。印象甚深。看来他对寒柳诗的好恶,不是没有来由的。近来时有新论迭出,有人甚至认为钱牧斋的降清,是为了保全南京城近百万百姓的性命。陈寅恪曾称道欧阳修的五代史,"作义儿冯道诸传,贬斥势利,高崇气节",在有些人看来,直是过时的迂论。也许不久的将来,会出现为汪精卫翻案的高论也说不定。吁!

二〇〇二年一月三十一日

附

偶阅本年第四期《万象》载有黄裳先生《寒柳堂诗》一文。文中有云:

《寒柳堂诗》"偶观十三妹戏作"二绝之一云:

涂脂抹粉厚几许，欲改衰翁成姹女。
满堂观众笑且怜，黄花一枝秋带雨。

余英时释云"'衰翁'自是指先生本人"。此诗紧接《男旦》一诗后，都作于一九五二年初，自是讥讽赶时髦的老知识分子之作，绝非自况。寅恪的旧友陈垣，曾发表致胡适的公开信，划清界限，是旧知识分子改造的先进典型。这两位老朋友过去关系密切通信甚多，新中国成立后遂断知闻。又一九五三年一月二日寅恪有致杨树达信，略云："援老所言，殆以丰沛耆老南阳近亲目公，其意甚厚。弟生于长沙通泰街周达武故宅，其地风水亦不恶，惜劢耘主人未之知耳，一笑。"也是为陈垣而发的。此信与两诗为同一时期所作，则"衰翁"极有可能是指陈援庵也。

按，数十年来海内论史学者每称"二陈"，然二人之经历、志趣与出处则大不同。抗战期间，陈寅恪《陈垣明季滇黔佛教考序》有云：

昔晋永嘉之乱，支愍度始欲过江，与一伧道人为侣。谋曰：用旧义往江东，恐不办得食，便共立心无义。既而此道人不成渡，愍度果讲义积年。后此道人寄语愍度云，心无义那可立，治此计，权救饥耳。无为遂负如来也。忆丁丑之秋，寅恪别先生于燕京，及抵长沙，而金陵瓦解。乃南驰苍梧瘴海，转徙于滇池洱海之区，亦将三岁矣。此三岁中，天下之变无穷。

> 先生讲学著书于东北风尘之际，寅恪入城乞食于西南天地之间，南北相望，幸俱未树新义，以负如来。

其间谆谆以"未树新义，以负如来"相勖勉，颇似有感而发。而文中又特标"宗教与政治终不能无所关涉"，其实亦即是学术与政治终不能无所关涉也。

新中国成立以后，两人之分道扬镳尤为明显。建国不久，陈垣即发表致胡适的公开信。不久陈寅恪即撰成《元白诗笺证稿》，其中作者发抒其个人感慨之一段话颇耐人寻味。原文之辞曰：

> 纵览史乘，凡士大夫阶级之转移升降，往往与道德标准及社会风习之变迁有关。当其新旧蜕嬗之间际，常呈一纷纭综错之情态，即新道德标准与旧道德标准、新社会风习与旧社会风习并存杂用。各是其是，而各非其非。斯诚亦事实之无可如何者。虽然，值此道德标准社会风习纷乱变易之时，此转移升降之士大夫阶级之人，有贤不肖拙巧之分别，而其贤者拙者常感受苦痛，终于消灭而后已。其不肖者巧者则多享受欢乐，往往富贵荣显，身泰名遂。其故何也？由于善利用与不善利用此两种以上不同之标准及习俗，以应付此环境而已。譬如市肆之中，新旧不同之度量衡并存杂用，则其巧诈不肖之徒，以长大重之度量衡购入，而以短小轻之度量衡售出。其贤而拙者之所为适与之相反。于是，两者之得失成败，即决定于是矣。

> 史学著作而意在影射，固无足取。然史家下笔之时，其

思想感情又不可能不受自己的时代与现实生活之影响而形诸于文字。黄裳先生以为"衰翁"即指陈垣。然则有无可能此节论元白二人慨乎言之之文字，亦有两位陈先生之身影存乎其间？寅恪先生著作中此类感触甚多，如论袁世凯之称帝，初尚以从学术上讨论共和与帝制二者孰宜于中国国情为借口，乃不旋踵即呈种种光怪陆离之丑态，令人转觉此所谓学术讨论不过是一块无谓的遮羞布而已。

自五十年代起，寅恪先生即屡遭批判，"文革"期间饱受摧残以至于死，诚可谓"常感受痛苦，终于消灭而后已"。相形之下，援庵先生则一生历经六朝，"富贵荣显，身泰名遂"。"文革"期间，史学界马克思主义四老(郭、范、侯、翦)均受冲击。郭公开表态欲毁其全部旧作。范作检讨，竟要求对自己"说得越过头越好"，而置实事求是之起码史德于不顾。侯被斗瘫痪，翦被斗自杀。旧(封、资)新(马列)史学界之代表人物几乎全军覆没，其间得以终生长乐、福寿全归者恐惟陈垣老一人而已。犹忆四十年代之初在校求学时，一次偶闻几位老北大[按，一九三七年抗日战争爆发，大批在校青年激于爱国热情，纷纷辍学奔赴抗日前线。三数年后又多有返校复学者。我们由中学直接升大学者遂称他们这批年纪较大的同学为"老北大"（P字号）、"老清华"（T字号），我们则是"联字号"（A字号）。]学长闲谈陈垣老一生行藏出处，谓先是参加清廷科举，继而任北洋高官，再任大学校长。日本占领期间以大学校长之身份接受梵蒂冈之勋章。言谈之间，似颇有微词。当时尚未及见先生战后及新中国成立后之荣誉与风光。以视陈寅老毕生之颠沛坎坷，枯荣之间诚不可以道里计矣。

偶读黄裳先生之文，引发遐想。然而人事幽微，从来难以揣度。事实是否如此，殊未敢必。先生于陈先生最有研究，便中倘蒙指示一二，拜嘉无极。

何兆武

读《红楼梦》札记

从小爱读《红楼梦》，迄今仍不忍去手。常置一卷于枕畔，随意选一节读之，无不欣悦。回想多年读此书，欣赏所在，不无变易。最初读时，识字不多，记得将"贾雨村风尘怀闺秀"还读作"润秀"，可笑类此。其不能领会书中妙绪可知，难怪随手掷去了。少有知识以后，重读此书，引起兴趣的则是书中的浓词艳赋，如贾宝玉的怡红院四时闺咏、海棠社集、菊花诗等等，无不以为词章规范，至于诗句中有什么微言大义，如目前红学家所剖释，则从未措意。只有"寿怡红群芳开夜宴"中麝月掣了一根"开到荼蘼花事了"的签，却分明是刻露的一笔，逗出了"送春"的命意。不待红学家的指教，知道确是大观园落入衰歇的提示而已。

这以后，兴趣就转移到一些热闹场面，刘姥姥在大观园中的表演，凤姐、鸳鸯对她的百般捉弄，花团锦簇的场面，使人眼夺目眩。至于姥姥初进荣国府的种种，与周瑞家的周旋、凤姐接待来客的举措、姥姥眼中的府内光景，尽管雪芹细细着意抒写，却轻轻地读过，说不上尽情欣赏、领会了。

此际所激赏的片段，如葬花，自然是绝妙好辞，其后半"牡丹亭艳曲警芳心"一节，却只不过是借汤玉茗的原词，随宜点染，并不费多少气力。雪芹这种"借景"功夫，更是所在多有，借古人名句意境，幻出崭新故事境界，活色生香，使人浑不觉其出处来历。这一节只不过是直接运用的一例而已。下面写"醉金刚倪二"一节，更是雪芹欲与《水浒传》争胜的好词。脂砚斋（也许是雪芹自说)说这一节较《水浒传》写没毛大虫牛二好看多了。其实并不如此。倪二的几句话，是雪芹花了大力气锻炼出来的，斧凿痕迹如见，就不如《水浒传》写法之干净有力。雪芹书中第一等笔墨都是真境界的白描，而非刻意经营的片段。鲁迅先生论《红楼》说，"正因写实，转成新鲜"，指出的正是这一层意思。

《红楼》笔墨有极繁的，铺陈有极琐的，都值得细细读去，年轻时只注意故事，这些就往往忽略了。以"宁国府除夕祭宗祠"一章论，宝琴眼中的宗祠景色，黑山村乌庄头的禀帖账单，都是写得极详却并不嫌啰嗦值得细读的。贾蓉接过禀帖，忙展开捧着，贾珍倒背着两手，向贾蓉手内的禀帖看去，这几笔真是活画出贾珍的身份气派。每读至此处，总不禁想起京剧《法门寺》，侯喜端饰刘瑾，从萧长华饰的贾桂手中看宋巧姣状纸，几个转身，贾桂转磨盘儿倒退，辗转伺应。几疑两处所写同为一事。纸上台上不同的故事，不同的表达方式，却铸就了不同的不朽艺术精品，不知道侯喜瑞和他的师傅黄三读过《红楼梦》不，是有意的模仿还是暗合，总之，两者绝非偶然的雷同。

同样还有"浪荡子情遗九龙佩"一回，细写贾琏与尤二姐故事，与京剧《拾玉镯》如出一辙。雪芹寥寥数笔，却抵得舞台上半天张致。

自来鉴赏家有望气之说，无论古玩、书画，都可凭一眼确定真赝，看来玄虚而不科学，但也不可贸然否定。望气者凭借的是经验，见得多自然积累的经验就多，因为到底是实践所得，自有其存在的价值。可惜经验并不曾用科学方法总结，留下的只是陷于神秘的传说而已。在文学鉴赏上是不是也有望气一说呢？小说家张爱玲是熟读《红楼梦》的，她的经验是，"不同的本子不用留神看，稍微眼生点的字会蹦出来"。这就是说,因为熟读文本,对作者的文字风格、用词遣字、常用字汇,以至谋篇、布局……都摸得熟而且透,一旦发现不合规范的字句,就会产生异感,觉得绝非曹雪芹的笔墨,这是合理的判断,说不上奇怪或神秘。最明显的例证,可以举有问题的第六十七回,"见土仪颦卿思故里",写黛玉、紫鹃、宝玉、宝钗的对话,只觉得全不是那么回事,真是所谓不高明的"拟作"。有的校本还特取列藏本的文字,不想其拙劣更甚。这一节绝非曹雪芹的笔墨,当是另一人的补笔。

张爱玲还说,她从小读《红楼》,读到八十一回,什么"四美钓游鱼"之类,忽觉"天日无光,百样无味",那竟是"另一个世界"了。她这种感觉,就是完全不同于雪芹原笔的一种异感,也可以说是"望气"说在文学欣赏上的体现。这里还谈不上高鹗对雪芹思想上的背离、篡改,只凭数节文字就可以论定,而这论定又是铁定不可移的。

可惜这种文学欣赏上的敏感,竟不能要求于粗心的读者以至作家,为高鹗唱赞歌者有之,研红专著将前八十回与后四十回一锅煮者有之。这样的论著,我是不看的,首先作者的文学欣赏趣味就可疑。

曹雪芹写黛玉与宝钗,分明是以"敌体"相待。黛玉有许多缺点,如褊急、气量狭小、尖酸刻薄、多疑。她称刘姥姥是母蝗虫;在宝钗为惜春安排画具时,说她是开出了自己的嫁妆单子;听见宝玉奚落宝钗是杨贵妃时的得意;送宫花时给周瑞家的当面下不来台;宝玉将北静王所赠鹡鸰香念珠转赠黛玉时,她说什么臭男人拿过的,我不要他……如此等等,一直到四十二回"蘅芜君兰言解疑癖",才解除了对宝钗的"偏见",从此两人情感渐密,以至推心置腹，无话不谈。这转变过程是可信服的。但整体看，写黛玉抓紧的是一个"真"字。这是个天真烂漫、心口如一的女孩儿。至于作为"敌体"的宝钗，雪芹则着力突出她的特点，一个"伪"字。但并非一切皆伪，通体皆伪，宝钗自有她的"优点"，甚至似乎主要是"优点"，"伪"只是于不经意处随笔点染出来，但人物却笼罩在"伪"的迷雾之中。

雪芹写宝钗最不留情面的当然是"扑蝶"一章，人物的心理变换，急遽间采取的决策，把嫌疑者推在黛玉身上，一切都那么自然，而从小红她们的反应看，私话被林姑娘听了去可不得了了。想不到只一笔竟写出两个不同的个性，如此鲜明而不留余地。

宝钗口头的信条是"女子无才便是德"。她的行为准则是"不干己事不张口，一问摇头三不知"。她的心细得很，省亲应制时宝玉作诗用了"绿玉"字样，是宝钗提醒他贵人不喜"玉"字，才改为"绿蜡"。薛小妹写怀古诗，宝钗挑剔不该从《西厢记》《牡丹亭》取材，要另作，被黛玉批评为"胶柱鼓瑟、矫揉造作"。她的性子好是有口皆碑的，但也有发作的时候，她听不得宝玉将她比作杨贵妃，当场还击，连不懂文墨的凤姐都感到情势的紧张严重。她同意并主张宝玉应历练些仕途、经济学问等"混账话"，宝玉听不下去，拿起脚来走了。她虽一时难堪，但并不以为意，因而被袭人赞为"涵养好"。总的说，宝钗是一位世故极深的"道学家"。这就和黛玉形成了鲜明的对比。曹雪芹运用无数细节，用画家的积墨法细细塑成这两个不朽的人物典型，真是好看极了。据脂砚斋提示八十回后的情节，黛玉早亡，宝玉与宝钗成婚，两人婚后曾有"缠绵情话"，真不知宝玉和这位女道学有什么可说的。真不禁为宝玉一叹。

全部《红楼》，正如一台连台大戏，在大观园内外演出。论诸般角色，既有正旦、花旦、老旦、丑旦，也有小生、老生、武生、丑角，全班合作，演出了如许使观众目不暇接、花团锦簇的精彩场面。其中既有如火如荼、惊心动魄的大场面，也有极精致的小品，错落呈现于读者面前，宛如一幅活动的"清明上河图"，也就是说一幅全景式的十八世纪中国的历史画卷。其生动、巨丽、精细，都是空前的。曹雪芹着力写的是大观园内的故事，但视野并不仅限于此，他的笔实际上是触及了园外的大千世界的。在已经佚失了的八十回后的篇章，更是放笔写去，绝无顾忌，仅从脂砚斋零碎批语所提示，即可见其大凡。这正是后半部书不能流传的原因。于此可知历来将此书单纯看作写儿女柔情甚至仅是钗黛与宝玉之间的恋爱纠葛之目光如豆，把一部大书缩小、阉割、庸俗化了。这正是《红楼》被曲解、误读的深痛了。

我国古典名剧，如《西厢记》《牡丹亭》，甚至如今仍在舞台上出现的单折，也不过《拷红》《游园》等数出，《红楼》自然也不免为伶工看中而搬上舞台。以京剧论，四大名旦中只梅畹华有《黛玉葬花》《千金一笑》(晴雯撕扇)，都是单折小戏；小留香馆主荀慧生魄力不小，敢动重头戏，有《红楼二尤》之作。可惜这许多都没有流传下来，其原因也值得我们思索。梅先生改编的两折，都是小品也是精品，但作为舞台剧，总嫌单薄，不够一卖，其实《红楼》中类此精妙片段，何止二三，其不能如《洛神》之以诗剧现身者，亦有幸有不幸耳。

第二十回，写袭人卧病，宝玉回房，只见麝月一个人在外间房里灯下抹骨牌，麝月有一通不与晴雯等一起玩去的道理："都玩去了，这屋子交给谁呢？那一个又病了，满屋里上头是灯，地下是火……我在这里看着。""宝玉听了这话,公然又是一个袭人。"

八十回后,据脂批说,袭人遣嫁时曾对宝玉说,"好歹留着麝月",依红学家的说法,正是草蛇灰线的笔法了。

后来两人商量给麝月篦头。这时晴雯回房来取钱,看见了便冷笑道:"哦,交杯盏还没有吃,倒上头了。"随即取了钱摔帘子出去,"宝玉在麝月身后,麝月对镜,二人在镜内相视,宝玉便向镜内笑道:'满屋里就只是她磨牙。'麝月听说,忙也向镜中摆手,宝玉会意。忽听一声帘子响,晴雯又跑进来,问:'我怎么磨牙了,咱们倒得说说。'""'你又护着。你们那瞒神弄鬼的我都知道,等我捞回本儿来再说话。'说着一径去了。"

这正是一个精妙的短篇。有人物、有动作、有环境、有对话,更重要的是有气氛,两人对镜时的对话、动作,只寥寥数笔,作家神妙的笔竟写出了一首诗。

在整部大书中,麝月只是作为袭人的副手出现的。但绝非不重要的角色,也是作家用全力描绘的人物。在"寿怡红群芳开夜宴"中也是由她结束整个盛筵、同时也结束了大观园极盛的局面。由此可以领会,曹雪芹对待大小人物都是全神贯注的,丝毫不肯放松,他是如此忠实于他的工作。

整部《红楼梦》中,像这样精妙的片段正多,难道全是作者想象得之的?如晴雯撕扇、平儿理妆、龄官画蔷……如果没有实在的事实依据,很难想象会有如此精妙的抒写。"正因写实,转成新鲜",正因从生活中来,才能信笔写来,无不如意的吧。凡如此类章节,绝不见任何斧凿痕迹,只是如实写来就是。自然作者有那么一支生花妙笔,也是必不可少的。干净利落,得止便止,更无半分拖沓的闲言碎语,在这里又可见作者的惜墨如金。也是辨别真笔与伪劣改笔的重要标识。

全书中浓墨重彩、急管繁弦的大场面不少，一时不能细数，有一节却宜指出，在繁复的、惊心动魄的场景之后，必有精心安排的余韵。如"凤姐泼醋"之后，有"平儿理妆"；宝玉被重责之后，有黛玉的临视，都是巨浪之后的微澜，能使故事神完气足，余音袅袅。似是闲笔，却非赘余。

第四十五回，"金兰契互剖金兰语，风雨夕闷制风雨词"，雪芹写潇湘馆中黄昏风雨光景道："不想日未落时，天就变了。淅淅沥沥下起雨来。秋霖脉脉，阴晴不定，那天渐渐的黄昏，且阴的沉黑，兼着那雨滴竹梢，更觉凄凉。"这是难得一见的雪芹细写天时、环境的笔墨。写得那么逼真而美，真当得起是"追魂摄魄"。在这之前，是宝钗来访，其时两人有过长篇推心置腹的对话，此时"知宝钗不能来"，黛玉遂在灯下写了《代别离·秋窗风雨夕》。

这时，人报"宝二爷来了"，黛玉看见披簑戴笠的宝玉，就笑说"那里来的渔翁"。宝玉细说簑笠的来历，说"我也弄一套来送你"。黛玉笑着道："我不要他。戴上那个，成了画儿上画的和戏上扮的渔婆儿了。"遂即想起此话与前说宝玉之语相连，后悔、羞得伏在桌上嗽个不住。而宝玉却不在意。

黛玉说："我也好了许多，多谢你一天来几次瞧我，下雨还来。这会子夜深了，我也要歇着。你且请回去，明儿再来。"接下去是黛玉从书架上把个玻璃绣球灯取下，点了一支小蜡，送宝玉去了。

实在是舍不得，一下子抄了许多。实在这一节是宝黛之间情愫最真挚、最和谐的一幕，雪芹写得实在也太美了。

作为全篇的尾声，是宝钗命婆子送了答应给黛玉的燕窝和一包洁粉梅片雪花洋糖。并传宝钗的话说:"这比买的强。姑娘先吃着,吃完了再送来。"

这可不是"闲笔"。

在全篇极写黛玉在风雨之夕凄苦心境之下,偏前后细写宝钗和宝玉殷勤存问的友情、恋情,恰似在沉重、哀伤的乐章中,插入数笔极鲜亮的温暖音色,遂使整体凄婉的调子更刻骨般的浓重,难怪睡下的黛玉,听见窗外竹梢蕉叶之上,雨声淅沥,清寒透幔而无声泣下了。

这是诗。也许可以说是散文诗。在全部《红楼》中,这种诗笔正多,如千岩万壑,一时也声数不尽,只得罢了。

二〇〇四年冬

冬日随笔

前些时我曾说过，全国大小出版社，无不以曹雪芹为"衣食父母"的话，现在悟出，不少个人也先后加入了这个行列，同样要从曹公身上，分一杯羹。无以名之，姑以"评点派"目之。论理"脂砚斋"该是此派的鼻祖，无奈有人说他是位"乌有先生"，是什么人假造出来的。没有法子，只好另寻事主，这就是资历甚久，努力甚大的一类点评家，如"护花主人"者流，却是与"脂评"全然两路的点评家。如所作"贾瑞赞"就是有名的奇文。其应隶属性心理学中何宗何派，不起潘光旦先生于地下，怕是难以断定了。

其实也不必追溯得太远，近年发生的两件公案，人们怕还不曾忘记。先说一下，权当楔子。一件是某出版家，眼光尖锐，钉住了刚刚走经的小说《围城》，使用了《水浒传》中郑屠的手法，将原书细细地切做"臊子"，并加校勘评点等香料，沿街叫卖，果然门庭若市。此时谢绝一切公私交际、闭户读书的原作者钱锺书坐不住了，面对无端凌辱，拍案而起，走上了法庭。虽有人出面辩护，搬出比较文学研究论为说，终于败诉了。读者心里明白，钱锺书打官司的目的，不是为了争回几文稿费。

还有一件是，有人钉上了一块更大的肥肉，金庸的武侠小说全集。先是狂吹乱捧，奉为无上文学极品，冠盖群伦。出马吹嘘撰文的都是有名有姓的专家、学者、教授。"经典名作"岂可无评，引导读者细细赏析，于是提出出版全集评点本的计划。吃不着肉，喝点汤水也好。作者被米汤灌得昏迷了,竟自同意。不多久,到底是"金大侠",终于看出了其中消息,叫停了。

这些就是"护花主人"的嫡裔,都是利益驱动的产物。旁生别出的枝条更是多有。《红楼梦》不是甘蔗渣,耐得咀嚼,每次重读,都会有新的领会,嚼之不已,相应的读后感随即出现,看来《红楼梦》实在是一口汲取不尽的深井。

有意思的是,新出现的《红楼梦》研究者多是小说家。其中值得一说的是小说家张爱玲。这是一位没有功利目的,以"一掷十年"的豪情的《红楼梦》研究者。她自有一种考证研究方法,以女性独有的细心追寻小说创作的奥秘。她的书命名为《红楼梦魇》,我见过上海古籍出版社出版的本子,惭愧得很,没有耐心跟踪她的考证道路,未能终卷,因而对她的考证成果弄不清楚,也无法评论。张爱玲著作的全集、选集国内出了若干种,却少有收入《梦魇》者,可见此书并无任何经济价值,"张学"已成显学,研究著作车载斗量,却无一人论及《梦魇》,可见在研究者心目中,此书并无位置。除了她的老友宋淇,连"张学"开山人物夏志清在内,都无一人顾及此书。她慷慨地一掷十年做研究,无名无利,不论成果如何,其爱重原书,全身心投入的实际行动是感人的,值得尊重。尤其是她的欣赏趣味,能极敏感地发现高鹗伪续的恶劣品格,真是罕见难得。而这正是深研曹书文本的必要前提、条件。

另一位小说家也投身《红楼》研究,获得了石破天惊的惊人"成果",他的论文曾在刊物上发表,也写成专著出版,但声名寂然,无人理会。最近一家报纸才加以介绍,使我得知梗概。可惜只有结论,而无论证。

他的结论是:(一)三个脂本都是"伪文物本"。是雪芹身后一个骗子在土作坊里制造出来的。"脂砚斋"是骗子使用的化名,其人与雪芹完全无关,也不在一个时代。(二)畸笏叟同样也是骗子制造出来的,实无其人。(三)高鹗没有本领续后四十回,言外之意是肯定程高百二十回本全出雪芹之手。(四)考证方法不能用于小说。

这真无异于一颗原子弹,将所谓"新红学"的基础摧毁净尽,留下一片白茫茫真干净的大地。这个骗子神通真是广大,能制造三个(其实多至七八个)假古董"脂本",安置在不同处所,留待人们陆续发现,有一部竟流到了俄罗斯。不用说后四十回的情节铺叙与前文是否接轨,对雪芹原有的作意有无扞格,单就文字风格的差异,一个敏感的读者是很容易发觉其间的差异的,何况这是天渊般的差异。但这是不能要求于所有作者的。

以上两例,与前面提到的诸例,出发点微有不同,不消细说。

最后说到以作家而涉足"红学"的是最近引起不少争议的刘心武的"秦学"。

首先必须说明,我既没有听过他在中央台的讲座,有关著作也只草草翻阅过一册《画梁春尽落香尘》,本来没有说话的资格,不过还是想发表些简单的意见。

《红楼梦》是一部未完成的著作,没有经过作者最后的审定、修订,留下的破绽不少。如人尽皆知的元春、宝玉年龄的忽大忽小,借用鲁迅先生的话,是不必文学家、数学家就能发现的。至于有些疑点,别人不曾注意,却被刘心武抓住了。如从育婴堂抱来的秦可卿,怎样就能成为贾府的"冢媳"?重视门当户对原则的宁国府为什么破了成例?秦氏丧仪排场的破格,连朝中大太监和北静王都来路祭。秦可卿睡的是坏了事的老王爷定做的棺木。……从这些疑点出发，追寻秦可卿的身世，是不无理由的，不能说全是捕风捉影。江南甄府的几个女人，鬼鬼祟祟地到贾府来寄存的是什么东西？不大可能只是金银财宝，那么又是什么？这些蛛丝马迹的疑点，值不值得追寻？刘心武抓住这些疑点，建立了他的"秦学"，本来有充分的理由。也不妨"大胆假设"，但在"小心求证"时，他做得就不那么理想了。

举一个例，他将"张太医论病细穷源"，做成了"药方细穷源"，几味中草药在他眼中成了密电码，从而赋张太医以有如特务、信使的身份，看来就不免失笑。"秦学"的遭到"围攻"，起因在此。不足怪也。

至于刘心武的"探佚小说"，惭愧得很，实在不能领略其好处。不必说，离开《红楼梦》原书笔墨相距太远了。当然不该做如此过高要求，但总该比高鹗高明些吧，好像也并不尽然。高鹗是力求追踪前八十回的笔墨的，亦步亦趋，吃力得很。无奈限于自己的世界观及才力，只能落得个"画虎不成"的可怜境地。

当讨论紧张热烈之际，有好心人出来叫停了，我看也不必如此。这种论争，不论其价值如何，前景怎样，至少显示了一种平等讨论、百家争鸣的气象。就像斗蟋蟀似的，小虫关在蛐蛐罐的围墙之内，不管杀得如何昏天黑地，都无关墙外事，与大局无关。有兴趣的观众，注视于此，得以暂时躲开墙外的许多烦心事，得以些微放松紧张的神经，也不失为一种养生之道。回想一九六二年顷，也曾有过一场"红楼热"，其规模、气势、热闹，也远非今日可比。揣想当时发起、推动此一讨论者的初意，也未必是忽发雅兴、提倡"红学"。至于文痞姚文元出来打棍子，那是后来的事了。

　　二十多年前曾写论"红学"小文,题为《春夜随笔》,今写《冬日随笔》以俪之,并示春天不远的延伫之意云尔。

二〇〇五年十二月十日

答 客 问

尊攘兄：久不见，今读为胡适的六言诗所撰长文，想近来身体不错，思想活跃，至以为慰。

其实这是个不值得往复论辩的问题。我那篇《胡适的六言诗》是在尊重作者的说法，认定诗是旧作的前提下进行讨论的。《胡适年谱》和《胡适传》都未寓目。其所以留下许多疑似之词，原因自别有所在。

胡适曾为此诗发表过谈话。说明他一九三八年作此诗、一九四七年为友人重题此诗的经过。重题时选用此诗的理由是因为它字数少。这并不重要而且说法牵强。因为字数少的还有五言绝句和"三百篇"以还，直至曹孟德、陶渊明都写过的字数更少的上好四言诗。这虽只是细节，但也说明了他的没话找话、言不由衷。

尤为重要的是，胡适在说他自己的故事（也可以看作"创作回忆"），《年谱》和《胡适传》的作者又据以重说一遍，尊作也据以发挥。按"史源说"加以检讨，则三说同出一源，即胡适的自叙。在学术讨论中，这种史料的运用，有多少价值，是值得考虑的。加以见闻寡陋，未见胡适当年亲笔题写此诗的照片，因而引起疑虑，实为憾事。同感遗憾的是，您在《解放日报》上发表的文章，我也一无所知，只能迟至今日，在这里谢罪了。

回想当年，在《文汇报》工作的，都是青年。由于严重的政治斗争形势，不免都有些"左"。对胡适、傅斯年辈都无好感，觉得他们都是蒋政权的孤臣孽子。胡适在一九四七年那场"国大"闹剧中的表现，是他平生政治生活中的一大败笔。恰当此际看到他的六言诗，不能不叹为奇作。为友人题诗，既不同于今天的签名售书，或当红明星歌手为追星族签字，胡适是抱着满腹酸辛下笔的。只欠未能猜出他是旧曲新翻，只当作当时的述怀，比阮嗣宗还要来得直白。没有套话、淡话，直抒胸臆，慷慨苍凉，大有易水悲歌之概。与当时的政局、个人处境、复杂的心情，一一吻合。今天知道他是将旧作拿来古为今用时，就更觉得落笔时的悲壮了。我同意您的意见，这首六言诗已经可以"结案"，还应作为文学与政治总是密切相关的一个好例，提请文学史家予以关注。

黄裳

二〇〇六年三月廿九日

补记

抗战开始，胡适就是所谓"低调俱乐部"的成员。与陶希圣、周佛海等混在一起，他们对抗战前途，一致抱悲观失望态度。后来这个俱乐部分化了。一部分人跑到南京去，胡适则接受了驻美大使的任命。一九三八年胡适作六言诗言志，有句云"做了过河卒子，只有拼命向前"，其时他的旧观念未必幡然改变，对新任务也只能干起来再说，"只有"二字，照传统诗话的说法，正是所谓"诗眼"，含有显明的"知其不可为而为之"的深意。要读懂此诗，这正是关键。一九四七年胡适重录此诗时，政局改变了，个人处境也全然异样，但其彷徨失措的心境却宛若昔时，其陡然忆起旧作，岂能无因。解诗颇不容易，此是一例。

二十世纪八十年代中，胡适评价在国内产生大逆转时，有人放言,我们一九四七年批胡是批错了。这确是引发我写《胡适的六言诗》一文的诱因。这种非历史主义的风凉话,不管动机如何,总是错误的、恶劣的,必须斥伪返本,恢复史实真相。当时的批胡,实在说不上"冤了'小卒'",因为在一九四七年,这"小卒"的表演确是过于恶劣了。对于一九三八年"小卒大使"为国宣劳的业绩,我也是说到了的。限于短文,未能详征博引,力加颂扬,实为憾事。"小卒"在不同时期有不同表现,本来泾渭分明,清清楚楚,把功过混在一起评说,只能产生迷妄,这又有什么"说不过去"呢?

我那篇短文《胡适的六言诗》,因见闻缺漏,史料掌握不足,率尔操觚,以致产生某些遗憾,实在应该引以为戒。傅斯年说过一句话,"史料即史学",虽然有点简单化,带有"大炮"气,其实还是有道理的。

丙戌清明前三日

解密种种

"解密",也是有种种的。

首先想到的是,新时期以来,国家开始进行规模宏大的建设,如大项目三峡工程、南水北调;下至地方建设,工业新区扩建,都不能不进行土木工程,揭开了沉睡几千百年的大地,随之发现了大量的古遗址、古墓,与大量文献遗存。虽然抢救发掘所得丰简不同,有些是盗墓者挑剩的残余,但收获还是可观的。《考古》《文物》两种专业刊物,尽全力报道也来不及。发掘所得,都是国家、人民的财富,不能不使人高兴。但随之引起了某些人的欣羡之心,为旅游利益所驱动,提出发掘秦始皇陵、武则天墓的倡议,其强烈的"揭秘"之心,人们心里也都明白。

且将时代拉近来。自从俄国政府解密了斯大林时代的一些秘密档案以来,全世界的史学家和非史学家一起忙碌起来,大量揭秘的研究书刊纷纷问世,成了一派耀眼的风景。既推动了历史研究,也满足了一些读者的好奇心。人们在大吃一惊之余,不免明白了原来是这么一回事。我国政府也循国际惯例,有限度地解密了部分国家档案,给历史、党史研究者以相当的便利。虽然解密了,但仍作为珍重历史文献,好好地保存着。此风一开,影响所及,全国的情况没有调查不敢说,仅就京沪两地而论,也确实引起了一些回响。只是文化机构就努力跟风,处理了一些"不值得保存"的档案、文件、重要会议记录、书刊……这些废弃物一旦落入小贩之手,立即成为"奇货",一时造成了"潘家园"一类文化市场的非凡兴盛。

机关之外，去世文化名人的后裔也有不能善保先人遗藏者，纷纷处理遗物，因而像茅盾、俞平伯的遗墨、藏书，每每现身于拍卖市场，为爱好、珍重名人翰墨者所得，一时传为佳话。其尤为瞩目的，如买得某作家的全部档案，经本人整理成完整的书籍出版问世，留下了一份可贵的历史文献。至于巴金老人捐赠国家的大量藏书竟自流落摊头，至今还弄不清流散踪迹，更是言之痛心。

某些文化机构对待这些"遗弃物"之冷漠无情，更是惊心动魄。它们用处理没有保存价值的理由，论斤斥售，扫地出门，或因大扫除，或因搬迁，竟将珍贵的手稿以及曾经视为"绝密"的档案材料，弃如敝屣。作家陈村就在出版的《日记》中记下他用手推车收得处理后的某翻译家全部译稿，闻之可惊。

此外，从小贩手中得来"珍品"的"藏书家"和"文献收藏家"，还珍藏着一些见不得天日的东西，是"宝贝"，又是"烫手的山芋"，不知如何处置方好。如作家的手稿、交代、认罪书、有关的外调材料……这些都是不能公然摆上拍卖场的。只好偷偷摸摸地向人兜售，层层加码，直至天价，但好像很难找到买主。因为这里有着一道很难迈过的门槛——知识产权。

交代也罢，认罪书也罢，无论在怎样政治环境之下，本人是否情愿，到底是亲笔手书，也即"作品"。"文革"十年，大小作家所写的这类文件，其数量之多，怕要占他们全集的大部分甚或倍之。自然，也有人不肯写这样的东西，但为数极少，有人也已成为烈士，如张志新。毫无疑问，知识产权应归于作者本人，即使本人已死，还有五十年版权保留期，应由后裔继承，不是鸡鸣狗盗之徒所能窃据，或用为攻击个人的材料。其他文件情况类此。

前些时，广州的《收藏·拍卖》发表了有关陈寅恪先生遗物的消息。读了令人亦惊亦喜。陈先生身后的遗物终于露面了。可惜的是"行不由径",没有透露流传轨迹。关于寅恪先生的遗稿遗物,人们是很关切的。二十七年前我曾写过两篇小文,《陈寅恪》与《寒柳堂的消息》(收《榆下说书》),在《柳如是别传》之外,我说,"此外还有几种重要的遗稿,则前后遭到抄家劫掠,至今下落还在若明若昧之间,不能不使我们感到忧虑和关切。"后来经陈先生弟子蒋天枢的努力经营,由上海古籍出版社出版了《陈寅恪文集》,又后,由三联书店出版了《陈寅恪集》,是差强人意的明知不全的遗集。最近又听说北京拍卖陈寅恪的遗书遗物,悬价高奇,未能成交。陈先生不是藏书家,平常所读所用大抵是通常版本。其论价之高,显然是由于先生的文章操守,即如何高价亦未能体现其手泽之真价。如以知识产权论,则此种遗物,理应为流求姊妹所有,不是任何倒卖家所能篡夺。而来路未明,经何种不明不白途径到手,这在我始终是一个谜。就像陈先生在写《柳如是别传》时,只引翁同龢一诗与邓之诚《骨董琐记》一节作结,说"此俱钱柳死后有关考证之材料"。殊不知此后之事正多,斗争亦殊未已。其惨酷有非常人所能意料者。这在我都是"谜",深望能有了解之日。这许多理应追根寻底,以告世之读陈先生书者。也是有关部门不可推卸的责任。

二〇〇六年十二月十一日

"看不懂"论

最近这里开过一个座谈会，出席学者、教授多人。会上妙论甚多，读之解颐，颇可消暑。论题焦点之一是有些读者抱怨报刊上有些文章看不懂，于是纷纷研究索隐，对这古怪现象寻根究底，试图加以解决。据报载，有人认为一九九〇年以来，知识界开始解体为各个单一学科，随之自然就出现了"行业黑话"。而所讨论的问题对西部农村的小知识分子而言简直是"天书"。夫江湖黑话只通行于绿林弟兄之间，"天书"也只有宋公明才有福享用，怎能要求普通读者都能懂得呢？

我国幅员广大，为何只有西部农村有此现象，东、南、北部就都幸免了？这且不言，更严重的是读后感到一种森然的异感，坐在大城市名校讲台上的教授名家，著书传道，与国家正在努力开发的西部农村的小知识分子，俨然是两种不同等级的人，后者哪里看得懂前者的高文典册，更直白地说，又哪里配！《空城计》里的诸葛亮对惊慌失措的老军唱道，"国家事用不着尔等操心"，就是这个意思。不过诸葛在当时特殊环境下，为了安抚军心才唱出了这种"高调"，与前面据说的"黑话"并非一事。明鉴者自知之。如此壁垒森严的阵仗，想构成"和谐社会"恐怕有点难。

以上所说，都是白纸黑字，见诸公开媒体的。但我故意不提报刊的名目，是为报纸记者着想。少有风吹草动，就有被要求撤职的危险。我虽早已退休，但到底曾经干过这一行当，不能不为年轻的同行打算。

也是从报上看来的，发出"看不懂"的叹息声的，远不只"西部农村的小知识分子"，就连创办著名刊物和鲁迅研究专家的大知识分子也不免。这一节，座谈会上无人说及，因此也就不再多说。

气温高上去了，为了消暑，找出久已不碰的《鲁迅全集》来读，在先生的《准风月谈》里读到一篇《新秋杂识（三）》。盛暑中读写"新秋"的文章，有如前人炎夏中读古画《寒林图》似的，多少也能起些空调的作用吧。先生在夜游荒场后作了两句"新诗"，觉得不雅，于是"译"成旧诗，因为用的是严又陵的译法，很有些费解，"但似乎也雅得多，也就是好得多。人们不懂，所以雅，也就是所以好，现在也还是一个做文豪的秘诀呀。"巧得很，这和刚才说到的"黑话"，似乎颇有些关涉，因而转抄在这里。此外，在二周的文集中似乎还引用过一首绍兴的民谣，记不全了。四句只记得前两句。翻书太麻烦，只好因陋就简。

台上群玉班，台下都走散。

那后两句的意思是赶紧关庙门，却只拉住了一副馄饨担。那意境实在是好，不愧名句，可惜记不完全了。

二〇〇七年七月三日作，十一日重订